达州文艺精品资助／巴山文学院资助出版

沉淀的时光

CHENDIAN DE
SHIGUANG

郑显银 著

中国文联出版社

图书在版编目（CIP）数据

沉淀的时光 / 郑显银著. -- 北京：中国文联出版
社，2020.7（2023.1 重印）

ISBN 978 - 7 - 5190 - 4318 - 6

Ⅰ.①沉… Ⅱ.①郑… Ⅲ.①散文集—中国—当代
Ⅳ.①I267

中国版本图书馆 CIP 数据核字（2020）第 127599 号

著　　者　郑显银
责任编辑　邓友女
责任校对　陈艳飞
装帧设计　中联华文

出版发行　中国文联出版社有限公司
地　　址　北京市朝阳区农展馆南里 10 号　　　　邮编　100125
电　　话　010 - 85923025（发行部）　　　　85923091（总编室）
经　　销　全国新华书店等
印　　刷　三河市华东印刷有限公司

开　　本　710 毫米×1000 毫米　　1/16
印　　张　13.75
字　　数　178 千字
版　　次　2023 年 1 月第 1 版第 2 次印刷
定　　价　75.00 元

达州文艺精品资助 / 巴山文学院签约项目

总　序

　　中国四川达州，巴渠大地人文底蕴深厚，自古诗韵文风流长。巴文化熏陶下的文艺名人灿若星辰，巴山作家群闻名遐迩，巴山诗歌城、巴山诗派名副其实，巴山画家群、巴山摄影人、巴山书家等文艺品牌影响日盛。

　　党的十八大以来，面对各种文艺思潮、文艺现象、文艺批评中存在的问题，习近平同志提出"坚定文化自信，用文艺振奋民族精神""坚持服务人民，用积极的文艺歌颂人民""坚守艺术理想，用高尚的文艺引领社会风尚"等中国特色社会主义文艺论断，有力丰富了马克思主义文艺理论，具有极强的现实指导意义。2016年，达州市总结提炼党的十八大以来在文艺方面的有益探索，创新实施繁荣发展社会主义文艺"1+3"新政，开展巴渠文艺奖评选、文艺精品项目扶持、文艺"双师双下"三大举措，规划5年投入5000万元，扶持鼓励文艺精品创作生产，特别是巴山大剧院、巴山文学院、巴山书画院、巴文化研究院、达州文艺之家、515艺术创窟等文艺阵地相继建成投入使用，为文艺家创作提供了阵地保障，也是贯彻落实习近平新时代中国特色社会主义思想的具体实践，更是弘扬中华优秀传统文化、延续振兴达州文脉的务实之举。

　　当前，达州文艺创作进入了厚积薄发阶段，优秀作品层出不穷，精品力作不断涌现。此次市委市政府全额出资出版的系列书籍，包含诗词、小说、散文等文学体裁，以及美术、书法、摄影等艺术门类，集中展示了全市最新的文艺创作成果，希望全市文艺工作者能够增添信心和动力，坚持以人民为中心的创作导向，不断创作出具有中国气派、巴蜀风骨、达州特质的文艺精品力作，助力"全国巴文化高地"建设，为达州实现"两个定位"、争创全省经济副中心贡献文化力量！

编者

2019 年 12 月 9 日

序言：沉淀在温度中的时光
丁 一

与郑显银老师相识于几年前北京的一次全国散文授奖大会，记得那次他的散文作品获得了大奖。他个头不高，长着一头漂亮的卷发，彰显出男人的个性。研讨会上发言时浓浓的四川口音很有磁性，还不时冒出一些颇有思考的话语，只觉他是个单纯直率的书生。特别是在联欢晚会上主动请缨，声情并茂地唱起的俄罗斯的经典歌曲《莫斯科郊外的晚上》，沸腾的晚会顿时安静下来，然后是一片掌声。散会之后大家回到各自生活的故乡，也就很少有见面的机会了。那次参会的上百名来自全国各地的作家中，郑显银是给我留下极深印象的作家之一，总觉得他才情横溢，器宇不凡，我想与他还会有交流。果然，分别不久后他就给我发来近作，并让我谈些读后感。记得那是一篇关于"文革"中知识分子命运的长篇随笔，很有思考，近 4000 字，对这篇文稿我略作删节，发在北京《华夏散文》月刊上。之后，我们常有文字来往。

前天，他发给我一部书稿 15 万字、待出版的散文集《沉淀的时光》，嘱我写一个序，希望数天内能完成，当地宣传部急等全书审定。不巧的是这几日手头上压了好多积稿，都和郑老师一样有限时限刻的要求，郑老师言之凿凿，唯食言于老友是从。当晚，我把《沉淀的时光》通读了一遍，书稿信息密度之高、容量之大，令我吃惊。第二天又把全书散文一一进行了梳理，还做了一些简单的读书笔记，摘出约两万文字的精华部分，对集子中各有侧重的四大系列，彻夜长思之后拟出几个标题，如"好人郑显银""蝴蝶歇羽后的守望""那些心灵澄明的文字"等，最后，觉得还是用"沉淀在温度中的时光"下笔更为适合。

郑显银，出生在一个地球被"文身"成千疮百孔、贫穷落后而原始的四川东部小县城。那里没有交流，不存在艺术的摇篮，也谈不上自由争鸣，当然也就找不到净美的文化脉络。他的父母亲都是当地小县城的裁缝师傅。他用忧郁的文笔诉说衷肠，那些对母亲深切怀念的文字，《背心的温度》一文，窃以为应该是这部散文集的文眼，颇有韵味。歌手汪峰曾写过一首《母亲》的歌词，其中有这样一段："每当我在路上停下脚步，望着天空我都会看到你，每当我从荒芜的梦中惊醒，流着眼泪我都能感觉到你。"这些歌词在郑显银的思考中，显然太轻太轻，没有分量。科学的人都有自己的一些特别经验。他是这样形容给予了他生命、含辛茹苦把他带大的母亲："我4岁时，父亲病逝，就和母亲相依为命。母亲养家糊口的技能，靠的就是手中那根缝衣针。中年还可蹬踏缝纫机，在街道组织的缝纫组劳作，到了晚年，她体力迅速下降，站立剪裁都十分困难，蹬踏缝纫机一点力气也没有了。两张嘴还得要吃要喝，咋办，只好揽些针线活儿，在家做。那时，女子时兴穿半衫，衣片和领子用缝纫机连接好后，最多的活计便是用针线挑衣边、钉纽扣，这些手工活颇见功力高下。一块被摩挲发亮的鹅卵石压住衣服，母亲戴上老花镜（那眼镜一边螺丝脱落，用布条绕个圈，代替脚架，挂在耳郭。缺腿的眼镜，从未换过，直至母亲老去），右手无名指套上顶针，飞针走线，顿时进入女红天地。她的手下，线脚疏密得当，紧松适度，不足半天工夫，一件妥妥帖帖的女半衫，渐渐展现出新姿来。挑完衣边袖口，钉5对纽扣和纽襻，完成一件女半衫活计，约莫半天工夫，收入不足两角钱。要想多挣钱，只能在晚间延长做工时间。加班，是每晚必须完成的'功课'。""1960年，母亲更感生活艰难。饥饿一直牵动着母亲的每根神经，她的一思一虑，都在围绕这个问题精打细算，筹划摆脱天天缺吃的窘迫。在那个年代，一个男人当家都难以为继，何况还是一个已知天命、孤独无助、身体羸弱的女性呢？要买回四十来斤大米，唯一的办法依然是延长晚间扎袜垫时间，隔壁的鸡叫过头遍，才能放下针线。这样赶工一夜，可以换来一斤米钱。看到扎好的袜垫，整天忧愁的母亲，此刻才稍微活动一下筋骨，露出一丝欣慰的笑容。母亲一年四季都去郊区的小河边洗衣，照她的话说，河水宽绰，洗得干净，也省得我去挑水，可腾出点时间让我看书。天边星辰还未隐退，母亲就起床，拾掇衣物，背上背篓朝河边走去。逢上小寒大寒，严霜满地，田间小路凝成薄冰，母亲三寸金莲的小脚，跌跌撞撞，顶着朔风，踏碎冰碴，照样背着背篓下河。河水冰冷刺骨，母亲说，穿棉衣没法卷袖洗衣，碍事，只能穿几件单衣，套上背心洗濯。一背篓衣服洗完，手臂早已冻得通红，母亲还伸出右手，乐呵呵地对我说，看，冬天河里洗衣，越洗越暖和，省去许多热水……我读高一，期末严冬的一个早晨，上学前突然大雪纷飞，雪花如席，扑进小屋。母亲担心我考试时衣薄受寒，毅然脱下背心，'强行'给我穿上，那股暖流一直流淌在我心里……"郑老师说，卖弄文字就是亵渎读者的情感，糟蹋读者的灵魂，努力写出真情，讲出真话是对读者的尊重。他把这些信条和原则奉为圭臬。他认为那些无病呻吟、招蜂引蝶的文字，是打死他也不肯写出来的。他在铺陈这些文字时，很注意行文的干净含蓄，以唤醒读者心中的共鸣，不是吗？在忆写母亲的这些文字中，找不到拿捏，更谈不上装腔作势，舐犊深情跃然纸上。尽管他笔下的母亲属于伦理学范畴，却可以从审美维度加以理解并欣赏。花这么多篇幅十分严谨地摘录他笔下的母亲，说明他的文字不但干净，且有一种力量，他沉静而顽强地坚守在文学这块荒原，把"母亲"这两个大字，书写得如此高尚而有尊严。

言之命至，人随己愿。1962 年他考上蜀地响当当的高校——

四川外语学院。那个年代，小县城的穷学生，考上省内一流高校无疑如中状元般荣耀。我夫人的二姐夫，四川万县农村长大的农民，1959年考上清华大学且读的是7年制，当时全县沸腾，说是县里出了个状元，由县、乡政府出面办谢师宴贺之。郑老师发给我的简历介绍一栏有如许文字：郑显银，四川大竹人，中国散文家协会会员，四川省作家协会会员，四川省老教授协会基础外语专委会副主任。先后有俄罗斯和法国儿童文学译作及散文集《留水借山情愫浓》等出版。曾获中国散文华表奖、首届华夏散文奖等。曾在达州市教育科学研究所负责管理工作10年，被省农牧厅聘请赴俄担任翻译1年。退休后在多家民办学校指导教学教研，担任培训教师的工作8年……

1962年，郑老师有幸成为当时跨进高校大门的10.7万学子之一，这里不得不再一次提到他的母亲，没有母亲为他付出的一切，哪能享受今天的好日子。而母亲的往事总是那么令人唏嘘："1961年12月22日，清晨，我照例早起，上学前为母亲生火蒸好泡粑---母亲重病期间唯一的营养品。她真想喝口鸡汤或肉汤，我恨自己无能为力。几次生火不着，怕耽误到校学习，我便有些怨气。母亲听我在嘀咕，轻声嘱托：'性子别急，慢慢做，就会好的。'上午10时许，一个远房的亲戚给母亲送来一碗海带炖汤，一边爬楼，一边叫喊：'师娘，我给你端汤来了！'喊了几声，竟无应答。走进屋里，才发现病榻上的母亲呼吸急促，生命垂危，她连忙叫人到学校给我报信。我飞跑回家，看见母亲已被抬在凉椅上，奄奄一息，嘴唇嗫嚅着。我'扑通'一声跪在母亲身旁，战战兢兢地靠近她枯槁的身躯，又轻轻抚摸她微微张开的眼皮，号啕痛哭：'妈妈，妈妈，你不要离开我啊！'"催人泪下的文字往往直击人心。

郑显银的裁缝手艺一部分是在母亲身边耳濡目染学来的，他工作后省吃俭用，用两年多积存的工资买了一架蝴蝶牌缝纫机。阳光下的缝纫机闪闪发亮，像一朵盛大的黑牡丹，曾经引来过多少羡慕的目光和围观的人群。正是这架缝纫机陪伴了他半个世纪，也让他完成了不少"作品"。随着国家强盛，人民生活水平不断提高，审美情趣变化多元，他的这架缝纫机也成了明日黄花，忝列于门墙，渐渐退出家庭的历史舞台。再好的花木都有花开花谢时日，《歇羽的蝴蝶》如是表达了他对缝纫机的追忆："家里缝纫机曾立下汗马功劳，而今蝴蝶歇羽，彻底退役，纯属顺其自然，无须以手抚膺坐长叹了。清辉泻窗，我伏案在缝纫机台面，阒寂中抽出书架上的四书五经，信手翻阅到'地势坤，君子以厚德载物'时，目光停留下来，静静梳理纷繁的思绪。我曾追逐吃饱穿暖的"蝴蝶梦"，现期望新时代里"蝴蝶梦"的再度升腾。你与我，或许都有自己的难忘故事，记叙过，或歌唱过，跨进新世纪后，路遇迷惘风景，也不必惊愕彷徨，生活中多一些包容，放弃一些企求，最舒坦，也最为快乐。"过往的日子，挥发着烈烈的生命温度，这些通过文字进行呼吸和交流融化了人心，就像江南的老酒着实地把人灌醉了，亦为自己的人生储存了足够味道，那种味道历经半个多世纪光阴的流逝，还是萦绕心间，怎么也无法抹去。

恬淡平和，宠辱不惊，终将成就大器，收获成功。造化自有安排，世上许多事情不都是这样的吗？《初恋如蕊》的穗子，与他同专业不同级，是校宣传部百里挑一的才女。身材容貌有闭月羞花、沉鱼落雁之美，她曾对他真诚道："正因为你贫穷，我才愿意与你接触。你懂得生活，很勤奋，爱读书，又能吃苦，啥事都愿意干，值得依靠，我愿伴你终生，浪迹天涯……"清贫，无法改变心灵的充实。他和穗子的交往平和而缱绻，没有物质欲望，更无定情之物相赠，彼此惺惺相惜，相亲相爱。《爱的回音》中的妻子与"我"，婚后 20 年间一直在同一学校教书，寒舍逼仄尚能遮风挡雨，相互照料，享有琴瑟和鸣的幸福。爱是发自内心的责任感，爱是一生一世的承诺，爱是夫妻间的共享，包括欢乐、幸福和烦恼。诚如俄国文学家冈察洛夫所言，爱情就等于生活，而生活是一种责任、义务。在国外期间，妻子的每一封信是剪接的一段时光，连接在一起成就了一部缠绵悱恻的电影。濡染过日月光亮的信笺，承载着今生不变的情感，凝聚成晶莹的琥珀，在摩挲中散发着幽香和光泽。细细品味褪色的文字，幸福的味道是醇厚的，更是绵长而甜蜜的。读着他描写爱情的几篇文稿，我想起一位银行家的妻子，在布拉格一间咖啡馆里爱上了一位作家，作家也爱她，她为了爱他，隐瞒了婚姻状况。作家后来得知恋人是有夫之妇，两人从此没见。作家孤寂一生，弥留之际念叨着那女人的名字。作家叫卡夫卡，在咖啡馆里的那些日子，卡夫卡写一页，她也总是看一页，那部作品就是《变形记》。生活裹挟着每个人，如同空气缠绕着身体。

那篇《念黄瑞碧老师》让人读得眼眶湿润："她伸出胳膊，从我左肩绕过脖颈，搂住我的右肩头，轻轻叮咛：'千万别把这种无聊的小事放在心上。从小专心读书，争取进步，将来长大为国家建设出力，那才算真正能干。'我频频点头，哭泣渐渐停息下来。抹去眼泪，仿佛闻到，黄老师手绢有淡淡幽香留在脸上，再用手指轻轻摸了脸庞，凑在鼻子前嗅嗅，果真一丝香气飘浮。心灵美丽的黄老师连手绢都散发着诱人的馨香，当时我未用过手绢，备觉新奇。黄老师深沉的爱，如春风化雨，无声地飘洒在我的心田。从此，我便向母亲提出早起上学的请求，得到允诺。每天7点过，斜挎书包，心无旁骛，行疾如风……我记住黄老师在办公室的叮嘱，虽不是清洁值日，照样匆匆赶到教室，放下书包，拾起扫帚就清扫教室外面空地，一直坚持很久。黄老师见我勤快主动，读书写字毫不马虎，在班上当众夸奖我。听到黄老师的表扬，我的内心有股力量像泉水一样不断喷涌。"这些描述渐次展开了女教师美丽的精神谱系，使他幼稚的心灵早早地强烈感受到异性温柔，人生轨迹得到生命与爱的航向和力量，人性基础亦唤起读者共鸣，作者在这些反复重现与轮回中，不断加厚着道德与美的层次。

文学创作之途，郑显银遇上一位敢于剖析自己灵魂、针砭时弊、讲出不同寻常的勇者之话，以毕生凝聚的人格魅力和心智密度去影响世道人心，在国内外享有极高盛誉的著名散文家林非。先生以多年写作经验告诫他，散文要多写，把文学大师的写作技巧学到手，唯一的途径就是丰富写作实践。艺术与人品德行的魅力和绵延的动力，使他从《初识林非》到《也像过节》两次撰写林非先生，并摘其函件："显银先生：拜读华翰，欣喜不止，犹如度过一个欢快的节日。您的文字很美，含诗意，含哲理，这是自己气质，加上几十载刻苦锤炼，让人读后受到很大的感染与启发。盼您多写些散文，于各种渠道发表出来，当可于提高自己的境界中，提高人们的水准。我因精力下降，近来写得很少，却依旧读各种美好的文字。肖凤比我努力，撰写和发表了不少新作，她嘱我向您问好。匆此顺颂。阖府安康并创作丰收。"当然，智慧和知识有所不同，写过《论自然》的古希腊人赫拉克利特说："博学并不能使人智慧。否则它就已经使赫西阿德、毕达哥拉斯、克塞诺分尼和赫卡太智慧了。"老子要求"绝圣弃智"。智就是知识，也就是对可道之道的知识，人类的心灵有一只"看不见的手"，把各种知识、情感和经验编织在一起，使之成为一个整体的心灵，那便是智慧。

　　长6000余字的《生命激情如花绽放》，严格地说是一篇人物特写。郑老师从学术角度详尽介绍了才高八斗的四川大学老教授罗悌伦。罗教授30多年来，驾驭德、俄双语优势，穿越时空隧道，从德、俄文字承载的经典文学河流划桨过来，翻译了40多部图书，涉及文学、哲学、心理学、美学、物理学多个学术领域，一般翻译家难以望其肩项，出版呕心译作500万字之巨，大多系前沿的学术著作，体现了一位老知识分子孜孜不倦的探索和始终如一的良心。

　　司马光在《资治通鉴》中有"君子挟才以为善""挟才以为善者，

善无不至矣"。以笔者所见，司马光的这番话仿佛亦是为黄瑞碧、罗悌伦、林非等学长先贤立言。

郑老师儿时读书的情景，在西门艰难的生活，在描述那些乡邻乡亲，那些熟人、朋友和老师的文字里，拙朴里展示出真诚，平凡中蕴含着高尚，可谓淋漓尽致。熟悉的乡音，浓浓的乡情，就是一碗浓醇的《冷二两》。去年中国散文网全国散文大奖赛，这篇散文从国内外 6500 篇来稿中脱颖而出，成为获奖作品。读标题就觉得不凡，古今中外书写酒文化的作品中，这个题目为他专利，正文句式基本都在 10 字以内，如："到酒店喝酒，那算过瘾，谓之喝"冷二两"。冷二两，其一说，家乡人不温酒，随买随喝，冷白酒一下肚，血脉偾张，饮者如拔剑出鞘，光彩四射，血气方刚的秉性和盘托出；其二说，酒馆无现炒现卖的热菜，只能用烧腊、花生米、豆腐干之类'冷'菜下酒。'二两'，言其酒少，充其量滋润喉头而已。高兴之际，呼朋引类，喝上几盅小酒，爱用这种谦辞，凸显主人豁达好客的秉性。喝酒的人不论菜，亦为常理。只图酒好，几粒花生米，抑或几粒沙胡豆下酒，倒也无妨。毕竟是酒馆，豆腐干、花生米、沙胡豆、皮蛋之类，价廉物美，饮酒者喜爱，范老板自然备齐。"字字精练，读者读之朗朗上口，如喝冷二两一般舒服。《西门三绝》同样是一篇饱含乡愁倡导诚信的佳作，创作手段、文风与《冷二两》相仿，西门李家店铺蒸的泡粑，游家的脆香麻花，自由街的谭糍粑夫妇，都把风味小吃的小本生意做得风生水起。"三家掌门人，皆凡夫俗子，学识浅薄，却看破尘世，自生意开张之日起，不为名利所动，一米一粟，从不掺假充真；一招一式，按老祖宗传下的规矩操办，暑去寒来，绝不撇下良心、糊弄食客，三家底细，老少咸知。县城许多手艺人依样画葫芦，形似而神迥，味道远不如西门三绝，探其缘由，不得而知。"说白了，这"西门三绝"做的是良心活，挣的是辛苦钱。《苟十味》中的苟师傅每天只卖 30 斤面条，卖完收摊。苟师傅说："饮食，吃欠不吃厌，做生意，也是如此。"话中趣味推出一道难题，如中庸之理，天地玄黄包含这样多的学问。老饕客对最后一罐作料隐藏的玄妙总是朦胧未彻，回首一瞥，门楣一无招牌二无匾额，索性就唤作"苟十味"。这些微缩的文字不仅表达了多种维度产生出的一定文化高度，某种意义上来说它也矫正了人的脊梁，使被写对象立时令人仰望。这些异质的情节，不正是对人们熟谙生活价值的补充和伸延？因而"苟十味"这个小面店让人格外着迷，同样予以了写作灵感丰富的泉源。这些朴实得不能再朴实的文字，一如纤毫之微，靡不尽显，却栩栩如生，不动声色地把当时乖谬时代的社会底色亮了出来。《邮局偶遇》是全书最短的一篇散文，写了1600多字，不过这类散文尚是蜻蜓点水，从人性深度去挖掘也许更透一点。《宝塔坝看荷》《水漫金山》《意外惊艳》等各有侧重，但总感到文稿中还缺了一点，是些什么，一时还说不太清楚。文无完文，《"土耳其人"的舞蹈》《从懊恼到幸福的路》等篇什，运用小说的叙事策略来谋篇布局，也许更放得开手脚。

我比较赞同郑老师在后记中所述："生活中，虚构就是说谎，那是必然招致诟病和痛斥；在散文中是可以说谎的，享有道德的豁免权，是真善美的艺术表达方式，必须展开辽远和深刻的想象。可以说，没有虚构，散文就衍化成报刊的新闻报道。但虚构必须处理好与真实的关系，以服从真实，不破坏真相，不糟蹋主题为前提。正因为如此，散文写作被誉为难度极高的文学创作，难怪王国维说'易学难工'，是非常精到的。散文无论选择什么题材，都要有思想的内涵，折射出智慧的光辉，启迪人，鼓舞人。"往大里说，散文乃民族之利器，一国之本，定位于自由品格是散文最醒目的标签。庄子说："道在屎溺。"散文亦然。

德国哲学家、20世纪现象学学派创始人胡塞尔说他追求哲学的纯粹结果就像他小时候磨小刀，总是唯恐不够锋利，于是磨呀磨，有一天突然发现小刀磨没有了。小刀不够锋利无妨，生活无所不在。无论红男绿女悲喜交集，无论季节递嬗，天地万物都应该是曾经盛大之散文领域驰骋的战场。时运不济非天妒，命运多舛为人铸，其实，人生中不是所有的梦都来得及实现。鸟儿飞过，天空没有翅膀的痕迹。对历史的思度、打量与抉发，是写作的根脉和基元，同样是对现实的某种折射。《沉淀的时光》中的方块汉字经目光通道进入灵魂，所注入的一些东西，缓慢而确凿，真实且生动，成熟也饱满，我们没有理由排斥 —— 那些沉淀在温度中的时光。

2017 年 6 月 3 日于无锡朗诗寓所"两忘轩"

（丁一，中国散文诗研究会副会长，中国散文家协会副会长，中国作家协会会员，国家一级作家，江南影视艺术学院教授。）

CONTENTS
目 录

01   序 言

001   第一辑 / 梓里流韵

002   青麻的咏叹

007   心中明灯

013   冷二两

018   西门三绝

023   苟十味

029   别有洞天

034   带伤的东柳河

041   竹中记忆

046   镌刻在心中的书

053   背心的温度

059   第二辑 / 随行有思

060   桌椅会飞

065   被损伤的心灵

070   光雾山，我们在春天约会

075   宝塔坝看荷

079   雾罩云海寺

083   逝去的驿道

089   魁字岩之念
094   水漫金山

CONTENTS
目 录

099   第三辑 / 幸福密码

100   "土耳其人"的舞蹈
106   初恋如蕊
113   悬铃木下的情思
118   救　赎
125   槐树花开
130   意外惊艳
134   写　字
138   宴　情
143   半世情缘
147   歇羽的蝴蝶
153   爱的回音
159   从懊恼到幸福的路

167   第四辑 / 生命如花

168   初识林非
173   邮局偶遇
176   念黄瑞碧老师
182   也像过节
186   生命激情如花绽放

197   后记：揉情为魂堪丰盈

梓里流韵

o o o o o o o o o o o o o o o o

青麻的咏叹

青麻，学名苎麻，家乡人俗称青麻，大抵是剥出来的麻皮呈青绿色所致。这名儿就像小孩的乳名叫开后，长到成人就难以改口收回了。

家乡种植青麻，始于3000多年前春秋时期的巴国。"葛之覃兮，施于中谷，维叶莫莫，是刈是濩^①，为絺^②为绤^③，服之无斁^④"，《诗经》里的这段歌谣足以表明，远在先秦，我们的先人就已经喜欢上苎麻衣服了。杜甫的《夔州歌》里有"蜀麻吴盐自古通，万斛之舟行若风"的诗句，这说明大竹青麻与吴越食盐通过舟楫交换的历史源远流长。

青麻揽高天之氤氲，吸大地之灵气，无红梅之娇艳，有翠竹之坚毅，或悬崖，或沟壑，或荒坡，或陡坎，只要种子落地，便兀自生长，根深叶阔，亭亭自立，虽饱经风霜雨雪，从不低头弯腰，其秉性堪称坚强！

年末入冬，需给麻地施肥。新年伊始，青麻露出新芽，就"噌噌"直往上长。初夏刚到便收获头麻，之后是二麻、三麻入库。一旦种上，岁收三季，年年如此，所以最受农家青睐。

头麻的茎儿又粗又长，高达2米，田畴纵有玉米高粱，也难以望其项背。说也怪，家乡的青麻偏偏比四周县市的壮实得多，纤维长，皮质厚，堪称一绝。故，这里早就享有"中国苎麻之乡"

注释：
①濩：huò，煮。 ②絺：chī，细葛布。 ③绤：xì，粗葛布。 ④斁：yì，厌倦，懈怠，厌弃。

的美誉。

20世纪50年代以前，人们只是熟稔青麻纺织麻布和捻麻绳这样的手工活儿。

纺织麻布，绩麻是头道工序。"昼出耘田夜绩麻，村庄儿女各当家"，绩麻亦算农家女的"专利"。青麻浸泡变软，绩麻女抽出一缕麻皮，似蜻蜓点水，像彩蝶恋花，灵巧的手指均匀捋出麻丝，七八根细如毛发的麻丝从指间划开，首尾相捻。没有尽头的细细麻丝如春风化雨，悄无声息飘落在竹篮里，俟晾干后绕成线团和"鱼儿"。

上百个线团叠成数排，梳理成麻布的经线，便需上浆。上浆对糨糊要求极高。糨糊只用大米研磨，即使粮食定量的年月，粮食部门也要凭本"特供"。倘若偷梁换柱，拿玉米糊、面糊顶替，准会糟蹋麻布。

上浆需择时日，风和日丽的晴天为上。空气潮湿，上浆的麻线难于晾干，耽误工期；毒日暴晒，麻线又容易折断，纵能接头，织出来的麻布也是疙里疙瘩，犹如老松树皮一般。所以选准的黄道吉日，师傅即使受邀赴宴吃酒也得拱手相让。

上浆的麻线摆在马路两旁或在空旷操场。师傅右手握住圆盘式的棕刷，左手平抬麻线，来回均匀刷浆，换景移步，不留空当，即使忙到傍晚，也要把整捆经线刷完晾干，否则染上"肠粘连"，就是织布的悲剧了。麻布作坊遍布县城，彼此心有灵犀，多会选在同一天上浆，聚集北校场排兵布阵。数十排青绿色的麻线如长龙卧波，昂首摆尾，云游大海，场面恢宏壮观。

熟手上机织布，一天10尺有盈。春夏还好，隆冬时节就辛苦难言。屋外大雪纷飞，朔风怒号，屋内织布女手指早已冻得像土里拔出的红萝卜，还要照样从冰水中捞出梭子，脚踩踏板，飞纱走线。世间时有民谚流传："好女莫学织麻布，寒冬腊月冻得哭。"织麻布这苦活全是贫寒人家的无奈选择。

麻布，倒与家乡人的生活息息相关。

麻布分粗细，粗麻布常缝制蚊帐和口袋；细麻布，旧时称为"黄润"，列为贡品，是缝制夏天褂子的上品，也做蚊帐。

姑娘出嫁，娘家须备一床雪白的麻布蚊帐，随同鲜红丝绸被盖当嫁妆，工工整整摆上"抬盒"，才叫体面，不会贻笑大方。市井人家多用靛蓝漂染的麻布缝制蚊帐，防蚊驱寒。一层麻布挡阵风，十层麻布能过冬。足见家乡人对麻布蚊帐何等钟爱，已到须臾不离的情分。

缝制口袋，那是农家囤粮运粮的必备之物。夏收秋收送公粮卖余粮，逢集赶场挑粮换钱，城里人到粮店买米籴豆，哪家能离得开麻袋？

用生石灰煮透捶打漂洗过的细麻布亦称"夏布"。绫罗绸缎娇气十足，用其制衣，凤毛麟角，过于奢华；夏布缝制褂子，大方凉爽，潇洒舒适，最受男人喜欢。

捻绳，是男女均能上手的雕虫小技。取一绺青麻，找一匹瓦片，盖在腿上就动手。没有瓦片，卷上裤脚，在大腿上搓绳也无妨。片刻工夫，一根细长的麻绳便捻成了。

过去女孩的嫁妆中总有一大把细麻绳，雪白闪亮，那是到婆家纳鞋底用的。姑娘出嫁时，几双布鞋摆放在嫁妆面上，布料的选择、鞋面图案的设计以及针脚粗细变换，其智慧和才华恰似白鹤亮翅，常招惹四周同伴指指点点，赞叹不已。

唐代著名画家韩滉的《五牛图》，现珍藏于故宫博物院，据传，其作画的麻纸就是用大竹的竹子和苎麻做成的。用苎麻造纸的技术距今足有1500年历史了。

百姓人家劈山造房修路抬石头，元宵节提花灯舞彩龙，三月三郊野踏青放风筝，也可瞥见青麻制品的身影。

剥下青麻的麻秆，需要沤制。《诗经》有"东门之池，可以沤苎"一说，古人很早就知道沤麻。沤好的麻秆当火把，夜间行路，十分方便。

20世纪60年代初的困难时期，史上从没吃过的东西也要进嘴了。本是用于织麻布、捻麻绳的青麻，有人别洞观景，在麻蔸上看到生存的希望，如获至宝。麻蔸，就是青麻的根，含有少许淀粉，但混有毒素，缺吃的人家照样列入"瓜菜代"之伍。洗净麻蔸，加水磨细，搭进少许玉米粉或米糠，蒸熟果腹，那是常事。刚进嘴，还有一点软糯感觉，尚抵上一顿饭——可惜要排出体外就是非常痛苦的事了，毕竟人的肠胃不像牛马。那年头，明知遭罪，也要塞满肚皮，换取生命可怜的延续啊！

甫进 20 世纪 70 年代，科技人员犹如神奇魔术大师，点石成金。青麻变成雪白轻柔的麻绒，堪与羊绒、丝棉媲美，与棉花、蚕丝和羊毛混纺成高档衣料，既挺括，又易洗晾，其身价陡然上升，野山鸡变成了金凤凰。早先做褂子的夏布被讥笑为明日黄花，焉能忝列门墙？此时，青麻涨价声不绝于耳，一天一个新突破，一个新突破催生农民一次新亢奋。

穷了一辈子的农民，谁不憧憬财源广进，过上吃穿不愁的富日子；谁不期盼把窝了几代人的土坯房换成宽敞明亮的大瓦房，娶个新媳妇，把她热热闹闹请进屋来；谁不渴望给从小打补丁的孩子买几件漂亮的衣服，让他光光鲜鲜地上学读书；谁不盼望买辆嘉陵摩托，载人拉货，两全其美，挣点零花钱宽绰得多……心仪的蓝图多么诱人啊！有人嗅觉灵敏，夜以继日，拼命种麻，释放出几十年被穷困压抑的能量！拔掉玉米种青麻，稻田放水种青麻，砍下蔬菜种青麻，舍前屋后见缝插针种青麻，漫山遍野变成无边无垠的青麻海洋。几个月里，县城三家大型麻纺厂同时上马，三山两槽小麻厂星罗棋布。双肩挑青麻，背篓背青麻，手扶拖拉机运青麻，大小货车载青麻，夜以继日四处抢购青麻，也有人开仓移粮囤积青麻，青麻顿时成了抢手货。工人三班倒，人歇机不歇，脱胶漂洗不停工，烘干纺纱连轴转，都说胜券在握，要赚回一大把钞票。也有精明者暗中狐疑：如此大轰大嗡，蜂拥而上，我们是否患上了可怕的"麻风病"？

奇怪，妄语竟成谶言。两年之后，青麻风光不再，不知谁在背后翻云覆雨，暗中作祟，把青麻制成的麻绒打入无人问津的广寒宫。顷刻之间，销路链条断裂，仓库里如山的麻绒横陈眼前，其价格从巅峰跌落下来，狂降不止。城内三家大型麻纺厂关停歇业，乡镇麻纺厂血本无归。麻绒就像高傲的公主，被摘掉凤冠，洗去脂粉，剥下绫罗绸缎，沦为褴褛乞丐，流落街头巷尾。城门失火，殃及池鱼。院子里的青麻比屋檐还高，其价格也从每斤八九元降至一两元。栉风沐雨的辛劳和含辛茹苦的奔波，被突如其来的降价风彻底颠覆，弄得晕头转向。梦幻化作青烟飘散，留下来的是无奈的失望和难以冲刷的痛楚。

　　料峭春风吹酒醒，心地浮躁的人们从楼阁跌落到地上，开始认真思索：那样堆积如山的麻绒，外地人真的需要吗？美国人、英国人、法国人、德国人、荷兰人、比利时人真的需要吗？

　　谷底——高峰——谷底，青麻坐了一回令人讪笑的过山车。结束了喜悲交替的轮回之后，家乡人对青麻依然相惜相恋，但明白了一条道理：做啥事一味任性胡来，失去的不只是光阴。

心中明灯

自由街，名曰街，实为宽巷子，踏得溜光的青石板逶迤连绵，蜿蜒蛇行，一直铺到五道牌坊。帮工的，打铁的，拾荒的，割草的，挑煤炭的，织麻布的，打草鞋的，林林总总，县城穷人似乎全挤到小巷安身立命。一个姓邱的盲人，也蜗居其间。许多人不知道他的全名，惯叫"邱瞎子"，他照样应答。

邱瞎子一家四口，他老婆和两个女儿。老婆眼神好，可腿脚不灵，儿时患重病，家穷没钱治疗，留下终生残疾，镇政府安排她在北门遇仙桥水码头旁的豆制品厂上班。大女儿上小学，幺女儿年幼，小城没有幼儿园，只能待在家，聊做小事。邱瞎子身体硬朗，挑上百十来斤担子，大步流星，从不喘气，可就缺双明亮的眼睛，干啥都困难。街道居委会主任给城关镇领导反映实情，安排邱瞎子也进了豆制品厂干活。

他从家到豆制品厂，走街串巷，少说也有 2 里路。西门城门口和十字街头，车来人往，摩肩接踵，单遇上牛车或自行车，瞎子也够麻烦应对。谁带路呢？跛子牵瞎子，瞎子扶跛子，他俩嘴里不断叨念："瞎子来了，请大家行行好，让条路。"路人顿生恻隐之心，话刚落音，一条两三尺宽的平路骤然闪现，瞎子挂着竹棍探路，蜻蜓点水，便可款款而行。

闾巷俚语曰："聋子会安名，瞎子会弹琴。"识路记谱，如出一辙，记忆是关键。邱瞎子上班，暗暗计数各路段步伐。离家到西门城门口多少，再到十字街头又是多少，先左拐，后右拐，直走到厂，这些枯燥数字，全烂熟于心。加上他那句请人让路的"拜托话"——将心比心，谁愿给盲人造孽挡路，做丧尽天良缺德的傻事？如此一来，一个盲人竟然能独自走到豆制品厂了。

邱瞎子一入厂门，仰天长笑："天无绝人之路，我瞎子还是能自个儿进厂了！"

从第一天成功之后，邱瞎子安排幺女孩在家糊纸盒，挣几个小菜钱，自己也不拖累家人，两全其美，真好。

进厂后，邱瞎子向厂长要了推腰磨的活。推腰磨，是个力气活。过去，厂里有人偷懒图快，大把大把豆子往磨孔里塞，磨盘流出来的豆浆粗粒多，出的豆腐少，一进嘴，还有几分扎口。邱瞎子老实拙朴，舍得花力气——右手扶着小肚子上的木杠子，身板前倾，绕着磨盘使劲转，俨然一头公牛；左手拿捏豆子，均匀地往磨心里放，不时还用手指捋一捋豆浆的粗细。厂长就笃信他的人品，言语少，不要滑，肯出力。邱瞎子推完磨，还常帮助别人包豆干、榨豆腐。有人劝他歇会儿，他笑了笑，井水挑不干，力气用不完。

厂里磨出的豆浆细腻，石膏水多少恰当，点出豆花雪白细嫩，压榨的豆腐绵软香醇，众口夸奖这里的豆腐在城内数一数二，邱瞎子自然暗中高兴。

厂长表扬邱瞎子，他抱拳致谢："我婆娘在厂里，做的是轻活，沾了大家的光。我在厂里，就得实实在在加倍努力。干活，不能让别人说闲话。"

20世纪50年代末至60年代初，粮食是宝中之宝。城里人无论怎样干稀搭配精打细算，都要缺一大截。唯一的良策是"瓜菜代"，方能缓解缺粮的大问题。豆腐凭票，每人每月一块。多少豆子出多少豆腐，收回多少票证，菠菜煮豆腐——一清二白，谁也别想暗度陈仓。几十名工人唯厂长是瞻，恪守规矩，缺粮不缺志，做事凭良心，所收票证如数上缴商业局，绝不偷偷藏一两张送人情。唯一"特供"，是每人轮流购买两三斤豆腐渣。那年头，市面上没有豆腐渣卖，商业局特批内部职工可享受这种待遇。一斤豆腐渣混搭一把青菜下锅，添一小勺盐，足抵上一两个人一顿口粮，横竖比吃粗糠咽野菜强得多！邱瞎子俟轮上自己享用指标，总要带两三斤回家，除了自己，他还想到了邻居张二婶、唐婆婆她们。隔壁六十多岁的唐婆婆，女儿早已出嫁，孤身一人，想买点豆腐渣，羞于启齿，多少要顾及一些脸面——瞎子懂得老人心态，此事铭记于怀。

"丫头，给我点灯！"

这不是常说的瞎子点灯白费蜡吗？女儿摸不着头脑，一脸惊愕。

邱瞎子脾气犟，就要女儿点灯掌秤。

他记得，唐婆婆听说他婆娘冬天缺衣少穿，立马送来几件旧衣。那年头，买啥都要票，购粮要粮票，扯布要布票，买盒火柴称斤食盐都得要花花绿绿的票证。羊有跪乳之恩，鸦有反哺之义。一年几尺布票能做啥？她算是雪中送炭。还有，张家大嫂几次送他红苕，平时吃糠咽菜，能有香甜红苕进嘴，两个女儿高兴得手舞足蹈。投桃报李，从古至今，人之常情。邱瞎子矻矻终日，无奈收入微薄，手长衣袖短，感恩无门，唯此丁点"特权"，可以弥补心中内疚。能抵上口粮的豆腐渣，更绝不能短斤少两，昧了良心！

街坊左右邻居，谁要向邱瞎子提买斤豆腐渣的事，他都会尽力帮忙。

区区一箪食，一壶浆，在全民挨饿的岁月，确能创造生命的奇迹。守身如执玉，积德胜藏金。用良心温暖饥饿的灵魂，可谓积德行善之举，救人一命，胜造七级浮屠。邱瞎子偏偏这么执着，就肯帮助街上一拨穷哥儿们。

日子一长，有好事者在街道主任面前汇报社会出现的"新情况"：邱瞎子不讲是非，张家的男人投机倒卖红薯，唐家地主婆死皮赖脸要吃的，邱瞎子却偏给她们送豆腐渣。嘿，这些令人注目的新动向，在咱们自由街，不是秃子头上的虱子——明摆着的吗？

邱瞎子听到风声，哈哈大笑起来："一个是打草鞋卖的女人，她男人要挣钱养活两个要吃要喝的孩子；一个是枯瘦如柴的孤老太婆，她男人当年在台儿庄还参加过抗战，后来战死在上海，她们能翻船变天吗？饥饿如虎，人心都是肉长的，将心比心，要行大德才叫做好人。"

街道主任出面说了公道话："邱瞎子出身贫寒，最讲良心。再不要说三道四，惹出街上麻烦来！"

好事者欲拿邱瞎子上纲上线，讨点残羹剩水。主任心眼儿明，不信邪门歪道，好事者无奈黔驴技穷，悻悻离去。

月末，邱瞎子轮休在家，他女儿的几个同学都爱在他们家读书写字。

"邱叔叔，你自个儿进厂，记得线路吗？"

"还可以。我已经把去的线路背熟了。"

"你记性那么好，真叫我们羡慕！"

"好记性？那是练出来的。孩子们，我过去测字算命，靠的就是记性！"

几个小学生听说测字算命，精气神一下子就提起来了，对神奇的测字术，犹如雾里看花。

"邱叔叔你能听出字来？真神！"

过去，在十字街头，邱瞎子叫人把方桌一摆，铺上桌布，备好测字筒，过往行人，花上一两角钱，测凶问吉，图个平安，自是百姓寻常事。路人挑选一张枣红色的纸卷，那上面写有金木水火土，福禄寿喜难之类的文字，如同睁大的黑眼睛。路人自报生辰八字，邱瞎子摊开纸卷，手指细细抚摸一遍，贴近耳朵片刻，准确道出纸卷上写的字。邱瞎子掐指测算，摇头晃脑，巧解三生梦幻，戏说人世祸福，八九不离十，路人频频点头称道。日久天长，"邱半仙"绰号传遍街衢巷里，兵荒马乱的年头，他倒还能混碗稀饭喝。

"丫头，给我点灯。"

幺女儿点燃油灯，进屋取出一些枣红色的纸卷来。

"这就是早先测字用的家什，你们能看出什么门道吗？"

众目睽睽，径自摇头，个个像货郎鼓。

"你们再仔细摸一摸，这纸卷的边边角角。"

经邱瞎子提示，众人仔细抚摸，果然发现凹凸不平。

"你们真以为耳朵能听出字来吗？还有人叫我邱半仙，那是蒙人的！在制作测字的纸卷时，我早就设下记号，在夹层纸的不同部位，粘上大小不等的米粒和稗子，哪个位置放下多少，怎样放，代表什么字，如此排兵布阵，唯独我自己明白，烂熟于心。选用红纸，一来图个吉利，再则旁人不易看清米粒和稗子的影子。路人来测字，我展开纸卷，佯装听字，其实那是在慢慢回忆，如此摆布是代表哪个字。你望添子添福，你要逢凶化吉，你图招财进宝，你想祛病消灾，我就顺着你的想法，从这个字说起，大开大阖，说得你喜笑颜开不就得了？"

邱瞎子一段实情，大放异彩，把瞒天过海的听字把戏揭了个底朝天！在场的小孩个个拊掌欢呼！

功到自然成，难怪记忆力如此超群。

邱瞎子的大女儿，记得她爸妈的辛劳，知道她妈是睁眼瞎，大字认不了一箩筐，在校读书一直用功，回家撂下书包就做家务。毕业时，成绩冲上年级第一名。老师夸奖她的女儿懂事早，将来必有出息。邱瞎子听了非常兴奋，眉飞色舞。

"丫头，给我点灯！"

"爸，你要干啥？"

"我一辈子靠的就这双手。手指，是我的眼睛。我要在油灯下，'看看'你的成绩单。丫头，你往后能考上大学，为政府出力做事，靠本事挣钱，我们家就有盼头了！"

瞎子是条钢筋铁骨的汉子，没有被多舛的命运击垮，也不愿向众人哭诉身残的不幸遭遇，只是在心中默默祈祷美好的未来，一个多年萦绕在心中的梦。

这一晚，瞎子心潮涌动，多喝了几杯白酒，抬头远眺，颇有"举觞白眼望青天，皎如玉树临风前"之慨。不一会儿，他斜躺在竹椅上，粲然而笑，发出舒适平缓的鼾声。显然，邱瞎子被有限的幸福所震撼，完全陶醉在女儿成功的喜悦中了。

　　几年后，听说邱瞎子被一个外地货车轧断小腿，没法推磨了，后又染上重病，不久安详地离开了这个纷扰的世界。自由街上上下下，一大帮穷哥们儿都争着来看最后一眼。出殡那天，送葬的人挤满一条街。街坊邻居无不喟叹，邱瞎子什么也看不见，一个推腰磨的苦力，在黑暗的人生途中，穿行几十年，吃尽了人间苦头，可他心中有盏明灯，最讲良心，把许多事情都理得明明白白，掂量得清清楚楚，做了许多好事、善事，难得啊。这样的好人啊，走早了，可惜！

冷二两

十字街，县城的闹市区，路人行色匆匆，南来北往，东西交汇。小酒馆独坐十字街口，虎踞龙盘，嗜酒者常登门寻趣。

酒馆门楣，没有通常的酒帘，唯一的招牌，是那酒坛顶上垂下的几串豆腐干。豆腐干，多为二指宽的长条，亦有一寸见方的，皆为当日卤出的鲜品，通红透亮，五香扑鼻。家乡人都知道，是下酒的好菜。路过酒馆，总能闻到浓郁的香气。你说，那挂在门前的蓝布酒帘，能比得上吗？

酒馆，店面逼仄，不足二十平方米。墙壁上一扇壁柜，搁放几排瓶装酒，全是百姓掏钱买得起的白酒，一两元一瓶。高档酒，名牌酒，如竹叶青、五粮液、泸州老窖、绵竹大曲，要好几元，甚至三二十元一瓶，市井人家焉能这般奢华，故半年也难卖出一两瓶。L型的柜台，在屋内一角围成半圆，老板稳坐其中。柜台上一个酒坛，柚子裹了几层红布，做成坛盖子，密封坛口，严严实实，旁放漏斗和酒提子。柜台占据四分之一的地面，余下只能摆下三张桌子，七八条长凳。桌凳用了几代人，店老板姓范，他也弄不清，只说是父辈卖酒时就已使用。桌面没一点儿油渍，干净锃亮。

十字街口，过往的酒客不少，都说这酒馆的散酒不同寻常，顺口，浓香，味道纯正，不像有的老板心奸，掺生水，那酒必泛寡水味。范老板待人和善，买不买酒，对你总是一副笑脸，验证了和气生财那档生意经。家有客人造访，指使小孩拎个空瓶子，单买三五两散酒，不买下酒菜，他照卖，童叟无欺。自然，来喝酒的人就多。

家来贵客，到饭馆炒一两个下酒菜，堪称讲究。到酒店喝酒，那算过瘾，谓之喝"冷二两"。冷二两，其一说，家乡人不温酒，随买随喝，冷白酒一下肚，血脉偾张，饮者如拔剑出鞘，光彩四射，血气方刚的秉性和盘托出；其二说，酒馆无现炒现卖的热菜，只能用烧腊、花生米、豆腐干之类"冷"菜下酒。"二两"，言其酒少，充其量滋润喉头而已。高兴之际，呼朋引类，喝上几盅小酒，爱用这种谦辞，凸显主人豁达好客的秉性。

喝酒的人从不论菜，亦为常理。只图酒好，几粒花生米，抑或几粒沙胡豆下酒，倒也无妨。毕竟是酒馆，豆腐干、花生米、沙胡豆、皮蛋，价廉物美，饮酒者喜爱，范老板自然备齐。

小酒馆人来人往，悉数一看，喝酒的人还得分三教九流。

有人喜欢喝早酒，那是多年形成的习惯。早晨八九点钟起床，毛巾溅上凉水，朝两只眼睛一抹，权作洗脸，腾出更多时间，直奔酒馆，跨进酒店门槛，专找僻静地方落座。此人左手食指一抬，范老板已明白了几分，一两，点头示意，提起酒提子，慢慢从酒坛舀酒，然后一滴不漏地倒在酒杯 —— 老板是否诚实，喝酒的人看得一清二楚。若老板快速提起酒提子，动作利索，煞是抢眼，酒泡消失后，那容量已经减少一二，人称"打冲提"，最为讨厌。果真如此，酒客自然心里不悦，只好把晦气埋在心头，惹不起躲得起，下次不来你家总可以吧 —— 所以，老酒客特别看重老板打酒动作的快慢，颇能剖析老板玄机，那是愿不愿做回头客的重要依据。

"是花生米还是豆腐干？"范老板递去酒杯，倾身细问，言简意赅。

来者若有所思，韬光养晦，藏匿心间，头也不抬，手指指向挂在苇草上的豆腐干。

心有灵犀，来者几乎全用眼神和肢体语言与范老板交流，无须吐露半个字，不愿与他人搭讪，好像淤积有块垒。老去不知花有态，乱来唯觉酒多情。何以解忧，唯有杯中杜康。自然，喝酒悠长而神秘，倘若烦恼涌上心头，多半在这里独酌半个时辰。

范老板也明白，这种人，寡言少语，酒入愁肠，天天如此，只知道满肚子装酒，人称"酒罐"。酒罐也想得通，一杯酒，加上两块豆腐干下肚，不到一角钱，解决了早饭，不麻烦老婆早起，自己也省去烟熏火燎之苦。

如果在"酒罐"前加一个"滥"字，那就表明不是一般的好酒贪杯了。一条街总有那么一两个嗜酒如命的滥酒罐，天天到范老板的酒馆来。虽为少数，概归三等，管叫酒罐。

县城逢二五八赶场，老祖宗传下来的规矩，从未改变。乡里的人进城卖粮食，卖鸡鸭，卖竹编的背篓、撮箕、筲箕、米筛，反正就是换点零花钱用。刮风下雨，辛苦一个多月，好不容易进趟县城，散场了，哪能不喝杯酒呢？心里一盘算，该称几斤盐，扯几尺布，割一两斤肉回家，给婆娘娃儿一个惊喜，当家的，就高兴。喝酒，要瞻前顾后，自然比较节俭了。下酒菜，除了几块豆腐干，大不了一碟花生米，别无他求，图的就是过瘾。

进酒馆的几个人，酒桌上一坐，算有缘分。几杯下肚，热情迸发，絮絮叨叨，话匣子便打开了。遇上酒量相当，还要猜拳行令：宝一对，二逢喜，三桃园，四季财，五魁首，六六顺，七个巧，八金刚，九归一，十全美。小酒馆里猜拳声浪此起彼伏，满堂喝彩。凭君酌满酒，听我醉中吟。掏肺掏肝，豪言壮语，什么话都可以说，不担心祸从口出，酒醒过来，忘得一干二净，不言不语。冲着酒劲说的话，你我概不计较家长里短，顶多一笑了之。

酒桌上，四海之内皆兄弟，皆有这般亲热，正应了两句诗："呼儿将出换美酒，与尔同销万古愁。"这算二等，归为酒徒。

晚上，十字街口，华灯初上，来这里喝酒的人，远远超过了白天。傍晚，那卖烧腊的师傅，带上刚出锅的卤菜，忙赶夜市，撑开脚架，摊子就在酒店门前一摆，立马开张！陈年卤汁卤制猪头、猪肚、猪舌、猪心、猪腿、鸡鸭，无一不香。紫荆门回民卤制的牛肉格外抢眼，在菜油灯光照射下，殷红发亮，时而还要用鹅管毛，蘸上卤汁来回刷几下，越发光彩夺目。

烧腊摊上像蒜苗一样的鸭肠，一分钱买一尺，入口即香脆交汇，瞬间便可激活一颗颗沉睡的味蕾。年少时，我自认为这是天下最好的美食。刚一摆摊，邀上几个小伙伴，你一尺，我两尺，比画长短，争享口福。鸭肠，是下酒好菜，那些鸡、鸭、猪腿、牛肉就更不用多说了。

酒好，下酒菜也好，三张桌子挤得满满的，客人太多，只好临门再搭一两张。

晚间来喝酒的，多是有事要找朋友商量。

大西门本有家大茶馆，地道喝茶。茶客多打长牌，天南海北瞎吹牛，不犯王法，正儿八经谈事情的极少——环境不宜。晚间，茶馆是说书人说书的场所，《水浒》《说岳全传》《隋唐演义》《三侠五义》，轮番演绎。一把扇子，一块惊堂木，富于传情达意的声音，简洁明确的手势，虽不及史上柳敬亭说书那样入情入理，入筋入骨，也让茶客侧耳谛听，额首称道。时有竹琴艺人游走至茶馆，疾徐轻重，俯仰之间，那宛转悠扬的说唱，敲击竹琴极有节奏的"梆梆"声，慰藉着茶客空寂的心灵。加上赶来听书的一大群小孩层层叠叠，把茶馆过道挤得满满当当，提壶续水的堂倌要连声高嚷"开水来了，开水烫脚"，才勉强挤得过去一个身子。你说，茶馆还能商谈要事吗？

酒馆，小而安静，尤其晚间，滤去世间嘈杂和喧嚣，心境自然静了许多。新酿的高粱酒喷出浓香，酒香氤氲。酒客嘴唇微呷杯沿，俨然如品酒师凝神专注，细细品鉴，剥一粒花生米，嚼一块豆腐干，尝一片烧腊，其韵味醇厚绵长。此时，言语轻微，就同桌两三人知晓，或微笑，或摇头，或眼神示意，或细语相劝，点到为止。抑或挈阔聚首，明日天涯，遥看月华清辉，感喟挚友情长谊深，满腹情愫激荡未平，临别之际，举杯小酌，你我兄弟情义，全融于玉液琼浆之中。千钟美酒，一曲满庭芳，如此美妙舒坦！这是一等，堪称真正的酒客，比起酒罐、酒徒，讲究得多，也体面得多。

小东街的川戏散场了，红旗电影院的电影结束了，来范家酒馆小憩片刻，喝上一盅，最怡人，最舒心。春风秋月，雨后清宵，劳累一天，夜间算有一番快乐。

酒罐，酒徒，酒客，甚至那些偶尔小酌的普通人家，年年岁岁，一饮一啜，和美酒结下情缘。酒精张力如剑，直刺无数神经细胞。于是乎，兴奋和孤寂，宽厚和无奈，临门喜事和苦闷烦恼，都会从口中汩汩流出，个人也好，朋友也罢，直抒胸臆，无法阻拦，皆为普通百姓平常真实生活。

前些年回家乡，与朋友聊及往事，偶尔提到十字街的范家小酒馆，想去看看，听说早就不见了，连僻静小巷传统的酒馆也无迹可寻，心里不免涌起"此情可待成追忆，只是当时已惘然"的复杂念想来。

时代变了，现代的酒吧来了，抑或与 KTV 联袂的夜总会也来了。据说，这是与国际接轨，提升生活质量的重要标志，是美学观念在当代的时髦创举。酒吧装潢富丽堂皇，灯光闪烁不息，超重低音如雷轰鸣，震耳欲聋，初来乍到，弄得晕头转向，不辨西东。酒吧只卖红酒、啤酒等洋酒，免供白酒。花生胡豆之类的低档下酒菜，已为小吃和水果取代，招蜂引蝶，翩然而至，猜想多是丰厚利润诱惑老板改弦易辙。一群群年轻人鱼贯而入，狂歌劲舞，雄风高扬，之后便是大杯大杯地豪饮红酒、啤酒，甚至嘴对瓶口，两腮通红，状如乡间屠夫宰杀年猪时的粗野，然后再飙歌一曲。"酒后高歌且放狂，门前闲事莫思量"，充盈瞬间，酒精快感刺激神经，继而再喝再唱，周而复始，如此折腾到子夜方才善罢甘休，足以彰显沧海横流的英雄本色。

当下，酒吧豪饮早已失去在酒馆喝冷二两的味道，品酒的雅兴荡然无存。据说，时尚喝酒便是拼命朝肚里倒酒，肠胃变为膨大的"酒桶"，才对得起朋友。莫非多有诟病的滥酒罐蛰伏数年再度出山？

睥睨富丽堂皇的酒吧，我想，那些充溢乡情的小酒馆，恐怕在小县城视线中彻底消失了。

西门三绝

小城中心有十字街口，向四周辐射，伸出四条正街。西门正街西下，如大树分叉，又分出两条小巷：小西门和大西门。20世纪50年代初，县城十二条街的街名横空出世，两条小巷皆始冠以名：自由街和新农街。

三条街街口交集，犹如江河交汇之处，赶场天人流如潮，生意兴隆。西门胜地，能人如林。新农街街口有两家小吃，一家老板姓李，专卖泡粑，对面一家姓游，只做麻花。井水不犯河水，生意各自打理无碍。

卖泡粑的李家，接祖传手艺，选米、泡米、磨浆、发酵、蒸制，严守秘而不宣的固定程序。李家怕坏了名声，砸掉饭碗，手艺从不外传。老两口儿恰好生的是两个男孩，口传身授，那俩男孩耳濡目染，慢慢悟出其中门道。一大早，小店摊前就蒸气升腾，人头攒动，一群大人小孩围在案板前，等候热乎乎的泡粑出笼。

李家店铺蒸泡粑，与别处不同。别处的蒸笼内铺蒸帕，米浆倾倒在蒸帕上，蒸出的泡粑如一大圆盘，再用细线割成若干三角形，外形呆滞，实为一短。李家泡粑讲究口感好，外形也要美。蒸隔扎满竹篾圈，排列有序，像是纵横交错的大蜂窝，铺上蒸帕，轻轻按一按，圆坑相连，凹凸有致，实为显山露水。发酵好的米浆，用汤勺舀在小圆坑里，猛火蒸上十来分钟，白花花的泡粑便出笼了！浑圆的泡粑，薄薄的边沿，犹如温润的脂玉，中间咧嘴微笑。李老板还要锦上添花，在每个"姑娘"额上，轻摁上一田字形的美人痣，红艳艳的，亮晶晶的，打扮得如此俊俏。泡粑微酸香甜，乳白拥红，人见人爱，往那案板上一搁，人头攒动，噪声四起：

"我要 20 个！"

"老板，我先到，该给我捡 10 个。"

你别以为这要花多少钱，10 个，就 5 分钱，20 个也不过 1 角。这对于穷人家来说，算是价廉物美的好东西，谁不心动而行动呢？

老板也大方，你买得多，他就送你一两个。

这种经营思路，比起那些锱铢必较的路边小贩，恐怕更有吸引力。

倘若要问，这泡粑要放多少糖，那就要笑话你了，泡粑是从不添加白糖的。真的要加糖，则需添上红糖，那是呈椭圆形"碗儿糕"，唯加糖后，身价倍增。说贵，也就一分钱一个，易于消化，滋补身子，孕妇最为喜欢。老板做生意的头脑，逼人折服。

周日清早，一群十来岁的孩子赶来打个小批发，竹筲箕装上几十个泡粑和碗儿糕，盖上白布，走街串巷。穷人的孩子早当家，体贴父母，卖些泡粑，不光挣点零花钱，说不定还可能凑上一笔学费呢。"泡粑——碗儿糕！""碗儿糕——泡粑！"西门大街小巷，传开了悠长的叫卖声，惹得嘴馋的小孩，探头张望。陡然想到陆游笔下"小楼一夜听春雨，深巷明朝卖杏花"的卖花女，两者何其相似。卖泡粑的叫卖声，虽不婉转轻柔，倒也给人亲切之感。日久天长，李老板蒸的泡粑，似长有剪翅的春燕，飞入寻常百姓家。倘若家有病人，肠胃不好，喝一碗稀饭，吃一两个泡粑，一碟咸菜，或一枚出油的咸鸭蛋，既养胃，又可口，那算绝配。

李家泡粑店铺的对面——游家，也非无能之辈，他的生意，做得风生水起。常说麻花香脆，可一入嘴，太硬，五六十岁的老人牙齿松动，嘎嘣嘎嘣，弄不好硌牙，多系通病。游家不知有啥本事，做出的麻花，香甜，酥脆，牙齿轻轻一碰，碎了，满嘴留香，众人不解奥秘。

后来，有好事者在别处买了几把麻花，将两者掰开对比，发现一些蹊跷，便故意在游老板面前抬杠，佯装要抢他的生意。生意场上，多人喜欢自吹，也想靠他人吹捧。三分活，七分吹，逢场作戏，见风使舵，堪称生意场上秘而不宣的潜规则。游老板偏不喜欢这脾气，他嘴笨，寡言，对买主常点头致意，一张笑脸相迎。他就信那句行业老话，"酒好不怕巷子深"。不怕不识货，就怕货比货。来者不善，我以善压恶，怕个啥？思来想去，这是送上门来的生意，与其遮遮掩掩卖个关子，不如透露实情，等于做块金字招牌，众人心悦诚服，倒也无妨：

"实话告诉你呗，别人的麻花揉的是水面，我揉的是油面；别人麻花爱放明矾，我独加鸡蛋，他舍得吗？"

三言两语，道破原委，好事者只是讪讪苦笑无语，狼狈地离开了。原来，游老板肯花本钱，思维决定行动，他不做一锤子买卖，想的就是食客吃得舒服，图的就是一大帮回头客寻上门来，赢得细水长流。

麻花生意最好数逢场天。卖粮食的、卖瓜菜的、卖鸡鸭的、卖竹器的，山货卖出去了，兜里装了几个钱，满脸喜滋滋的，总得给家里婆娘娃儿带回一些欢喜。卖的钱多，扯布缝衣，割肉打酒；卖的钱少，买几个泡粑，提一串麻花，表明当家的心里有数，富裕贫穷都没忘记自己"老窝"里的婆娘娃儿。

游家的麻花，用细细棕叶穿成一串，另扎一条红线点缀，拱手笑言，送你一个"彩头"，图个吉利。食客捎带回家，一路风光。麻花下酒，香脆皆具。煮面时，加上一两把，那味道，抵得上油煎荷包蛋，又香又绵。家里来客，麻花下面也拿得出手。

西门城门口往西二三十米，是自由街的谭糍粑，两口子经营十多年，不变味，不少秤，名声在外，赶场天人多"打拥堂"——三张桌子并排，吃糍粑的人坐得满满的。上午，谭糍粑把糯米蒸透，倒在一个石碓里，当众擂糍粑。别人擂糍粑，是用碗口粗的"冲槌棒"，讲究时间快捷，不到两袋烟工夫便了结。谭糍粑夫妇却不图方便，单用刚从水塘边斫来的绿竹，一个小时后，两口子擂得汗流浃背，糍粑才算擂好。绿竹香气自然沁入糍粑，绵软黏柔，清香扑鼻。

一般人卖糍粑，通常架一口小锅，小火炉上的糍粑靠炭火温软着，要吃，剜下一团，放在白糖豆粉芝麻面中一滚，白糍粑立刻喷香。这叫干糍粑。谭老板除了卖干糍粑外，还架一口锅，卖糖水糍粑。火炉烧的是木柴，便于控制火势。微火把红糖汁熬得稠稠的，俟糖水"挂牌"，糍粑团次第入锅，煮一阵子出锅，浓妆艳抹，再撒少许压碎的花生芝麻，色香味俱全。端出的糍粑，犹如殷红牡丹朝阳盛开，金黄花蕊点缀吐香，最能吸引食客眼球。接近晌午，谭老板两锅糍粑及配料备好，进城的赶场人，吃上一碗，足以解馋，胃口好的，还要添上一团。谭老板深懂做生意的诀窍，洞悉食客心理，十斤糯米的糍粑一卖完就收摊，再想添，没门儿。

我上小学时，路过谭糍粑店铺，看见又红又亮、香甜袭人的糍粑，心里痒痒的，摸摸兜里，一分硬币也没有，只得吞下口水，望糍粑兴叹，暗自许诺，总有一天，我要吃顿这香在口甜在心的谭糍粑。

每逢二五八的赶场天，那些卖山货、卖粮食的农家弟兄，像潮涌一样，熙熙攘攘，也要挤到三家店铺前，吃上心仪已久的泡粑或者糍粑，有时还要捎上一串麻花。小吃不贵，念的就是那个味道，绝了。"李家的泡粑，游家的麻花，谭老板糍粑甜天下"，顺口溜传开，日久天长，名满西门。

三家掌门人，皆凡夫俗子，学识浅薄，却看破尘世，自生意开张之日起，不为名利所动，一米一粟，从不掺假充真；一招一式，按老祖宗传下的规矩操办，暑去寒来，绝不撇下良心、糊弄食客，三家底细，老少咸知。

县城许多手艺人依样画葫芦，形似而神迥，味道远不如西门三绝，探其缘由，不得而知。你想，他卖的小吃摆在摊上，谁知道他背着众人眼睛如何鼓捣，短斤少两，偷梁换柱，哪路神仙能明察个中秋毫？

我这些年，也回老家逛街，走遍了西门三条大街小巷。正街已是三幢大楼耸立，商家云集，摩肩接踵。城门西出的自由街、新农街房屋连片拆迁，徒剩下零落的断垣残壁，旧址小块地基上，杂草丛生，有人还在莳弄菜蔬瓜果。店铺人走房空，西门三绝早不见踪迹，实现儿时夙愿——尝一回谭糍粑滋味，完全落空了。

还好，听说西门农贸集市设有糍粑摊位，我溜去打听，得知那作坊已不用绿竹，自然免去棒冲石碓的烦恼，只把蒸熟的糯米装入编织袋中，用木棒捶打，省时省料省工。猜测小老板是想尽快把糍粑换成花花绿绿的钞票。糍粑用米是否上等精良，糍粑粘上多少编织袋击落的碎屑，糍粑口感如何，他一概缄默不语，顾客自然浑然不觉。

记得，史上胡雪岩创办"胡庆余堂"药号，特制一牌匾"戒欺"挂于大堂内，警醒全员。他规定，"采办务真，修制务精"，员工如有违反，轻者褫夺饭碗，重者送官法办。他从一个跑堂的小伙计变成了富可敌国的"红顶商人"，其成功的秘诀难道不是靠诚信起家和发展的吗？

清誉雅望，对天长啸，在滚滚的市场经济浪潮中，智慧皆同精明结缘，财富总和诚信相伴。

眼下，西门正街开有几家烤制饼干、面包和蛋糕的作坊，烤箱里奶香四溢，撩拨着路人难掩的食欲，挑逗过客目光。西门内外，早已是西式甜点一枝独秀了。

也许我过于悲天悯人，过于痴迷孩童时代的念想。李泡粑、游麻花和谭糍粑时下惨败于发迹之地，匿迹于商贾之涯，令人扼腕叹息！呜呼，踏破铁鞋，县城大街小巷，何处还能寻找儿时追慕的味道呢？

苟十味

我爱吃面，至今记得苟家面馆。

20 世纪 50 年代，家乡小城有两家食堂，宽敞气派，堪称"国"字号老大，于厨界纵横多年，擅接红白喜事大单，但无暇顾及包子、面条之类小吃。

城内，自然有小餐馆。两个门面的，少说二十来家。市井庶民一来手头拮据，二来择近方便，多爱步入餐馆。这就逼得小店老板煞费苦心，煎炒炸卤炖，总得像模像样地拿出几款特色菜品，另备一坛烧酒，才能站稳脚跟。

餐馆更小的，一个门面的，只能在夹缝中开家面馆，指望能喝碗稀饭就好。靠近西门城门口的苟家面馆便是其中一家。我是苟家邻居，上学放学都要路过，苟家面馆那一档子活计，自然看得一清二楚。

苟师傅五十开外，是出道江湖的老把式。他爹民国初年曾在县城的大馆子三新堂掌勺，人称苟大厨，近二十年间，挣得一笔不菲家产，不幸后来染上恶疾沉疴，家道破败，遂坠入贫穷渊薮。子承父业，轮到苟师傅这一辈，"重振纲纪"，自立门户，只开了一家不起眼的小面馆。

苟家面馆与众不同，不卖炒菜蒸肉，也不卖烧腊白酒，专卖面条。同行皆取笑苟老板：冤枉活了大半辈子，他这种生意，就是滑石板上单打独斗，哪堪经受风吹浪打？他这人，就一个字，蠢。

苟师傅听到这番小觑言论，一笑了之。摊子铺得大，来钱门道广，固然可多赚钱；蜻蜓点水，浮光掠影，大，也有大的难处。尺有所短，寸有所长。一家就四口，婆娘加儿子儿媳，人无三头六臂，处处事必躬亲，谁能忙得过来。苟师傅暗自掐算，倘若以一当十，做好做精，说不定卖面的小生意，也能闯出点名堂来。这烹饪之技，本有门道，得于心而显于形，外人是难以领会的。

苟家店铺逼仄，门店一丈多开间，门口支张案桌，上面堆满碗筷作料，外罩严严实实纱布，不沾尘埃。灶台三只鼎锅，一只管煮面，一只专熬大骨汤，还剩一只烧开水备用。屋内仅够搭三张柏木八仙桌和十二条长凳，古拙整饬，碱粉擦洗后，通体金黄。墙壁和屋顶也刷得雪白，地面早就铺上"三合土"，便于清扫。苟师傅有句口头禅，穿在悦人，吃是为己，进嘴的饮食尤其要弄得干干净净。初识字的苟师傅并非这吃穿哲学的发现者，不知他在哪个场合拾得，且铭记于心，并时时提醒家人。灶台下，捅火通常烟尘斗乱，污染面条。苟师傅说，那面条既无卖相，又会败坏食客的胃口，非在灶孔外挂一布帘挡灰不可。

苟师傅眉宇间总透着一丝喜悦，逢客便颔首致意，自称从父亲那里学来的"见面礼"。苟师傅腰板笔直，夏天，一件白色短袖单衣；冬季，对襟罩棉衣，披白围裙，一条毛巾搭在肩头，利利索索，干干爽爽，绝无一般膳房的油腻腌臜。举首一望，这比那些弯腰驼背，满面灰尘，围裙齷齪，嘴里常叼叶子烟杆，吐得一摊口水，说话啰啰嗦嗦，沿街叫卖的小贩，着实顺眼多了。

苟师傅起得早，六七点钟，屋里就响起锅碗瓢盆撞击声。我吃过早饭上学，路过面馆总爱站一会，朝内张望。

"学生不上学，在这里看个啥？"苟师傅关切地问我。

"还早呢。"偷师学艺，总得找个借口，将来万一考不上大学，不如趁早学门手艺，一来可找碗饭吃，二来养活老妈，所以，一招一式，我都不肯放过。看的次数多了，好奇心驱使我问这问那。

"哈哈！你这小孩头脑还灵光——煮面的这苦活儿，有啥好看的？"苟师傅咧嘴大笑起来。

我上学与苟师傅采购同路，看他背上背篓，先是去肉摊上买回几斤鲜肉、大骨和大肠头，然后去菜场转悠，专挑那盆里活蹦乱窜的黄鳝，督其斩头剔骨去尾，打理得干干净净，最后寻得一篓鲜嫩蔬菜。冬春选莴笋叶、豌豆尖，夏秋买白菜秧、蕹菜苗。他明白，没有时鲜蔬菜的"裸面"，食客肯定要揶揄老板抠门。

　　苟师傅卖面，就两种，切面和抄手，切面又分素面和臊子面。素面与臊子面均同样操作，绝无半点马虎。

　　臊子面独卖三种：炸酱面、鳝鱼面，另加肥肠面。人说黄鳝营养丰富，但清洗麻烦；肠头肥而不腻，却难除异味。苟家人用心良苦，与众不同，一会儿用面粉挤压，一会儿加白矾揉搓，十八般武艺轮番上阵，倒腾好一阵子，把鳝鱼和肠头打整得干干净净，清清爽爽才肯罢休。煮面的蔬菜自然要洗净才下锅。

　　智者千虑，未必不失。那年夏季这天，食客在面条里竟然发现一条不小的肉虫，责问何故，苟师傅一脸错愕，连赔不是，倒掉面条，立马另煮一碗双手奉上，且不收分文，算作补偿。

　　苟师傅一向讲究卫生，对瞒天过海、蔬菜买来就下锅的厨艺最为鄙薄，斥之丧尽天良，不知为啥自己今儿个也大意失荆州，留下切肤之痛。

　　当晚，苟师傅面带愠色，对儿子儿媳俩狠狠训了一顿："我们做小本生意，开张那天就约法三章：一凭良心，二讲诚实，三要卫生。这江湖上昧着良心做蠢事，哪能指望回头客？捧着的饭碗也会被自己砸烂。"话虽不多，两人一惊，低头无语。苟师傅罚两口子禁食一餐，闭门思过，并立下店规，日后淘菜必须三回为准，先加盐浸泡，第二三回清水淘洗干净，不许再出半点差池。

　　世人吃面，品的就是那齐全的作料，讲的是那地道的川味。苟家面馆桌上摆满碗碟瓶罐，我站一旁，细细点数，猪油、精盐、辣椒、酱油、陈醋、蒜泥、姜水、胡椒、花椒，一共九味，另一味，罐内装的褐色粉末，怎么也看不明白。

　　苟师傅煮面，先把九味作料置入碗内，再舀半勺高汤。那高汤源于猪大骨慢火熬成，呈乳白色，与九味作料相溶一体，入口便有震撼之感。

　　食客跨入面馆，食指朝苟师傅眼前一扬，他不问也明白七八分，要的是素面一两。苟师傅手疾恰如蜻蜓点水，动作犹如白鹤亮翅，码足九味作料，手指粗细的长筷在碗内轻轻搅匀，右手捋出面条，掂了掂分量，抛入鼎锅，约莫一两分钟，夹上几片菜叶，投入沸水，上下翻动，捞起面条，倒在碗内，动作连贯敏捷，一气呵成。

　　手头宽绰的，多选炸酱面。食客进门一瞥，就吐出两个字：炸酱。苟师傅心有灵犀，一声吆喝："炸酱一碗——"那"碗"字拖得格外悠长，颇有韵味，既是回应食客，也为店铺增添几分热闹。顷刻间，煮好的面条摆在桌上。七分精瘦肉三分肥肉，配以芝麻和秘制豆瓣炒制的炸酱，深红透亮，宛如红玛瑙闪亮。微微荡漾于红汤，翠绿的菜叶和葱花与浅黄面条点染，红黄绿三色相映成趣，吸足了食客的眼球。刚一入口，麻辣鲜香顿时皆出，一股回甜味飘浮舌尖，只觉得味蕾俱裂，香透脏腑，钟鼓齐鸣，芬芳四溢。食客频频惊叹，一家普通面店竟能做出这般诱人美食！

　　肥肠肥而不腻，浓香扑鼻；鳝鱼细嫩味甘，滋润爽口。人来客往，苟师傅心中有数，唯独臊子面，才会另加珍稀的第十味作料，丁点足已，那面条的味道刹那间更上一层，道不出的无穷奇妙。冬天里有满嘴浓香温暖，夏日里是全身酣畅痛快，余下半口面汤都要"咕噜咕噜"喝得精光，搁下面碗，逸兴遄飞，方才踱出店门。

　　"慢走！"送走食客，拭去脸上微汗，苟师傅才算忙完一单生意。

　　味道好，价位低，素面一两五分，二两八分，臊子面另加五分，大街小巷都知道的明码实价。逢二五八赶场，苟家面馆格外热闹。西门城门口市场的乡民，卖完手中粮食、鸡鸭、背篓、簸箕、蔬菜，几步跨进面馆，花点小钱，打个点心，舒服一回，算没有白赶一趟场，值得。晌午时分，面馆人流涌动起来。

　　"来客里面请！"一声招呼，温情应声而至。

　　"二两素面，干溜带黄。"

　　"来碗肥肠面，免红。"

"我要鳝鱼面，多点红油！"

"一碗抄手，宽汤。"

"要得，要得，马上就来！"

应答声此起彼伏，店堂内热气升腾，三张桌子早已坐得满满当当。

苟师傅此刻方亮出绝技：左手持两碗，之间另叠一碗，架一品字型，手疾眼快，如流星划空，似碎玉落盘，九味作料一一飞入三只碗中。三碗一组，少许工夫，八九碗作料一并码齐。苟师傅忙而不乱，舀去锅中白沫，添上煮沸的开水，所以，再多的面条下锅，那汤也是清清亮亮的。

那年暑假，我想去"打掌盘"，端面收碗涮洗，挣几个钱子儿的学费，顺便偷师学艺，过筋过脉之处，看个仔细。苟师傅说我体弱力薄，托不起掌盘，还是去读书的好，卖面这活，心思要细，身板要硬朗才拿得下来。

苟师傅坦言，三张桌子，不能与国营食堂相比，接不了大单，但天天细水长流，经年累月，单养家糊口，还是过得去的。

我暗中发现，苟师傅单持一套怪章法，除赶场天外，每天只卖30斤面条，生意再好，也不叫面房续送，卖完就收摊。我悄悄问苟师傅，明摆着的赚钱生意为啥不做？苟师傅说话意味深长："饮食，吃欠不吃厌，做生意，也是如此。"苟师傅话中的趣味道出一大秘诀，像陈述中庸之理，原来，挣钱之门道，天地玄黄，包含了这样多学问。

来过多次的老饕客，踏进面馆就想到那最后一罐的作料，隐藏多少玄妙，多年朦胧未彻。是馥郁之味，还是清香之味，是浓情之味，还是温馨之味，是独具一格，还是兼而有之，味道丰盈，感觉舒坦，终究难以言表。听高人指点，第十味乃几味中药研磨合成。到底是哪几味，我仍一头雾水。问之，苟师傅乃笑而不答。

洁白墙壁上无一称赞的文字，面馆内却是唱和应答，宾主往来爽快甚欢。回首一望，苟家店面门楣一无招牌，二无匾额，呼来唤去，总觉不便。食客商议少顷，直呼苟师傅大名，委实不恭，索性唤作"苟十味"，且与"够十味"合辙，众人称道"顺口""精准"，有溢美之妙。日子一长，西门这家苟十味，终传遍小城内外。

后来，苟师傅年岁大了，他儿子儿媳又嫌卖面这活太累太苦，不肯承接父业，苟十味面馆只好歇业。苟师傅那种技艺，那种淳朴，那种精明，那种执着，在心中沉淀多年，至今，依然鲜活可人，我怎么也无法忘却。

别有洞天

上了年纪的大竹人，都知道城里有个洞天。从十字街口朝北门行，穿遇仙桥，左拐入小巷，路过神农宫，几十步开外，便是洞天，一个唱川剧的地方。

我家住西门新华书店附近，朝城门口西走不远是一家茶馆。茶馆位于三条街交汇处，晚饭后，茶客爱去喝茶。究其缘由，那里常有说评书、敲竹琴的艺人造访，更有打围鼓那番热闹劲。听打围鼓是不另收茶钱的，茶馆自然可借此吸引茶客。

我们这群孩子，晚上图的就是快乐。家里一盏昏暗桐油灯，没有什么功课作业，老看书也烦人，除了"打国""躲猫"，在街头叽叽喳喳，躲来藏去，百无聊赖，时光最难打发。茶馆里锣鼓一响，就是没扒完饭，也得跑去看热闹了。

打围鼓，亦称玩友，川内流行。六七个男人围坐于两张茶桌，身边几件锣鼓和钹镲，一人常玩几样乐器，且边敲边唱，十分默契。一位武将威风凛凛出山，声如洪钟，一会儿口里却冒出嗲声嗲气的女声来，几句帮腔诱惑小孩看个究竟，循声望去，依然是那帮老男人在作弄，好生怪诞。我们不懂其意，兴味索然。

"听不懂，还不如看戏去，到洞天。"年少不识愁滋味，我邀约伙伴黑娃，向神农宫走去。

说是看戏，哪来的钱买票？一张票一角五分，大米六分四厘一斤，抵得上两斤多大米，谁家的父母肯为孩子花这笔闲钱？

我和黑娃到了洞天剧场门口，验票的两人如将军把门，瞋目而视，好吓人，我们都发怵了。本想捡张丢弃的废票，浑水摸鱼，混进场子，没想到验票如此严格！我向黑娃递个眼神，走，另打主意。我俩绕了一个大圈子，摸爬到洞天后面的山丘上。然后，溜下山丘，才见剧场后面用竹竿扎成一排篱笆，把去路挡得严严实实。

我拉着黑娃，内心生急，逡巡不前。

"大老远都来了，还怕啥，看有无空子可钻。"黑娃给我壮胆，沿着篱笆继续侦查。

篱笆用竹竿扎得结结实实，足有两人高。我们沿着高高低低的土坡，边走边摇动死死扎在地上的篱笆。有的地方有一寸宽的空隙，我俩叹息无拔山盖世的力气。有的篱笆被人强行撕开了口子，后来补上的新竹，扎得更密更牢。折腾半个多小时，结果无缝可钻。正准备打道回府，忽然，眼前一亮，篱笆尽头下面居然有一深沟。黑娃说那是排水的阳沟，宽1尺，深2尺许，正好容得过我们单薄的身子。我俩喜出望外，偷偷摸摸钻了进去。满手污泥，你看我，我望你，苦尽甘来，脸上堆满着喜悦的笑容。

洞天，想象至少有洞，洞中自有天地。进来才明白，剧场在山丘下一块小平坝内。场子旁一家茶馆，茶香氤氲，男孩提篮叫卖，拖着长长的尾音："香——烟，瓜——子。"哪有"洞"的半点影子？

长大后才懂得，洞天，并非一般洞穴之称，乃神道精勤修行饮食起居的名山胜地。

无限风情远去，这里的洞天，赓续着千年圣贤忠孝节义的神圣香火，温暖着世间一代穷苦百姓的孤寂心灵。市民以洞天为门径，走进一个朝思暮想精神栖息的世外福地。

惊鸿一瞥，剧场舞台不算宽敞，两盏气灯把舞台照得雪亮雪亮，如同白昼。简陋的场子一眼望穿，四周没有墙壁，粗大的楠竹横架竖撑，像捆扎了一只没有糊纸的巨型灯笼架，支撑起人字形茅草棚。场子里椅子相连，足有二三十排，中间留一过道，黑压压的观众少说也有两百多人。看戏的大人，多泡碗沱茶，嗑着瓜子，摇头晃脑，宠辱皆忘，一副悠闲自得的神情，早把一天的辛劳抛到九霄云外了。

我俩站在椅子旁，佯装看戏，心里却不停打鼓，来查票咋办，好在没人盘问。其实，那咿咿呀呀的大段唱腔，我们照样没听懂，只觉得热闹，茶馆打围鼓就远远比不上了。

当晚上演《牛郎织女》，那仙女闪闪发亮的凤冠霞帔和飘飘洒洒的裙裾，那心如蛇蝎的王母娘娘的凶狠眼光，那天兵天将穿梭于舞台的热闹追杀，我们看得目瞪口呆。牛郎挑着两个箩筐，筐里装着小孩（我俩看得最清楚，真人），穿花似地追赶被劫走的织女。快到天宫时，王母娘娘取下簪子，划开天河，织女肝肠寸断，哭得死去活来。最后拉开天幕，一扇墙壁展现眼前，上面画了许多飞舞搭桥的燕子。牛郎织女在众多燕子的鼎力帮助下，终于实现鹊桥相会。哦，这就是活生生的川剧？虽说只看到尾声，终于有了第一印象。

演出接近尾声，一个老者走到台前，把木牌挂在台柱上，第二天上演的剧目，一目了然。那些看戏如痴的大人，指指点点，连呼"展劲""安逸"，侧身与戏友嘀咕几句，约定梅开二度，那才叫舒服。

不花钱看戏的窍门儿（儿时特称"看抹和"），我和黑娃约定守口如瓶，发誓绝不外传。倘若其他伙伴介入，泄露天机，必然凶多吉少。

逢场天，剧团加演午场，多为三国、水浒、隋唐那些故事。有对打、吐火之类绝技，倒腾得满台生辉，众多赶场的农民扎堆洞天。不过，我俩怎么也得克制一下，不敢在光天化日之下再做夜间那种傻事——怕遭皮肉之苦，只能在晚上悄悄行动，看点"尾巴戏"解馋。

十万八千里外的英雄豪杰、才子佳人，一齐穿越历史风尘而来，在舞台上竞现风流，令我们目不暇接。我们三天两头去看一回"抹和戏"，心里像吃了蜜一样。细数起来，倒还有不少尾巴戏背得出剧名，《白蛇传》《柳荫记》《火烧濮阳》《三打祝家庄》，还有《拾玉镯》《做文章》《三岔口》《打渔杀家》，这样的折子戏倒看完几本，当然，不能每次都碰上好运气。叫得响的名角记忆特深，旦角王承平在鬼戏中的喷火瞬间变脸，俏丽脸蛋瞬间变成大黑头，像变魔术一样奇怪；小生周治国在《迎贤店》扮演秀才的穷酸相，比比画画，结结巴巴，我们看着都笑痛了肚皮。

1956年，我考上大竹中学念初中，功课压力加大，每晚到校上自习，偷看尾巴戏的劣迹，难以为继，只能痛下决心割爱。不过，传统戏剧文化的神秘种子，如春风化雨，无声播在草根少年的龟裂心田。锄强扶弱、惩恶扬善的情结，先于萌动的荷尔蒙在体内开始活跃起来。

邻居张叔叔是小学老师，在乡下教书多年，周末回城再忙，也要跑洞天看场川剧。有次我问张叔叔："你回城后老喜欢看戏，为啥？"他哂笑道："教书的不看戏，等于木匠不喝酒，铁匠不吃肉，纯属饭桶一个，全身上下都没劲儿！"张叔叔的回答令我迷惘，我不住点头，却似懂非懂，小哥儿们就十来岁，能明白那些转弯抹角的道理吗？

从县志得知，川剧清朝传入大竹，几经周转，20世纪50年代"耿碧英箱子"租用洞天茶社搭台唱戏，浓浓的川剧情开始浸润百姓心灵。难怪茶余饭后，总说不完前世今生的诸多情结，与小城欢愉忧愁相伴。茶楼酒肆里，百姓三五成群，气定神闲，常提上一句"晚上没事，去洞天看戏"，总有人应答。溽暑乘凉且不论，寒冬夜晚，街头刮风下雨，都舍不得那场心里早已敲起紧锣密鼓的川剧。戏台上，五千年历史的刀光剑影，人世间悲欢离合的真情演绎，庶民百姓爱恨情仇的人生故事，哪样不是常议常新的喜怒哀乐呢？散场后，神农宫小巷人群熙熙攘攘，间或传出几句刚刚学来的咿咿呀呀拖腔。

后来，耿家班子改名大竹川剧团，剧团从洞天迁至闹市区小东街。场子修得漂漂亮亮，座椅摆得整整齐齐，可容近千人，丝绒幕布挂了一档又一档，灯光布景，天造地设，搅得满场生辉，洞天实在难以比拟。剧团又出了个张尚全，能写能导能演，十八般武艺，样样精通，堪称川剧界的大腕。我不常回家乡，极少欣赏张先生的演出。一次市里开会，有幸与张先生相遇，称赞他演鬼像鬼，装神像神，手拨五弦，龙吟虎啸，浑身上下散发着无尽的表演智慧，川剧唱到中南海，那真是了不得的将才。张先生一再抱拳致谢。私下断想，这应算洞天"后时代"涌现的川剧高峰，是最接地气的现代辉煌。莫说小城无翘楚，洞天代有人才出，果然如此！

一个小小县剧团，在故乡人的记忆里镌刻下如此深深的印痕。

洞天，普通山梁下的一块洼地，百姓却赋予了一个梦幻的名字，像旁边那棵高大的白兰花散发出幽香，浓淡正宜，蕴藉着某种祈望和理想。而今，陈年凋敝，草棚早已土崩瓦解，那块凹地连同小山丘上耸立起一片钢筋水泥的漂亮楼群。洞天，和在戏台唱念做打的诸多名角的名字早已淡出江湖。我间或路过北校场，不禁朝洞天的方向频频张望，像是期盼一位分别多年的挚友。

黑格尔说过：人类从历史学到的唯一教训，就是人类没有从历史中吸取任何教训。我们曾拥有洞天的奇葩，现在面临受到影视大潮冲击的生存危机，彷徨于文化交融的十字路口。叩问苍天，今天，还有多少人跨越偏见，守护着，传承着千载的精神家园？哪怕非常拙朴，非常简约。

带伤的东柳河

一

我的很多散文都是在深深浅浅的绿荫下，在宽宽窄窄的巷闾中，在小河微澜闪烁的光影旁，孕化而成。

小时候，我上学要路过一座矮矮的石拱桥。每天往返几趟，伫立桥面，习惯靠近栏杆，凭栏眺望河面。那是缓缓的流水，蕴含着远去的历史，流动着愉悦的音符，飘荡着远古的歌谣。

桥下那条小河应属于东柳河的支流，发源于距县城不远的凤山寨。凤山寨方圆四五百米，相对高度不过 200 米。寨顶剩下不多的树木，至今还有一户人家居住。源头是很不起眼的小溪，水流若有若无，小溪从寨顶流下，纳沿途溪沟于一体，终汇聚成小河。清澈透明的涟漪，慢慢悠悠，弯弯曲曲，撒娇俏皮，从河边一丛丛绿竹斜影间穿进穿出，抚慰河中的水草和游鱼，亲吻大地多姿的生灵，又羞涩地扑入小城的怀抱，然后舒缓地绕了半个县城，最后才依依不舍离开，伸向远方。小河实在太小了，连个名儿都没正，亲近中带有几分随意，疼爱里流露出多少旷达，就叫小河吧。阳光下，河水潺潺，波光粼粼，穿行在绿色广袤田园，仿佛是一条闪光的珍珠项链，挂在丰腴女性的胸前。

20 世纪 50 年代初，行署牌子还挂在县城，辖四周 7 个县，一度风光。上天就偏偏不给家乡引来一条波涛滚滚的大河，众多城市居民用水难以保证，工厂生产更如杯水车薪，行署只好迁走，好像被褫夺一个头衔，乡民心中留下诸多忧虑和遗憾。

没有大河的人，梦里都想着水。北门紫荆门外黄葛树下，一排青石砌成了围堰，堰口内的河水便深了几尺，河面也宽了许多。从未泊过船，依然要昵称为码头，那是对河水钟爱眷恋的真情流露。几家漂染坊看上了这块水量充足的宝地，冲洗漂清，迎风晾晒，十分便捷。天空晴朗，阳光灿烂，竹竿上一排排靛蓝染就的土布和漂白的麻布，蓝白相间，绵延数百米长，俨然布置了一个宽大的舞台，等待精彩的演出开始。

往下，是石拱桥。桥旁，从河底竖立起一根根青石柱，搭起一排楼房，形成小城独有的吊脚楼。楼下是水，楼上是房，河中建小楼，先人鬼斧神工，几十年岿然不动！儿时星期天，最爱在吊脚楼下戏水，捞鱼捉虾。小伙伴成群结队，每次下水嬉戏，都会捞起成串的快乐故事。

那年月，县城的自来水十分有限，全城东南西北，还不足10家供水房，最多只够一半的人饮用，其余的居民就靠凿井汲水，抑或下河挑水。我上学路过西门石拱桥，目睹桥旁很多人家都去河边挑水。早晨的河水最洁净，洗脸淘菜，并无大碍；烧水煮饭，便要沙缸过滤。那沙缸内分层置放河沙卵石、棕片、木炭，可谓现代净水器的雏形，滤后的河水变得洁净而微甜。若在水缸再投一小块明矾，搅动几下，便升华为纤尘不染的纯净水了。

很多时候，河水不盈不欠，淙淙流淌。在这里浣纱捣衣，绝对比在家里的用木盆倒腾宽绰得多。天天都有一大群妇女在码头边洗涤衣物，从清晨到下午，石拱桥河边，总会飘着此起彼伏的捣衣声。

五月端阳，常常暴雨突发。一夜之间，暴雨把小河河床灌满，甚至漫上岸来，西门石拱桥下顿时黄汤翻滚。河面弯道多，"抢鸭子"替代了划龙舟。一只小船在浪尖波谷翻飞，舵把子专寻漩涡之处，将鸭子扔出去，二三十个小青年犹如《水浒》中阮氏兄弟，浪里白条大显身手，"扑通"入水。鸭子在水中忽而潜水转身，忽而扑翅飞腾，尽显戏水绝技。众人追赶，形成合围，讲的就是水性好、眼睛灵、出手疾。先拔头筹者，不光抢得鸭子，赢得一片喝彩，还要提一大块奖励的猪肉，喜滋滋地带回家。

　　时至三伏，乌云压顶，热浪袭来，人连呼吸都感觉有几分压抑，何况鱼虾呢？此时，深潭里的群鱼张口喋喋，急得在水面来回翻转。群鱼露头，两岸百姓都知道，"渔汛"来了，脱去外衣下水，提起竹篾编制的"虾箙"，舞动三角形的竹架，步步为营，边走边朝虾箙赶鱼。早先的看客被挑逗得心痒痒的，赶紧把鱼竿系上网兜，悄悄伸向鱼群，顷刻间，两三条鲫鱼便收入网中，不费吹灰之力，装了半盆活蹦乱跳的"摆尾子"。

　　不过，最舒服的还是下河洗澡，凉爽痛快。几个小伙伴放学之后，一旦商定，便跑到河边，衣裤一甩，在河里扑腾起来。变换泳姿，各显其能："大把"有气派，"狗刨骚"也不丢人，水性好的，扎个猛子钻下去，潜游一二十米远，才洋洋得意，摇摆着身子，露出头来。玩上三二十分钟，爬上岸来，蒙住耳朵，金鸡独立，跳跃几下，抖出耳朵的水滴，再用泥土和灰尘涂抹双脚，顿时变得土灰黢黑，回到家里，方可蒙蔽父母审视的眼睛，逃脱一顿皮肉之苦——洗澡的伙伴都懂得这样作假。

　　寒冬腊月，小河安静许多，河水静静流淌，悄无声息，像婴儿熟睡那样恬静，砧石板边依然有浸泡在水里的衣服和洗衣的女人，洗濯的手臂冻得像红萝卜，上空依然荡漾着清脆的捣衣声。

　　逢上大雪纷飞，那是南方难逢的节日，仰天呼唤，手舞足蹈，像过节一样地快乐。不多时，地面便铺上厚厚一层白雪。石拱桥旁的天主堂内植有几株鲜见的腊梅，琼枝疏密有致，梅魂暗香浮动，西门三条街的人都知道。禁不住神秘的诱惑，邀上伙伴溜进小院，踩着厚厚积雪，轻轻撩起枝条，靠近衣襟，浑身上下顿时散发出幽幽梅馨。小哥儿们不知从哪里学来这般"附庸风雅"，踏雪问梅。冬日小河边，一个香雪迷人的世界！

　　"溪边照影行，天在清溪底。天上有行云，人在行云里。"清澈的河水流进了煮饭的锅里，流进洗衣的盆里，流进小鱼游荡的玻璃瓶里，流进儿时无尽的欢乐中。

二

我工作在外，很少回到家乡，即使待上一两天，也没有闲心游览城边小河。

一次，随朋友郊游，偶然机会看到久违的小河，竟然怀疑自己的眼睛。

一切恍然如梦，但现实历历在目。

人说，三十年河东三十年河西，现在找不到昔日绿波悠悠的小河了。河面突兀瘦身，仅三四米宽，河床抬起，河面裸露出许多石块瓦砾，水流被杂物石头、死猫死猪的残骸阻挡，形成野草丛生的小渚，恶臭四溢，早无鱼虾踪影。河边路人掩鼻而过，恐怕这比人们议论的雾霾要可恶得多！

水花四溅的北门水码头全然消失，早变成了臭水沟。儿时捕鱼捉虾的吊脚楼上河道，被盖得严严实实，上面耸立起一排排房屋。小河被压在水泥板下，不见天日，无法呼吸，直到北校场外，才露出惨淡的可怕的容颜——两边杂草逼仄的河面，一条灰乳色的污水，像一条摇摇晃晃的毒蛇，吞噬郊外的绿色原野。

这哪里是我心中的东柳河？

故乡一些地方被美容，被靓丽；另一些地方被毁容，被糟蹋。在城市快速扩张时，小河已经遍体鳞伤，污秽发臭。欲望膨胀的城市正在贪婪地侵吞着乡村、河道，消失的不仅是老街道、老房子、菜园子、古井台和石磨坊，还有它们承载的生活内容和情感记忆。我的胸口被堵得喘不上气来。

小河流经城郊，有一广阔水面，人称荷花池。池中清波荡漾，四周绿柳环抱。夏日，"接天莲叶无穷碧，映日荷花别样红"，小西湖的美誉人人皆知。傍晚，荷香随风而至，让人忘却夏日难耐的酷暑。不过，这已是昨天的记忆。在开发商战无不胜的强大攻势下，上百亩的荷花池水面逐渐变成巍峨楼群包围圈中的沼泽，变成一个小盆景，最后，在人们的眼帘彻底消失。伴随着城市无序开发的愚昧、无知和蛮横的扫荡，荷花池的空名凝聚着小城百姓无尽思念小河的绵长情结。

这些年来，农民钱袋子鼓起来了，时兴在县城买房。不少农村姑娘找对象，首要条件就是在县城拥有住房。多么新潮的思维！农民像潮水一般涌进县城，常住人口从几万猛增到二十多万。旧房成片推倒，新楼群向郊外延伸，火柴盒式的高楼拔地而起。小区都冠以诗情画意的名称，更煽起购房的强烈欲望。小区接小区，楼盘连楼盘，县城都变成水泥楼群集合的大世界了。随之而来的是，大量的生活污水直接排向小河，甚至将垃圾也丢弃在水中。

风光无限的麻纺厂曾是家乡的骄傲，招收过成百上千的工人，但属排污大户。那漂洗苎麻的污水，散发着刺鼻的恶臭，像黑龙一样直向小河倾吐臭水……把东柳河糟蹋得一塌糊涂。碧波荡漾的东柳河彻底被颠覆了。

入鲍鱼之肆，久而不闻其臭。恶臭肆虐多年，河岸居民嗅觉被熏得变得麻木了，步履迟钝了，只好整天关窗闭户。孟母三迁的故事折射出古人对良好育人环境的渴望。现代的孟母们煞费苦心，四处打听环境舒适的生存空间，择吉而迁。越来越多人家远离河道，遴选林木扶疏的新屋，甚至干脆搬迁到流红滴翠、鸟鸣蝶舞的锦城花园小区了。

三

从农耕经济向工业化经济转型过程中，我无法从经济和环保角度去辨析，哪些是可以避免的，哪些是人为破坏的。但可以肯定，河水由清转臭的恶变会让人类从赞歌声中逐渐清醒过来。绿水青山就是金山银山，我们的治理者过去很长时间内忽略了这个论断的历史意义和经济价值，现在终于深明大义，通盘规划，花大力气解决，强力地推进治污工程了。

去年，我又回了一趟家乡，踏上昔日的西门石拱桥，踟蹰不前，寻觅记忆中的良辰美景。县城几家麻纺厂早已关闭，最大的污水之首终被斩断。小河两岸已经筑起4米高的石堤，岸上结实漂亮的水泥栏杆逶迤远去，绕城长达5公里。河面恢复到历史的宽度，河水不再因暴雨猖獗吞噬两岸土地，乖乖顺流而下。两岸陆续种上树木，泛出绿色的生机。一打听，才知道政府下了大力气，投资5亿多元（全县人均500元，这绝对不是个小数字），把治理河道作为一号工程狠抓落实，包括河道整治、雨污分流、市政道路、管道铺设、绿化景观建设等正逐一落实，新建的双溪燕尾、竹溪偃月、民俗风、漫卷诗书等景观初具规模，市民闲暇游览有了新的去处。

稳步整治河道的同时，政府加快了低矮房屋拆迁，规划在教师新村、大竹桥、高峰寺3个点集中建房，安置治理河道的拆迁户。临河而居的住房条件得到很大改变，以前低矮、狭窄、阴暗的平房将被宽敞、明亮的高楼取代，遇雨而愁、遇雨难安的狼狈状况将彻底改变，两岸百姓安居生活开始了新篇章。

几年前，有人在凤山寨顶塑一尊手持宝瓶的观音，人造神仙似乎并不显灵。河水先天储量依旧有限，无法冲走淤积多年的污泥浊水，是否还要借水库储水冲刷或施行别的高招？那是水利专家面临的新课题。河堤规范了河水的走向，自然是悦目，不过那是治理小河的第一步，两岸还需要多种绿树，不仅是观瞻顺眼，而是人们需要赖以健康生存的负氧离子。小河流量太小，河床淤泥甚多，河水清澈尚待时日。

给县城居民提供唯一饮用水源的乌木水库，已经禁止网箱养鱼，自来水中的怪味渐渐消失了。新的情况是在水库旁边建起了庞大的温泉浴，洗浴后的污水如果不进行彻底治理，就会源源不断地汇入自来水，流进人们的饭锅、餐桌。色彩斑斓的高楼大厦高傲地炫耀着城市建设的辉煌。生活污水没有治理，悄悄排入河道，无数小作坊杀鸡宰鸭的血水直流河中，并非假设的现实。

　　污染是一代人失策，"债务"却要几代人偿还。这是全县之痒，城市之痛。带伤的东柳河还在轻轻呻吟。这给管理部门摆出的难题似乎不可能快捷解决。

　　"苟利国家生死以，岂因祸福避趋之"　"为天地立心，为生民立命，为往圣继绝学，为万世开太平"。每当摩挲着古人这些铮铮誓言时，内心总会涌起战栗和震撼。为百姓谋福利，营造宜居宜业生活环境，历来是政府部门天大的重任。令人振奋的是家乡开始实行"河长制"，各级党政领导亲自任河长，千头万绪中，再忙也要管河治水，举全县之力来彻底根治水污染，营造舒适的人居环境，这是认识和行动上前所未有的重大突破。社会的现实告诉我们，彻底解决治污的问题，除了河道自身有限的净化功能外，要从根本上解决河道两岸多年随意排污的恶习，还需法律的、经济的、舆论的和道德的约束，这是最难最难的大事，且需要一个相当漫长时期的努力。好在政府已经吹响了治污集结号，目标已经锁定，只待措施多管齐下，全县百姓期盼"河畅、水清、岸绿、景美"的幸福远景，绝不会遥遥无期了。

　　河水碧波粼粼，游鱼往来翕忽，绿荫覆盖小河两岸，鸟语花香的四季，树丛中游人如织，鲜花次第开放的堤岸上空，荡漾着一串串甜美的歌声和笑声 —— 遥望故乡东柳河，我的欲念变得如此强烈，如此清晰起来。

竹中记忆

离开大竹中学 56 年了，许多往事还萦绕在膺。

1959 年，我从竹中初中考入高中，编入 62 高一班，教室在文昌阁。本年级 6 个班，平房教室从小操场依次排列至半坡，如长龙卧岗，俯仰恢宏。跨石桥，上小路，向文昌阁缓缓攀登。小路一侧，密密的藤蔓花草，馨香氤氲，绿波逶迤。三餐后，我们三步并两步，匆匆赶往教室，时被树叶花草抚摸，顿感植物也通人性，助我等勤奋学生捷足先登。

我们一班教室紧靠小路尽头。教室前是一小操场，场地局促，不便打球，散步小憩已十分惬意。窗后植一排悬铃木，树尖刚齐屋檐，枝叶繁茂，仿佛凝神注视，时而又沙沙细语，终日伴学子读书。我们常在树下聊天，偶摘下嫩叶一片，夹入书本，数月之后，便成缅怀往日议论学习的见证。睹物联想，屋后的小树，与台湾校园歌曲《校园的早晨》描述的意象多么相似啊？不幸小树早被斧斫，徒留一抹逼仄的灰墙，遮挡了学生课后眺望的远方。

初中阶段，我在 59 初二班就读，班主任老师身体欠佳，较少过问班上具体工作，许多琐事都是学生自己管理，不用老师操心。初二那年夏收时节，细雨不断，眼巴巴望着小麦、油菜没法收回。我们县城的 7 个同学，心急如焚，没有老师吩咐，一碰头就敲定，背上粮食和被子，到团坝公社冷泗大队支农一周。一群涉世不深的城里孩子，如此执着追求的品格，以及心系苍生的情怀，就算放在当今德育领地任人评说，也照样是超常的纯粹而高尚。

初中语数外，竹中教学堪称全县龙头老大，音体美的教学也堪称一流，老师志存高远，又致力于眼前起步，为塑造学生美丽心灵劳心费神。四川现代美术教育先驱、大师级水彩画家、美术老师周稷老先生（新中国成立后首任四川美术专科学校校长，孩提时曾与邓小平同窗就读于广安）身体力行，常带我们这些十来岁的学生，去白塔等地写生，现场修改我们的素描，教我们如何着色。音乐老师每节课教唱之前，都要我们练习音阶和"胸音"，尽管我们对这种古怪的发声，常常掩嘴而笑。现在，国家着眼未来，立足推行素质教育，我以为，远在20世纪50年代，我们竹中老师就已身先士卒，潜心耕耘，促使学生全面发展，实属远见卓识，当今许多学校片面追求高升学率，堪能比配？

进入高中，我听到老师常挂嘴边的一句话：读书，就是要认真读课本。要学习好，唯一办法是细读教材。当时学校发给学生的书本，除教材之外，无任何教辅读物和练习册与之配套（高考前夕，书店也只有一套人民教育出版社出版的数理化总复习资料，如此而已）。教材，由全国顶级教育专家编选，体现国家的意志和对基础教育内容最权威的定位，是教和学的唯一依据。所以，我们非常重视阅读课本，如同婴儿每日吸吮乳汁一般。担任我们班教学的诸位老师，专注而敬业：语文和外语老师要求时时背诵默写，从不落下欠账；数理化老师唯恐学生解题遇阻，总要强调寻找破解重难点的切口。不少老师早已作古，唯数学老师的教诲，至今我还记忆犹新：大凡完成作业，必须坚持一条，先看书，包括例题，后做作业，像读电报那样仔细咀嚼，不得遗漏半个汉字和标点，融会贯通全文，把握要领。倘若不能完成作业，表明你没有把握教材实质，必须再读，直至能够独立完成为止。老师这番教导，恰如授人以渔，取道精准，充分体现现代教育理念，因此，我一直奉为圭臬，至今还向诸多求学的孩子，面授机宜，四处传播竹中学子成功秘籍，自叹虽无在竹中任教的经历，却为能忝列其编外教师而深感荣耀。

学校系社会一隅，有整齐嘹亮的和声，也会冒出少许奇异古怪的杂音。当时，学校大力宣传陈毅元帅讲述飞行员驾驶飞机上天的故事，告诫学生要又红又专，争当祖国栋梁之材，极富教育意义，颇具召唤力。一时间，校园内，风乍起，春潮涌，发奋学习，比学赶帮，各班敲锣打鼓，向党支部表决心，成为全校青年学生最振奋人心的大事喜事。可教室角落，偏偏冒出奇谈怪论，哀叹中学教师那点微薄工资，还抵不上半亩地大萝卜。这种鼠目寸光的糊涂言论，如同注射鸡血一般，居然让少许无知学生亢奋起来。本班就有一人奉若神明，盲目听信，扬言"心动不如行动"，断然弃学回家"种萝卜"。几十年后的今天，倘若这位同学回顾当年草率之举，不知有何感慨。

大竹天生缺水，仅靠饿佛寺①旁一小电站"突突突"发电，捉襟见肘。路灯昏暗如豆，学校用电更加困难。夜晚自习，人人必须提灯入座。家境宽裕，提一桅灯，既光亮，又避风雨。多数学生买一盏有玻璃罩子的煤油灯，也方便。我家极度贫寒，无钱买灯，在垃圾堆寻得一空墨水瓶，自己敲敲打打，用铁皮卷成小管，插入布条，固定于瓶内，权作油灯。墨水瓶灯照明，缺乏罩子，煤油燃烧极不充分，火焰跳跃，直冒浓烟，自习结束，鼻孔和脸颊常熏得黢黑。你我举灯对视，莞尔一笑，戏称总比西山煤窑子里挖煤老哥要强得多。

山大出杂木，人多出怪物。班内有人偏爱卖弄空头政治，不思进取而摇舌聒噪，犹如史上猖狂的阮籍，何用之有？唯嗤之以鼻。许多学生深知"知识改变命运"的真谛，下定决心发奋读书不歇。眼睛一睁，忙到熄灯，不为闲言碎语左右乱耳，更不被长年饥饿缠身而动摇入学初衷，苍天有眼，文昌阁知心。寒暑不恤读书苦，未曾偷得半日闲。寒来暑往，无助的穷学生一直坚守着原始信念。

强大精神力量可以战胜物资的极度匮乏。下午课余活动，无

注释：

①饿佛寺：原名西禅寺，位于大竹县北8里处。寺内僧人皆节衣缩食，将粮食储存起来，一旦遇灾，用以赈济灾民。寺庙重建时，被众民敬称饿佛寺。

钱购买零食下肚，又怕无谓消耗精力，自然远离跑跳投掷。天天选择去图书馆静心看书，用精神食粮充实大脑，遂可暂时缓解饥饿威胁。自诩寻得精神胜利妙招，并转告于知音，同窗却笑我麻痹神经，承接了阿Q遗风。图书馆有一杂志，名曰"知识就是力量"，此话是英国著名哲学家培根所说。每到图书馆，都要望望杂志封面，这至理名言如耀眼灯塔，光华灼灼，照我蹒跚而行。

晚自习9点放学回家。家，此刻于我仅存空洞概念，孑然一身，无人嘘寒问暖，独上小楼，含泪挑灯夜读。饥肠辘辘，难以抗衡，四顾茫然，无一粒粮食可寻，遂从泡菜坛里捞出一酸萝卜，狠心啃掉半截儿。酸萝卜吃尽，捡来别人丢弃的莴笋皮叶，盐腌半日，虽泛有刺鼻生味，照样塞进嘴里，再用冷水洗脸，之后续看两个小时，一天学习才算最后谢幕。

高中三年，饿饭三年，也励志三年，艰难跋涉三年。念及古代先贤"苦其心志，劳其筋骨，饿其体肤，空乏其身"，目睹眼下艰辛，倒也坦然一笑，再多危难也湮没不了自己的瘦弱身躯。

1962年高中毕业，恰逢执行"调整、巩固、充实、提高"大政方针，全国高中毕业生44.1万，高校录取压缩至10.7万，录取率为历年最低。四川招生宁缺毋滥，个个学生头脑胀大，皆衍化为"亚历山大"人氏。过独木桥风险绝对不小，智勇双全者突围方能成功。细数得失，本班结果尚佳：44人中，考入高校11人，远远超过其他5个班。从此，悟出一点门道：在分享成功机遇面前，上天总是率先垂青于有充分准备的莘莘学子，概与其家庭富裕或贫穷无关！

竹中的文脉，文昌阁祥瑞之气，正从这间普通平房的窗牖缓缓溢出，一百年来，在巴蜀大地的山水间瓜瓞绵绵。眼下，与我们相伴苦读的那间平房，在四周高大的楼房映衬下，显得低矮卑微，但却格外稳重如山。凡回母校，情如泉涌，我都要挤出时间，放缓步履，静心走近那间保存了60年的平房教室，虔诚"朝圣"，感慨良多。

竹中往事，风吹不散，雨淋不垮，惊雷炸不烂，是人生前行的罗盘，是母体生命中最顽强的胚胎，是浩瀚天穹明亮的星辰，早已融入我的灵魂。

我在平房四周慢慢踱来踱去，睹物思人，恍若伏案苦读在目，瞬间，满眼热泪扑簌簌地掉了下来。

镌刻在心中的书

母亲辞世已有 57 年了。

父亲是个裁缝，技艺超群，徒弟众多，待人也厚道，可惜后来染上重病，在我 4 岁时他便猝然驾鹤西去。全家的生活重担就落在母亲一人身上。一个女性，半个字不识，要支撑家庭生活，何等艰难！

新中国成立不久，抗美援朝战争爆发。1950 年 11 月，县被服厂接到上级通知，两个月内赶制 300 件棉衣送往前线，质量必须绝对保证。厂里决定挑选几个动作利索，手工精细的女工。罗厂长曾同家父共事，最先点的将就是我母亲 —— 昔日同我父亲交往中，他太了解我母亲的为人和手艺了。

母亲接过活计，操作中规中矩，绝无半点马虎。她先用划粉画出间距，然后沿线痕用针，一寸一针，不露针脚，疏密恰当，精细过人。她绗的棉衣既耐穿，又好看。为此，母亲早晨 7 点上班，中午扒几口饭就往厂里跑，下午要忙至傍晚才回家。如此忙碌两个月，终于如期完成。千针万线，凝聚了普通百姓尽心支前的浓浓情结啊！

军棉送走后，罗厂长说了好些感谢母亲的话，已经腰酸腿疼的母亲不会讲大道理，只是笑了笑，还是那句老话："没啥，做事凭良心，心里才踏实！"

1952 年，县城开始使用自来水，在各街设 1—2 处供水房。我们家距供水房 100 余米。母亲深受封建礼教之害，双脚缠成三寸金莲，且经常磨出茧子和鸡眼，平时走路极不方便，挑上一担水后，更是踉踉跄跄，仿佛桶里有几条鲤鱼翻滚，荡出许多水来。仿他人小技，在桶里搁上十字架木条，仍无济于事。这时，我仅8岁。母亲如此艰辛，我一一看在眼里，心疼极了。

稍大一些后，我便争着去挑水。母亲不允："小孩的肩膀稚嫩，扁担压了，难以长高。"我执拗不肯，手掌比画过头顶："妈妈，我已经长大了，你看！"夺下扁担就走。母亲无奈，只好让步。我每次去自来水站挑水，请师傅先放半桶水，尔后再挑回另一半，跌跌撞撞，总算把水挑回了家。

我十一二岁便学着煮饭。一次，踏小凳上灶，不慎摔了一个趔趄，锅里的水全淋在身上，我号啕大哭。母亲得知后，没有半点责怪，反倒表扬："有志气帮妈妈煮饭，是好样的！"我当即抹掉眼泪，破涕为笑，频频点头。从此，做事胆量渐渐增大，即使失误，也不担心母亲责怪。

闲暇时，母子俩聊天，她总爱对我絮叨这样的话：勤俭是个宝，花钱的事就得多动脑筋。吃不穷，穿不穷，不会安排一世穷。一分钱能掰开花来，就绝不多花半分钱。生活中，她也是这样做的。

比如用水，家中备有两口缸，一口较小，盛自来水，煮饭烧开水；另一口稍大，装井水，洗脸洗衣，擦拭桌凳，自然可省下一点钱来。母亲有句口头禅：井水挑不干，力气用不完。她常告诫我，小孩子舍得多跑路，多花力气，将来才会有出息。

如果衣服较多，或洗濯被盖蚊帐，母亲便用背篓把衣物背到城郊的小河边。天没亮就出发，捷足先登，占据一块好石板，洗完衣物如能捡回菜农洗菜时丢弃的菜叶或藕节，这是最为开心的事。母亲脸上常会露出微笑："老天有眼，这下子，我们又可省下几分买菜的钱了。"

我们家住在楼上，没钱买拖把，母亲逢周日都要带上抹布，提一小桶水上楼。我在一旁当助手，替她拧干抹布。母亲把器物整理妥帖，扫净地板，再把床柜桌椅擦得黄灿灿的。简朴的陋室顿时生辉，一尘不染。母亲脸上露出满意的微笑："看，这下多顺眼啦！小孩子做事，无须大人使唤，能主动找事做，就算你精灵能干了。"

母亲手头很紧，从未给我发过零花钱。除购买必需的学习用具，我绝无半点奢望。眼看邻居家孩子郊外割草，卖给驶牛车的车把式，一背篓青草可换回好几角钱，既可以补贴家用，又可留下少许自己买纸和笔墨，我十分欣羡，跃跃欲试仿效他人。可是，母亲一口拒绝我的主张，说那样耽误学业，不如她夜间多做点针线活的好。为此，母亲总是每天从早到晚，搁下这事，又忙那事，双手从不肯歇息片刻。

我进入初中后，家里更是入不敷出，今天缸里米吃光了，还不知明天何处找钱买。母亲40多岁就守寡，孤独无助，艰难地扶着我这根弱苗。好心的邻居劝说母亲找个老伴，寻得帮助的一线希望。母亲对旁人的关心一直犹豫不决，担心将来的陌生男人未必靠得住，无奈邻居多次登门劝说，她才勉强答应。继父快60岁了，是山后孔家沟铁厂的炊事员，脾气乖戾古怪，整天沉默寡言，不与他人往来，极少回家。那年开学前夕，家里实在难以支撑下去，母亲叫我步行40里山路，赶到铁厂，指望继父能给几个钱子儿缴纳学费。除了在那里吃了几顿"碗碗饭"之外，一无所获。回家路上，想到向继父讨钱上学如此凄惨，内心几度哽咽，噙着伤心的泪水回到家里。我不知继父为何背弃先前承诺，漠然不管，毫无家庭责任感可言。后来母亲病重，捎去口信，盼继父回家看上一眼，竟然也是杳如黄鹤。母亲与继父的结合，她心灵所受的创伤，我这个少不更事的儿子焉能体会？不过，这支可悲的插曲并未损毁她的坚强意志，在后来的人生途中，母亲依然挺起瘦弱脊梁，面对现实中的困苦，白天飞针走线，夜晚继续挑灯，拼命挤时间换取微薄的收入，试图改变家庭的困境。

遇到难事，母亲只是淡淡地提醒我，响鼓不用重锤，好儿无须重话。看似平常闲聊，我自知这话分量沉重，总要暗下决心，蓄势待发。放学回家，第一件事就是向母亲报告成绩，放下书包就看书。油灯旁的母亲正忙着飞针走线，听到我学习的进步，她手指油灯跳跃的火苗，笑盈盈地说："孩子，你看今夜的灯花多亮啊，准是个好兆头！你把书读出来，咱们家便有出头之日了。"听到母亲的勉励，我深感暖意融融，温馨可人。

腊月寒冬，户外雪花飘飘，取暖的"窑灰"早已用罄，无钱续购，母亲便翻出破旧的长袜剪成两节，缝好剪口，罩在手掌上。寒风刺骨，长期接触冰水，母亲手指和手掌长满冻疮，皲裂流血，此刻，她唯一的奢侈就是花三分钱买回一盒蛤蜊油，一物两用：一是当菜油炒菜（从未读过书的母亲，不知道乳化过的蛤蜊油，已无半点脂肪可言，她在灾荒之年的"革新"，纯属无奈之举），二是涂抹皲裂的手背，用破布包扎后便继续劳作。

长年累月的辛勤劳动，导致母亲疾病频发，因为无钱，从没上过医院，常用拔火罐、"掐痧"这样原始的方式对付病痛。硬扛不过去，就去郊外采摘草药熬水来喝，从未上过医院。鱼鳅串治感冒，过路黄镇牙疼，金银花退暑热，马齿苋祛虚火，虎耳草煎鸡蛋对付"风丹"，这些治病小单方都是我从母亲口传身授中学到的。朋友赠送了两粒感冒灵胶囊，可谓稀罕之宝，母亲几次患感冒都舍不得服用，直到去世时还珍藏于箱底。

逢上胸痛厉害，母亲便请人挑断"羊毛疔"。我在一旁观看，最为揪心——先用白酒擦拭胸膛红点，再用衣针拨开皮肤，待把那被称为"羊毛疔"的祸根挑出割断后，母亲已是大汗淋漓，长吁短叹。后来才明白，剪断并非怪诞的"羊毛疔"，而是切断了神经末梢肌腱，形成短暂的感知麻木。母亲无钱治病，几乎到了虐待自身的地步！

母亲的桑榆晚景更加悲凉。

20世纪60年代初，每人每年只领得3尺布票，做衣服的人急剧减少，挑边钉纽扣的活计更不用说了。雪崩压顶，一家人要吃饭，母亲只好另辟蹊径——改做袜垫卖。别人制作的袜垫多夹有报纸，蒙骗世人眼睛，母亲诚实心善，粘的全是旧衣服和裁衣剩下的边角废料，没糊丁点报纸，外边再包上全新的白布——那是我们母子俩几年间省下布票买回的棉布。如此的袜垫厚实柔软，针脚细密，颇受欢迎（真要感谢那些陌生好心人帮助我们渡过难关）。一月下来母亲可以挣得七八元，除去买米，还能剩下两三元钱称盐打油买菜。

在家做饭，自古如此。屋里有锅有灶，锅里煮干熬稀，才有家的味道。1958年初夏某天突然宣布，购粮证上缴，街道要大办公共食堂，居民一律在食堂打饭，家里不准做饭了。母亲每月定量24斤，每餐不足3两。从食堂打回晚饭，总是在些微的饭团中留出一半，再添上一碟牛皮菜或蕹菜，用小碗温在热水里，给我加餐。邻居奉劝母亲要关注自己，母亲笑着回答："我已吃饱了。孩子读高中辛苦，吃长饭，他更需要营养哦！"母亲有一语录，"吃只虱子留只脚"，这种舐犊之情，我感受最为真切。

那些年月，长时间的饥饿毁掉了几千年来教化对人的影响，毁掉了人性。一家人分开吃饭，不在少数。只顾自己，不顾家人，也是饥馑惨景中的寻常事儿。我的母亲第一考量的是我的身体、我的未来。在美丽的谎言后面，母亲的善良和牺牲精神，如此辉煌！回忆起当年的无知，吃掉母亲留下的饭团，至今，我时时还有负罪之痛。

为补充食物能量，她时常手提竹篮，带上小锄，挂着拐杖，到近郊田边地角挖些野菜，寻觅别人丢弃的土豆和红薯。在她生命最后一年多的日子里，母亲不是用每天少得可怜的超低能量，而是用超乎常人的毅力在维持脆弱的生命！先是浮肿，双腿像舂米的舂杵，大拇指摁一下，就留下一个深坑，老半天弹不起来，挪动一步都十分艰难，后来剧烈消瘦，四肢俨如皮肤包裹的枯枝，毫无脂肪和肌肉，她还得照样外出寻找野菜。

1961年12月22日，清晨，我照例早起，上学前为母亲生火蒸好泡粑——母亲重病期间唯一的营养品。她真想喝口鸡汤或肉汤，我恨自己无能为力。几次生火不着，怕耽误到校学习，我便有些怨气。母亲听我在嘀咕，轻声嘱托："性子别急，慢慢做，就会好的。"

上午 10 时许，一个远房的亲戚给母亲送来一碗海带炖汤，一边爬楼，一边叫喊："师娘，我给你端汤来了！"喊了几声，竟无应答。走进屋里，才发现病榻上的母亲呼吸急促，生命垂危，她连忙叫人到学校给我报信。

我飞跑回家，看见母亲已被抬在凉椅上，奄奄一息，嘴唇嗫嚅着。我"扑通"一声跪在母亲身旁，战战兢兢地靠近她枯槁的身躯，又轻轻抚摸她微微张开的眼皮，号啕痛哭："妈妈，妈妈，你不要离开我啊！"

弥留之际，母亲犹如燃油耗尽，双眼微微抖动。我领会母亲的心思，她已无法把我养大成人，流露出锥心的愧疚，又无法说话，泪水一滴一滴跌落在我的手臂上。母子之间的生离死别，如此悲痛欲绝，我全身都在战栗，无尽的泪水湿透了胸襟。

没有棺木，只好叫乡下的亲戚扛来木板连夜赶制。入殓时，竟找不出一件没有补丁的衣服……

母亲崇高的人格渗透进我的灵魂，滋养了我的文字。

回忆的镜头越拉越近。2012 年 12 月，我追述母亲人品和智慧的文章获中国散文华表奖。颁奖典礼上，天堂里的母亲仿佛驾祥云而至，颔首微笑，我手捧奖杯，仰望天上母亲，禁不住热泪盈眶。

母亲啊，我多想借你一双慧眼，把纷繁世界看得更加清楚；我多想捧着你的油灯，给自己枯燥的文字镀上绚丽光亮；我多想在流云飞霞的春日，沿你前行路径播下希望种子，跨越寒暑，精心耕耘，收获心仪丰收的秋天。

与母亲相依为命艰难的 17 年里，老人的确没有用什么英雄壮举演示过微言大义，也没有给我留下半点物质遗产。一个生活在社会最底层的普通女性、旧社会过来的文盲，参加了轰轰烈烈的扫盲班，加上自己的名字，认得的汉字还不足 10 个，却用自己坚强的意愿、艰辛的劳作和一生的拼搏，写就一本内容丰厚的生活大书，这书早已镌刻在我的心中，足够我终生品读。

　　漫漫人生路上，我已跨入老年的行列，一直在细细品读母亲留给我的生活教科书；品读老人脚踏缝纫机被风霜漂染的灰白发丝；品读老人昏暗油灯下飞针走线的专注神情；品读老人整天不肯歇息的干枯双手；品读老人熹微霜晨到河边洗濯的蹒跚脚步；品读老人拄着拐杖在田边地角寻觅土豆、红薯的佝偻身影；品读老人凄苦人生途中永恒慈祥而坚毅的目光……

背心的温度

　　眼前这件背心，右边斜开门襟，钉有几粒纽扣，黑色平绒，脱去许多绒毛，早衍化成普通的平纹布料，内衬的驼绒绒毛几乎全部磨光，露出麻布的原形，前襟留下一条被戳破的大口子——该算老物件了。

　　背心是母亲遗物。我工作 50 余年，辗转多次，搬家"瘦身"，整理杂物，常扔掉许多压身的累赘，但这件破背心例外，属珍贵什物，怎么也得随身搬迁，至今一直保存在衣柜里。

　　我 4 岁时，父亲病逝，就和母亲相依为命。母亲养家糊口的技艺，靠的就是手中那根缝衣针。中年还可蹬踏缝纫机，在街道组织的缝纫组劳作，到了晚年，她体力迅速下降，站立剪裁都十分困难，蹬踏缝纫机一点力气也没有了。两张嘴还得要吃要喝，咋办，只好揽些针线活儿，在家做。

　　那时，女子时兴穿半衫，衣片和领子用缝纫机连接好后，最多的活计便是用针线挑衣边、钉纽扣，这些手工活颇见功力高下。

　　一块被摩挲发亮的鹅卵石压住衣服，母亲戴上老花镜（那眼镜一边螺丝脱落，用布条绕个圈，代替脚架，挂在耳郭。缺腿的眼镜，从未换过，直至母亲老去），右手无名指套上顶针，飞针走线，顿时进入女红天地。她的手下，线脚疏密得当，紧松适度，不足半天工夫，一件妥妥帖帖的女半衫，渐渐展现出新姿来。

　　挑完衣边袖口，钉 5 对纽扣，完成一件女半衫活计，约莫半天工夫，收入不足两角钱。要想多挣钱，只能在晚间延长做工时间。加班，是每晚必须完成的"功课"。

　　夏天还好，一到秋冬，夜晚寒气直扑屋内。我们住在楼上，窗牖空空荡荡，没有一扇窗棂。本想请木匠安上窗棂，糊上窗纸，抵挡寒气，不过，手头实在没有余钱。寻得两床破竹席，贴上木条，钉在窗牖上方，横竖也能抵挡少许风寒。

满是窟窿的竹席，怎能抵挡风雨猖狂？晚间，北风最是无情，如刀似剑，穿透诸多窟窿，像冷水泼在身上。母亲发硬的棉衣，穿了多年，一点也不贴身，更不保暖，只能在腰间系上布条，外面罩上背心，才有一丝暖气。母亲说，冬季夜长，这样穿着，不好看，只要脚下捂着烘笼，还能勉强坐住。时至夜阑，烘笼窑灰燃尽，袜垫差不多扎好，功效足能抵上半天劳作，所以，母亲十分看重夜晚赶工，戏称黄金时段决不能浪费。昏黄的煤油灯下，母亲走进她心仪的天地，忘记了寒冷，忘记了疲惫，完全醉心于她编制的梦幻之中——仅仅是能让全家喝上稀饭的梦幻。油灯散发出微弱的光亮，母亲的身影映在墙上十分高大，但她的黑发渐渐变成灰白，脸颊更加瘦削，几乎凹进去，失去血色……

那时候，所有商品都要凭票购买，粮食和棉布自然如此。布票每年1丈5尺，我和母亲的凑在一起，尚可缝制两套衣裤。母亲扯来一些白布，花上五六分钱，买小包染料，在家漂染后给我缝制新衣。母亲说，土白布幅宽，便宜，耐穿，二角多一尺，做件衣服不足两元钱，比买现成布料，划算得多。穿上新衣，备感爱意暖身，并不比用"洋布"缝的新衣逊色，上学陡然长了几分精神。

我记忆中，十多年里，母亲就添过一次新衣。出嫁穿的两件阴丹士林蓝的半衫，许多年后，褪色发白，领子袖口磨破，早搭上了几块补丁。好在母亲手巧，补丁竟然像花朵一样漂亮，匀称，不细看，倒还不能发现缝线来。若出门办事，干净的月白色女半衫，外面罩上背心，点缀出几分朴素简洁的美。

后来，布票更是稀奇，每人仅发3尺。世间流行的话是，新三年，旧三年，缝缝补补又三年。区区3尺布，别说缝衣，就是打几个补丁，也捉襟见肘。在我们家，衣服早破烂了，却还没添衣的计划，最急需的是用布票买回白布，制作袜垫，换成现钱买米回家。

1960年，母亲更感生活艰难。饥饿一直牵动着母亲的每根神经，她的一思一虑，都在围绕这个问题精打细算，筹划摆脱天天缺吃的窘迫。在那个年代，一个男人当家都难以为继，何况还是一个已知天命、孤独无助、身体羸弱的女性呢？要买回四十来斤大米，唯一的办法依然是延长晚间扎袜垫时间，隔壁的鸡叫过头遍，才能放下针线。这样赶工一夜，可以换来一斤米钱。看到扎好的袜垫，整天忧愁的母亲，此刻才稍微活动一下筋骨，露出一丝欣慰的笑容。

母亲一年四季都去郊区的小河边洗衣，照她的话说，河水宽绰，洗得干净，也省得我去挑水，可腾出点时间让我看书。天边星辰还未隐退，母亲就起床，拾掇衣物，背上背篓朝河边走去。逢上小寒大寒，严霜满地，田间小路凝成薄冰，母亲三寸金莲的小脚，跌跌撞撞，顶着朔风，踏碎冰碴，照样背着背篓下河。河水冰冷刺骨，母亲说，穿棉衣没法卷袖洗衣，碍事，只能穿几件单衣，套上背心洗濯。一背篓衣服洗完，手臂早已冻得通红，母亲还伸出右手，乐呵呵地对我说，看，冬天河里洗衣，越洗越暖和，省去许多热水。其实，母亲的右手攥成拳头后，中指和无名指不能再伸直，无法回到原来可伸可屈的状态，需要借助左手才能把这两个指头从环屈状态一只一只扳回来，这是她多年在河边冰水洗衣服落下的关节病。

我读高一，期末严冬的一个早晨，上学前突然大雪纷飞，雪花如席，扑进小屋。母亲担心我考试时衣薄受寒，毅然脱下背心，"强行"给我穿上，那股暖流一直流淌在我心里……

一次，街道居委会杨主任给居民组长讲，镇长要来居委会看望大家，大家要穿上最好的衣服，迎接领导。这一天，母亲去开会，左顾右盼，首次眺望到她心目中的大官。周围的老姐妹都穿上漂亮的衣服，像过节一样。出于对政府官员的信任和敬仰，她穿在外面的依然是那件心爱的背心。杨主任笑着探询道："郑伯娘，为啥不穿更好一些？"母亲回答很委婉："我穿的这件背心，就是见官的！"

服饰的单调，透射出家庭生活的贫穷，但并没有像冷水一样浇灭我们心中的烈焰。我和母亲在迷茫的缝隙中步履艰难，寻找一丝丝充满希望的光亮。

纺织娘，没衣裳，这话还真不假。母亲成天为人制作新衣，却无更多换洗的衣服。背心，使用频率最高，一年四季常与她相伴。

在街道缝纫社上班蹬踏"牛儿"，为他人作嫁衣裳，母亲穿的是这件背心。

首次与亲人合影，激情满怀，笑意盈盈，母亲穿的是这件背心。

每逢月末，街道居委会召开居民大会，同邻居姐妹拉家常，母亲穿的是这件背心。

饥馑袭来，母亲拄一拐杖，爬坡上坎，野外寻找果腹的野菜，依然穿的是这件背心。

一件承载四季风尘的破旧背心，自然远不能与用绫罗绸缎缝制的暖裘颉颃。10多年里，母亲和背心，情意缱绻，难舍难分。这件背心，记录了母亲无尽的辛劳，承载了母亲对未来生活的渴望，像护身符一样，抗过风，挡过雨，跟随母亲涉过社会大潮中难以计数的激流险滩。

那天，病中的母亲从床头起身，站立起来，战战兢兢，一不小心，背心门襟被铁钉划破了。按她性格，破洞定要及时补好。此时，她已是病入膏肓，双腿严重萎缩，就像两根干柴棍，完全不能动弹，整天躺在床上，手掌仅包裹一层灰白的皱皮，捻一枚轻若鸿毛的衣针，犹有数斤之沉。劳累一生的母亲再也没有力气抬起手臂，补好破洞。背心的破洞，一直静静地躺在那里，诉说着一桩未了结的心事，留下一抹永恒的伤痛。

几十年后的今天，我们早已衣食无忧。四季衣服分明，各式毛衣背心羽绒服，衣柜里塞得满满当当，五颜六色，应有尽有。随时令转换，有序穿戴，偶尔心血来潮，还讲究一点协调和搭配。这件破背心，像宝物一样，静静地被珍藏如初。

　　勤以修身，俭以养德。一件破背心蕴含着浓浓深情，积蓄了多年的体温，仿佛至今也没有散尽。听着母亲的故事，孩子们专注地凝视着我，紧抿着嘴唇，不断默默点头，似乎明白了许多。

　　我们倘若下乡做事，总要捎上一些钱物，孩子主动找出衣柜的旧毛衣，要我们转送给亲朋好友。

　　儿子在高校工作，联系那些先富起来了的老同学，时时给贫困学生生活上一些资助。

　　女儿微信群内一有召唤，便立马行动，收拾旧衣鞋帽，迅速打包寄送山区的孩子……

　　没想到，一件旧背心，珍藏融融的暖意，在孩子们身上散发出这样可喜的正能量。一个普通的小家，在蓝天白云下延续着大爱真情，在和风中传递着动人故事。

　　春节期间，全家时间都宽绰，我们找出破旧衣裤，一边看热闹的电视节目，一边品尝小吃，全家人七手八脚，制作自己的袜垫，倍感愉悦。偶然间，孩子们瞥见那件背心，嚷着"我要看看"。小孙子阳光帅气，穿戴时尚名牌，思维最为敏捷，伸手抚摸背心，说他体味到祖祖的温度，正像春天花儿一样徐徐绽放，传递到他的手心呢。看到儿孙们明澈、洁净、通透、专注的眼神，那一刻，我眼眶陡然湿润起来。

随行有思

○ ○ ○ ○ ○ ○ ○ ○ ○ ○ ○ ○ ○ ○ ○

桌椅会飞

范哈儿，何许人？真名范绍增，四川大竹清河廖家沟人氏，先当袍哥大爷，后做上国民党军长，大竹解放前夕率部起义的爱国将领。当地百姓提起范绍增，常以"范哈儿"称之，倒不提本名了。

前些年，一部以范绍增为原型的电视剧《哈儿师长》，把范绍增军中的诸多稗官野史，演绎得淋漓尽致。剧中哈儿师长有句口头禅，"袍哥人家，绝不拉稀摆带"，在嬉笑言谈中传遍巴蜀大地，几乎衍化成百姓的常用语。范哈儿为人坦荡、敢作敢为的秉性，已为众人所接纳。不过那毕竟是电视艺术，渲染成分不少，真实的范绍增，还是云遮雾罩。虽然范绍增已经去世 30 余年，我依然想去清河镇，看看这个传奇人物的"老窝"。

十月，我们驱车从包茂高速石河路口下线，转入 318 国道。微风吹拂，传来阵阵花草清香。车至清河镇，沿公路一侧缓坡而上，陡见一高大的白色栅子门。大门两侧有对称花饰浮雕，顶端 6 根圆柱系白菜形雕塑，门面浮雕簇拥四个大字：河引利源。未曾料到，山乡僻壤，竟然有这般儒雅的题字。一看题款，得知是清朝郭举人亲笔手书，笔力十分稳健，字体端庄典雅。

缓缓步入古镇街道，行人稀少，心境也顿时清静下来。街面宽约 6 米，镶有大块细沙青石板，平坦而舒适。青石板为后人铺就，意在锦上添花。街道两旁井然有序的罗马圆柱逶迤而去，圆柱与二楼用白菜形雕塑连接，一楼圆柱嵌有古代人物和鱼虫花鸟的浅饰浮雕，圆柱与铺面之间有 3 米宽通廊，多有小商摆摊设店。通廊，这是许多乡镇没有的特别建筑。晴日在街面行走，雨天穿行通廊，可减少许多下雨行走的窘迫。

吃午饭时，我们一筹莫展，不知该从哪里打听范绍增的掌故。旁边就餐的陌生人听说我们的难处，主动向我们提起镇文化站站长老罗。一个电话，老罗就匆匆赶来。

我们说明来意，又是老乡求助，老罗十分热情，愿为向导。

老罗五十开外，清河镇土生土长，多年潜心研究范绍增史料，堪称民俗专家了，曾在央视的四频道大型纪实特别节目《走遍中国》中当过导游，说起话来中气十足，思路非常清晰。我们一提打听范绍增的轶事，老罗连说"没问题，没问题"。

范绍增13岁便参加"袍哥"，在开江颜德基地方武装内混迹，拜川西军阀杨森麾下，任过连长、营长，后投靠省主席刘湘，担任第四师师长，成为刘的得力干将。刘湘与其叔父刘文辉生隙已久，为争夺四川霸主地位，双方伺机开展对决。此时，刘文辉窥见范绍增羽翼逐渐丰满，便暗中送范30万大洋，收买其倒戈。范绍增精明过人，早已洞察刘文辉借刀杀人诡计，收到大洋，转身就向刘湘禀报："收到敌方刘文辉30万大洋，请问如何处置？"

刘湘看了报告，咧嘴哈哈大笑，作出如下批示：区区30万大洋，我看不上眼，你范绍增自己拿去到上海玩一趟好了。

范哈儿欢天喜地，遂将大洋带回，邀约几个心腹乘船东去上海，找到其拜把兄弟青帮大佬杜月笙，二人在十里洋场花天酒地，纸醉金迷，好不快活。于范绍增而言，这是一次具有划时代意义的相逢，可谓川东袍哥与千里之外的上海青帮实现亲密联袂。此后，在洋场厮混，范绍增更加游刃有余了。

醉眼迷离，范哈儿看到上海街道建筑如此华美，的确赛过家乡那些破旧零散的民居，便萌生改变家乡街道面貌的强烈愿望。他暗中盘算，请人设计好图纸，弄一条像模像样的清河街道出来，让天下袍哥兄弟看看我范绍增的本事究竟如何！

图纸带回清河，范哈儿立即召集清河地主豪绅以及富裕农民开会商议，开宗明义，摊派任务，依据其田土和财力多寡，责令在清河沿街修房造屋，统一规划，统一施工，允诺一旦完工，每个门面奖励大洋20元。在川鄂边防军司令范绍增枪杆子胁迫之下，哪个地主豪绅还敢说半个"不"字！1934年9月，在热闹的鞭炮锣鼓声中，一条385米的新街终于横空出世。

古镇新街，上下楼既有古希腊罗马柱围成的骑楼式通廊，铺面的房屋又依然保留川东民居传统的穿斗结构，中西合璧，相得益彰，形成四川独有的仿古建筑群。

底楼男人经商，专卖烟酒杂货，开设饭店茶馆。二楼经营女性衣物、鞋袜绣品，独显淑女情味，可谓四川最早的女人街。

新街很快成为川东地区人气旺盛、休闲观光的"清场雅镇"，彰显其"雅趣"。在穷乡僻壤冒出这样新奇的街道，实属罕见，清河男女老幼口耳相传，眉开眼笑。每逢赶场，四周乡民无不赶来看个稀奇，那热闹场面非同寻常。

消息很快传遍全县，临近乡镇的地主豪绅也仿效，大兴土木，修建清河式新街。不过，那些山寨版终归不及清河气派壮观，工艺也非常粗糙，倒有东施效颦之弊。

抗日战争爆发，日军封锁重庆，这里商贸更加频繁，很快成为川东北各种重要物资集散地。

横扫"四旧"不久，清河街道罗马柱上精雕细刻的浮雕被铲除殆尽，历经几十年风雨的穿斗房屋，不少倾圮坍塌，化为瓦砾尘土。

范绍增整幢公馆，改建成了区公所的办公楼。

外国有加拿大，范绍增的家具便可"大家拿"。

"那罗马柱上的花饰依然存在！"我很惊讶，发现这里建筑保护良好。

"那你就看走了眼啰！"老罗哂笑道，叫我仔细辨认一下那些纹饰。

2002年12月，四川省政府批准范哈儿街仿古建筑群为文物保护单位，清河镇被确定为四川历史文化古镇。之前，人们为了赢得这个荣誉，煞费苦心，加班修缮，付出许多超乎寻常的努力，终于保存下来这批建筑。

经老罗提示，仔细端详，我才发现罗马柱花饰并非水泥雕饰，竟然是许多塑胶片，那塑胶花饰不少相同，经机械浇注成型，再涂上黑色颜料，最后一一钉在柱头上。

我惊叹修缮者以假充真的奇思妙想和近乎工业化的操作。原本文物修葺，在这里却有点异样和乖张。普通塑胶片粘贴在圆柱上，修复了损毁的文物，降低修葺的费用，其价值仅仅蒙蔽了参观者的眼睛。文物承载的历史和文化被亵渎了，文物的本相丧失了——这是我们不乐意看到的结局。

范绍增早期生活放荡，明媒正娶老婆 18 个，加上美妾，竟有 40 人之多，妻妾成群，乍一听，两位数的家眷焉能风平浪静，不可思议。

在重庆建有设计新颖、装饰豪华的范庄，供其享乐。清河老屋，只能称之乡间的"行宫"了。听说，清河开设了范绍增陈列馆，一种好奇心驱使我拾掇旧闻，附会联想。

陈列馆设在一个山冈的碉楼内，距清河街道约 400 米。碉楼墙体斑驳陆离，文字漫漶，沉淀了漫长岁月风霜，旁边有丛丛绿竹掩映，泛出一些生气。门口没有挂任何牌子，独一老翁看守。

陈列馆有三层楼，从一扇小门进屋，底楼展有一架织机，那是大竹常见织麻布用的机子。室内凿有一井，水清可鉴人影（足见当年镇守碉楼用心之周全）。当然，陈列馆作为历史的见证，它之所以攫取人心，令人徘徊瞻顾，并非是因为主人生前行动的遗迹，而是因为那些超越时空间隔的思想精髓。可惜，二、三楼墙上仅悬挂了一些范绍增的照片和文字资料，实物更为稀少，空空荡荡。一些物品的简单陈设，似乎与曾经身居"总司令"要职的身份不太匹配。自然，游人对范绍增认识也就浅尝辄止，浮光掠影了。说实在，我以为这家陈列馆有些名不副实。

二楼展出有范绍增带兵第 88 军的军旗，一张老式木床，一个衣柜和两把太师椅。

鲜红的军旗系复制品，陈旧的木床和衣柜并无新奇之处，那两把宽大的椅子倒引起我极大兴趣。椅子系紫檀木，黑褐色，座板敦实，椅脚粗大，有祥云纹饰。扶手平直，靠背稳重，早先镶嵌圆形花岗石，可惜已被取走，徒剩下空荡荡的圆框。椅子十分沉重，足有80余斤，挪动一下都要费很大力气。老罗告诉我，这紫檀木椅子不是本地所制，来自宝岛台湾。原来，这椅子还有一段鲜为人知的故事。

范哈儿其貌不扬，但内心思虑至精至细，察言观色，大智若愚，为人豪爽义气，喜欢广交朋友。1945年，抗战胜利，胡宗南派专人千里迢迢从台湾运回一张八仙桌和四把太师椅，另附上唐伯虎等名人字画，赠予范绍增。船到万县无法继续前行，又改用人工搬运，几十个抬工费尽九牛二虎之力，跋山涉水，抬至大竹清河，桌椅堂而皇之地摆放在范氏公馆的大堂上，引得众人拊掌齐声喝彩。

这些桌椅是众多将士浴血奋战英勇杀敌的见证，既肯定了范绍增的抗战功劳，又有胡宗南情谊蕴含其中，自然是范绍增的心爱之物，精心存放于清河老家，最为妥帖，只可惜后来莫名其妙地"飞"入了某些人家。

步出陈列馆，已是夕阳西下。古镇老街，暮色微茫，两旁浑浊的房屋渐隐渐暗，与北边"河引利源"呼应的"清场雅镇"栅子门，在余晖下还能略显大致的轮廓。

"雅镇"应雅，文明和谐，我心中却五味杂陈。告别老罗时，坦言相告："街道建筑保存还算好，陈列馆展品少了一些。现在，公平法制和昭昭天理，如日月朗照人间，社会已经步入依法办事的轨道，那些桌椅能收回来吗？"

老罗苦涩地笑了笑："桌椅翅膀早就被人折断了，还能飞回来？你说呢？"

被损伤的心灵

四月，仲春时节，我随两个摄影发烧友驾车下乡采风。

上天对我们格外青睐，久日阴霾遁逃无踪，太阳终于露出了笑脸。我们庆幸自己眼光敏锐，选准了良辰。一出城，便是金光大道，春风送爽。同行的胡君玩弄相机多年，对光特别敏感，一旦发现一束阳光斜射在暗中景物上，形成明暗对比景区，激情瞬间点燃，连忙惊呼下车抓拍。三人端起相机，瞄准景物，嚓嚓嚓，不断秒杀，而后相互传观印在监视器上的照片，评头品足，欣赏一幅幅惊艳的画面，随后便传出会心的笑声。

绿树村边合，青山郭外斜。山野风景千变万化，不断挑逗着摄影者选美的欲望。微笑的桐花，端庄的玉兰，热烈的杜鹃，绿叶丛中拇指大小的青梨，温床里纤细淡绿的秧苗，都来不及掩饰自己的喜悦，扑入了我们的视野，钻进了相机镜头。远处的林木早已浸染新绿，像一层透明的水彩，印在蓝天白云下面，清新明丽。春风阵阵过滤了城市的喧闹，轻轻送来山花和野草的馨香，把五脏六腑淘洗得干干净净。同行的王君更是抑制不住内心的喜悦，一个劲地高喊："爽！爽！爽！倍儿爽！"

啊，最美妙的人间四月天。

小车在山路盘旋，弯道多，坡度大，路面狭窄，随时考验司机的技能。好在乡道全是水泥路面，胡君持B证有好些年月，几个急弯巧过，常令人发出轻舟已过万重山的嗟叹。山路爬行许久，终于看见一泓春水，"金山水库"四个大字横亘眼前，激起一阵惊喜。

下车小憩，得知附近有层层梯田，曰千丘塝，立即令人想到众口称道的云南元阳梯田，国内外大批摄影家接踵而至，我们心潮荡漾起来，遂急速前往。

几拐几弯，来到千丘垮。这里果然名不虚传，垮上的梯田，如鱼鳞盖鱼鳞，瓦片连瓦片，层层如浪，盛满春水，波光粼粼，扑面而来。枝头小鸟呢喃软语，似乎向人们诉说山民的艰辛劳作、温馨的田园牧歌和美丽的人间情愫。田埂，一段一段柔美的圆弧，浸淫在大自然的画幅上，又像编织盛粮的围席，团团围住堆砌如山的粮食，鬼斧神工，自然天成。梯田，一曲固化在千丘垮上的美妙乐章！

梯田的小麦，刚割下不久，麦茬犹在。梯田的油菜籽荚呈淡绿，涨得鼓鼓囊囊，密不透风。层层叠叠的油菜完全遮盖了田畴，传出丰收的讯息。

乡村四月闲人少，才了蚕桑又插田。刚下过一场春雨，田块灌满了春水，有农民正忙着绞边，田里群鸭仰天长叫不停，唯独不见耕牛。道路上停放着一台小巧手扶式拖拉机，水箱"突突突"地冒着热气。向机手打听，还在用牛么？他自信地告诉我们，耕牛犁田已成历史，这里许多农民都用上拖拉机。机器每天可耕五六亩，比耕牛快多了。农民买拖拉机，政府还要补贴，非常划算。我们看到了农业机械化在山村稳健前行的步伐。

还有农田没有翻耕，稻茬残留于泥中。民间曾有农谚相传：九月犁田一碗油，十月犁田半碗油，冬月犁田没搞头。如今经济大潮滚滚，北漂南下，农村年轻男女纷纷进城打工，留在村里的强劳力寥寥无几。时至四月，割下稻谷的农田还未翻耕，灌水犁田便可插秧，戏谑"懒庄稼"。人的观念改变了，稻种更换了，种田的技术更新了，农谚如今不再灵验，一亩少说也打八九百斤稻谷，真神！

爬坡腿疼，来到一个农家小院小憩。

小院一条狗懒洋洋的，躺在坝子，一动也不动。男主人倚门而坐，自称姓赵，年近七十，目光浑浊而呆滞，古铜色的脸庞宽大而瘦削，布满皱纹，浸染了漫长岁月的沧桑。老赵述说自己本来杂病在身，又患上严重骨质增生，步履艰难，无法下地干活，好几年都没有下过山，成天蜷缩在椅子上。他守望老屋的落寞，远眺远山的青翠。犁田开荒，栽秧打谷，龙腾虎跃，风风火火，那是以前年轻时的辉煌。现在，农村政策好了，却丧失了劳力，干啥都不行，仿佛一头公牛陷入泥潭，无法挣扎出来。在令人目眩的头昏脑胀中，他一直咀嚼着剧烈的疼痛，时时额头冒出几粒汗珠，说几句话，就有上气不接下气的感觉。

骨质增生算是一种富贵病，按理需要每天按摩，最好手术根除。手术，需要一笔不小的医疗费用，单靠家里那点粮食和肥猪换钱，杯水车薪。老赵说，实在疼痛难忍，就靠输液缓解。输液，也都得合计一下：是乘摩托去乡医院，还是请乡村医生来家里。到乡医院输液，光乘摩托，一个来回，得花 30 元车费，在家输液就可省去这笔开支。

老赵刚输完液，疼痛略有减轻。

老赵的老伴儿也是六十开外的老人，皱纹毕现，牵着一个小女孩。她说，两个女儿远在广东打工，自己要顶一个强劳力干，揽下所有农活，要服侍病人，还要照料外孙女。老人哀叹，这样累下去，说不定哪天会患上一场大病来！

一个体弱的耆老要支撑这个风雨飘摇的家，是空巢家庭的悲哀。

有朋友来到小院与她聊天，老人很欣慰，脸上露出一丝笑容："你们几个客人吃午饭没有，没吃的话，我给你们煮面条。"

对一群陌生人如此大方好客，表明了山里人淳朴的民风还没有在经济大潮中悄然褪尽。我们感谢了老人的好意。

老人手指屋檐下那堆青菜说："那是刚从地里收回的，挺新鲜，准备用来喂猪。不介意的话，你们挑好的捡，拿回去做泡菜！"说完，递来一把菜刀。

肥厚鲜嫩的青菜梗，是做泡菜的上乘原材料。我们一行也毫不客气，优中选优。老人想得十分周到，取出三只塑料袋，分装妥帖。

阳光照在老人慈祥的脸庞上，温暖留在我们心里。

　　胡君是一个民俗摄影发烧友，特请老人进灶屋生柴火作煮饭状，直嚷要"把炊烟弄得浓重一些"，努力营造一种拙朴自然的氛围。我明白他企盼弄几幅精彩照片去评奖的心思，也在一旁推波助澜。老人牵上外孙女，接受胡君导演，不一会儿，一幅幅颇具浓郁生活气息的风俗画面便留在相机里了。

　　告别两位老人，我们登顶专门去拍摄梯田，早日完成夙愿。老人家步出房门，依然狐疑未释："你们是从哪里来？拍摄这些有啥用？"我们给老人逐一解释，她依然有些困惑。

　　待我们登顶拍完梯田照片，进小院取走老人的馈赠时，发现她身边多了一个中年女性，称其"队长娘子"。可以想象，这队长娘子，在队长身边耳濡目染，见多识广，明辨真假本领过人，是老人心中的保护神。队长娘子是老人请来鉴定我们身份的专门人士——这群身份不明的摄影狂人，屁颠屁颠远道而来，专门寻觅山山水水，还要钻进灶屋，升腾起浓浓炊烟，拍摄什么民俗生活，委实不可思议。

　　队长娘子手上还握住小锄头，估计是刚从地里赶来院坝的。她面带笑容，语气却十分坚定，要我们出示身份证给她看看。好一个千丘塝的民间检察官！

　　刚才的信任似乎刹那消失，无拘无束的谈话仿佛是预设查验身份的必要铺垫。老人的警惕性陡然上升，场面局促而尴尬。我们只好再次说明自己身份，介绍自己的由来，展示了携带的全部摄影行头，翻出刚才拍摄的所有照片。目睹我们毫无遮掩的"证据"，老人和队长娘终于冰释疑虑，认识回到了原点。

　　恢复了对我们的信任，老人讲述了去年的一件往事。两个陌生男子闯入小院，借换零钱之机，用假币换取老人强忍病痛、点滴积累起来的血汗钱。自己的善心竟然被骗子无端伤害，两位老人捶胸顿足，气得几天吃不下饭。最后得到的教训是对陌生人必须保持足够的警惕性，多长一个心眼。

　　一朝被蛇咬，十年怕井绳，这是许多农民最原始的思维定式，何况老赵一家与我们仅是萍水相逢。

离开这个农家小院，那个蜷缩在木椅上的老人的焦虑神色，那个疾病缠身的孤寂的空巢家庭，在我心中没有消弭。

社会太多的变化，我们往往还应接不暇，失去和得到中我们不再大惊小怪。高科技时代、商品经济时代，高消费时代正迎面而来。哪个时代真正属于农民弟兄呢？

恻隐之心，仁之端也。我不知道，像老赵这样的空巢家庭，在广大农村到底有多少。媒体报道，大量的惠农政策相继出台，农民的幸福感指数不断上升。健康，是农民生存最重要的基础，养老保障已经成为农村家庭的最大牵挂。在一波接一波的惠民政策更替中，我深信，这些被贫穷和病痛套牢的农民，终究会走进真正快乐幸福的天地！

光雾山，我们在春天约会

南江县光雾山，素来以秋天红叶闻名遐迩，以优雅独特的自然风光吸引八方来客。

这几年，南江举办红叶节，享誉川内外，赶红叶节的游客蜂拥而至，陕西、成都和重庆游客，皆驾车去看红叶，本地和临近县市更不用说了。山路弯弯，游人摩肩接踵，小车两排并行，前不见头，后不见尾，堵车无疑，两三个小时难以挪动一步。赏红叶常变成了我望你，你盯我的无奈场景。

途中如此耗费时间，只得先在旅馆歇息，耐心等待，伺机进山。山门前的大坝建有数家高档宾馆，农家乐的乡居民宅，一排连一排，绵延一两里长。一个月的红叶节里，宾馆和农家乐无一不爆满，连客房的过道都搭上床铺，首尾相连。住宿费一律陡涨，原来七八十元一间的客房，涨至四五百元，食品价格也水涨船高，老板毫不脸红心跳。游客至此举目无亲，只好自认晦气。唯消息灵通的年轻人，对胡乱涨价之风偏不买账，早早有备无患，在路边支起帐篷，静候进山良辰。

这些消息传来，给我强烈的观光欲望狠狠泼了一瓢冷水，横下一条心，何必趁秋天的红叶节去凑热闹呢？

今年5月末，我们几个朋友避开秋天的喧嚣和拥挤，春游光雾山，倒有另一种情趣。

小车下午2点从达州出发，抵达光雾山的支脉香炉山已是傍晚7点了。

香炉山，地处南江北面，距县城30余公里，主峰海拔2330米，属陕西南郑县所辖。朋友戏说，此香炉并非彼香炉，与李白出游江西九江所吟《望庐山瀑布》"日照香炉生紫烟"中衍生的"香炉"趣事一概无缘。此处虽不能引发更多联想,倒有另一番景象。山顶一排房屋,上下两楼,楼上建有类似长城的垛口,楼下皆为圆拱门,凸显陕北窑洞风格。上下楼均设客房。底楼住修建滑雪场的工人,满口当地方言。我们与他们交流实在困难,恍然大悟,今日一路向北,越过关山万千,独在异乡为异客了。

香炉山山高路陡,无法架设输电线,晚间只能用柴油机发电。"哒哒哒"声送来的灯光晦暗如豆。科学测算,海拔每升高100米,气温降0.55度。到这山顶估计比平坝低了十来度,入睡时还需用电热毯御寒。电压太低,通电许久,电热毯依然冰凉,形同摆设。山顶缺水,拧开龙头,自来水细若游丝,寒气刺牙,洗漱就马虎应对罢了。

光雾山的寒夜毫不客气地把我们拽回到严冬。我们坦然自责,开初决策莫非选错了时日?

第二天凌晨5点,几个朋友便早早起床,带上相机,急着赶拍日出了。

山间栈道,曲折蜿蜒。栈道皆用水泥板铺就,爬坡登梯,险要处搭有栏杆扶手,还算安全。

民谚曰:光雾山,光雾山,一年四季雾罩山。春雨初雾,浓雾尤为溟濛,影影绰绰,三二十步以外,便看不清树影。高山密林似乎弥漫着仙气,行人游走,时而显现,时而隐没,如于九天瑶池踯躅徘徊。

行约两里栈道,亦登临山巅的观景台。莫说君行早,更有早行人。在这人迹罕至的山巅竟然遇到同城的一位摄影家(看他行头全副武装,据目测,此君应属于摄影家档次的人物),寒暄一番,得知他开一辆路虎越野,行程3个小时,在山顶足足静心屏气等候三天三夜,为的就是观日出,拍日出。我猜想,此君如此虔诚,持长枪短炮一齐上阵,又携一女模出境点染,定会拍下诸多佳作来。

登顶观日出,期盼良久。黎明前的景物,在浩瀚的天空映衬中,本是黑黢黢的，模糊难辨。太阳从天边慢慢露脸，天边开始出现几束金线，然后推出一串串橙红色的云块，霞光从细缝中直射出来，最后冒出刺眼的火球，早先黑乎乎的树枝剪影瞬间镶嵌了耀眼的金边。慢慢地，浓雾散去许多，树枝才从黑暗的躯壳里挣扎出来，露出鲜亮嫩绿的本色。天空渐渐堆砌重重橙红的云朵，啊，红霞映满天了。对于久居逼仄水泥森林城市的现代人来说，这是难逢的良辰美景。几个发烧友迅速调整了快门，选择了角度，终于拍摄到太阳升腾香炉山的全部过程，享受了采风的莫大快乐。

太阳出来了，古老的松树伸出奇形怪状的虬枝，如手抚蓝天，似怡然鞠躬。如此谦恭友好，喜迎远方来客，我们心情格外惬意。乍一看四周，苦苦寻觅的杜鹃竟然就在眼前华丽绽放。

山顶的杜鹃，花朵足有碗口大小，粉红、酱紫、乳白，采八方灵气，饮天河甘霖，妖艳缤纷，相拥相吻，一派热热闹闹的名门望族景象。丛生的树干粗大，齐心协力，抱团竞上，绝无平坝杜鹃那种纤细猥琐、矮小卑微的枝条，茕茕孑立，形影相吊。此树学名高山杜鹃。一听名字，就感觉气度不凡，平坝杜鹃哪堪俦匹？倘若今春雨水矜持一些，不过于癫狂，杜鹃会开得更加繁茂，更加艳丽。自然，这些妖娆的花仙子都留在我们的记忆中了，留在相机的储存卡里了。

早饭后，离开香炉山，驶进黑熊沟。两边山势险峻，公路在山间向前延伸。阳光照射山林，云雾全然散去，光雾山的山峦显示出嫩绿清亮的美姿来。

途中游人稀少，自然没有堵车的苦恼。自由自在，走走停停，或游览山水，或欣赏花草，这是秋游光雾山绝无的美妙和洒脱。

如果说，秋天的光雾山红叶浓烈，大气磅礴，像油画般厚重，铺天盖地；那么，春天的光雾山就是林木繁茂，艳丽光亮，如水彩那样透明，逶迤绵长。

五月末，平坝渐入初夏，山间依旧仲春。偶遇小溪旁有岩石裸露外，其余沟壑山巅覆盖着密密麻麻绿树，无一疏漏。满眼新绿、轻柔、秀美，触手可及，像碧水浸透过一样，没有一点杂色，没有一点污渍，而且，这嫩绿毫无约束，从脚下一口气延伸到天际，延伸到极目的白云深处，展现了春天里生命力的旺盛和磅礴。

"人间四月芳菲尽，山寺桃花始盛开"，说海拔是影响植物生长的重要原因，乐天翁讲得非常到位，此地与平坝相比，亦是别样风情，耐人寻味。

十里画廊是光雾山又一景区。画廊入口处，竖一木制牌坊，名曰：光雾山之恋，其中镂空的时髦男女，亲密相拥，引得游客跃跃欲试。

同行的王君和爱妻欣然"进入角色"，重温初恋的甜蜜。嬉笑中，他俩构建了缱绻相爱的时尚画面，生成了情趣盎然的幸福倩影。苍天在上，见证了他们珍贵的银婚恋情。

步入画廊，树木参天，古树树龄多在百年以上。一棵青冈胸径接近两米，堪称"树王"，三四个成人都环抱不过来。树干一分为二，恰如夫妻共居一室。树枝如一把巨型华盖，直伸蓝天，完完全全遮天蔽日，没有一点阳光洒落下来。凸显的树根纵横交错，织成密网，紧贴大地，向四方延展，足足占据了一亩地面。

画廊深处，轻柔飘浮的绿雾幔中，对对男女亲密相拥，四片红唇紧贴片刻，一朵朵桃花在薄雾中悄然绽开……

在小鸟的愉悦啾啾声中，天南海北的一对对恋人在小径上十指相扣，漫步于融融春色之中，深情倾诉着地老天荒的绵绵恋情。

这里是宁静而又私密的恋爱天堂！

五月末，碧树葱葱，清风阵阵。春天里，漫山遍野重重叠叠的绿叶，正标明生命力蓬勃向上，向大自然源源不断倾吐清新的负氧离子，空气里弥漫着温柔细腻的芬芳。每次深呼吸，心里都有一股清泉在涌动，滋润干涸的心田，格外清爽、甜蜜。每次深呼吸，都像新鲜的冰镇柠檬水沁入人体所有细胞，荡去潜伏肌体的暑气。每次深呼吸，都在及时输送生命营养，给予难以计量的新鲜乳汁。蝉噪林愈静，鸟鸣山更幽。在幽静的山林漫步，工作和生活中的劳累，车马喧嚣，世俗烦恼，一概烟消云散，心灵豁然开阔起来。

任何人身临其境都不能不为之倾心动容！

此刻，真想放声讴歌一曲：这里拥有世界上最圣洁最清新的空气。

我们荣膺的愉悦来自上苍对光雾山特别的眷恋与恩泽。

光雾山，在生命炽热的五月竟然如此执着、慷慨！

本该踏上归途了，还是依依难舍。

去岁深秋，我们失去登临光雾山看红叶的良机，曾留下几分惆怅；今年仲春，我们却领略到比红叶更艳美更动人心魄的生命景象，目睹浓浓的春意荡漾天地间，散发出从未有过的亢奋魅力。

光雾山，我们在春天约会，你，同样大美醉人！

人生道路千万条，此路不通，可另辟蹊径。以入世的专注、出世的洒脱来洞察红尘，莫非不会柳暗花明。倘若身陷迷茫困扰，尝试换另一个角度切入，你也许会遇到意外的惊喜，源源不断的快乐纷至沓来！

宝塔坝看荷

塘里荷花，像美女一样，易上镜。拍摄荷花，穿行于玉楼琼阁之间，也最赏心，常为摄影家所钟爱。开江城郊有一大片荷花，渴望拍摄的欲火，燃烧着我们的心。几个发烧友电话敲定，带上相机，匆匆前行。

出城沿高速路前行，天气十分晴朗。太阳，如同一个犹抱琵琶半遮面的女子，在云中时显时隐。车上的朋友笑老天喜欢作弄摄影人，好不容易腾出一点时间来拍摄，它却要大耍脾气。一语成谶，赶到开江郊外时，竟然细雨霏霏了。

荷田就在公路边，我们沿一条小路走进荷田。碧绿无涯的荷田，荷花点缀异彩纷呈，嫣红，姹紫，粉白，浅黄，洒满了远远近近的荷田，镶嵌得十分协调自然。荷花更是姿态万千，敞开的花瓣，盈满细细的水珠，晶莹剔透，俨然是少妇在展示自己成熟的美；含苞的花蕾，紧闭内敛私密，低着头，不言不语，恰如待字闺中的羞涩少女；没有张开裙衫淡绿的荷叶，则如紧裹的箭矢，似乎搭上将士拉满的硬弓，直射天空，在雨中蓄势待发！镜头随意扫去，留在相机里的照片都是一幅幅一咏三叹的彩墨画，似白石老人泼墨写意，又像吴昌硕大师精心布局，朋友赞叹这次"大片"纷呈，哪一幅都舍不得删去！

此时，雨越下越大，雨点也越来越密集。我们实在舍不得错过拍摄机会，顾不上车内躲雨，到商店弄了几个塑料袋，罩好镜头，继续寻找雨中仙子的怡人的美姿。

举目远望，一座白塔矗立前方。哦，这里不就是常说的宝塔坝吗？民谚曰：开县女子云阳盐，梁山[1]坝子新宁田。所言四处人文、特产及自然景观，皆为川东首屈一指。开江旧称新宁，出城便是宝塔坝，田畴平坦无垠，延续近十里之遥，曾是一座机场的首选地。稻黍麦稷，种植历史悠久，口感极好，在川东颇负盛名，誉为川东小平原上的宝地。改种莲藕还是这几年的新鲜事，莫非这里的土质微量元素经过检测，特别适合种植？

宝塔坝的荷田，并非零星种植，动辄就是一大片，吸上苍之灵气，纳宝塔之佛魂，长得格外清新、靓丽。"接天莲叶无穷碧"，是眼前画面的真实写照，荷叶荷花从眼前一直延续到远方宝塔脚下。连片的荷田被笔直的水泥路分割成棋盘一样的方格，方便田间管理。大路行车，小路行人，两条水泥板路之间夹一小渠，小渠与人工开凿的小溪相连，藕田灌水排水都十分方便。田边泊有采莲小船，使人联想到"采莲南塘秋，莲花过人头"的美妙意境来。荷田中央建有八角凉亭，设有座椅，供人小憩。细心的游客发现，翘角凉亭和沿途的路灯，竟用上太阳能电池照明，这在本市先拔头筹，足见节能环保理念已变成了当地的实际行动。

雨点，慢慢稀疏了，我们索性收拢雨伞，在荷田的小道自由穿行，捕捉雨中荷花的千姿百态。小雨后，翠绿荷叶盛了一颗一颗巨大珍珠，晶莹透亮，荡来荡去。李白诗云："攀荷弄其珠，荡漾不成圆"，是眼前景物的真实写照。一会儿，聚集越来越多珍珠，积聚成玉盘，压弯荷叶，霍然落入水中，四周激起声响，犹如诸多鱼群唼喋，在耳边挑逗，诱惑你左顾右盼，寻觅水中游鱼的身影。落下玉盘的荷叶光洁如初，犹涂上玉兰油一样朗润明丽。俯视水面，一个一个圆圈荡漾开去，鱼群早已不见踪影，只有游水觅食的鸭子，"嘎嘎"叫急，打破了雨天的寂静。

步入荷田深处，长久待在水泥森林深处的城市人，趁机加紧

注释：

①梁山：县名，现更名为梁平，隶属重庆。

做足深呼吸动作，发现嗅觉从未有过的惊喜。无数艳丽的荷花，滤净尘嚣，把广袤田畴浩荡的清香，送入五脏六腑，人心顿时清爽起来，清爽得可以听见远处树梢燕雀的鸣叫。嫣然盛开的荷花，正向你微微颔首，就像心仪的恋人倾述缠绵缱绻深情。看着荷花，闻着荷香，已经满眼舒服，全身畅快，我不知怎样调试最佳的快门速度光圈，才能用无声的镜头留下此刻的激情来。

倘若站在小块荷田边，那细若游丝的荷香早已被风刮得一干二净。唯独身临花海，无须亲吻花瓣，便能充分体味到空气中暗香浮动，如波涌浪卷。夏的芬芳，秋的风韵，全在其中，一起向你扑来。即使饱尝雨淋之苦，谁又舍得离去人间仙境？此刻，唯独史上文人墨客赞美荷花的声音在胸中荡漾开来："荷风送香气，竹露滴清响""胭脂雪瘦熏沉水，翡翠盘高走夜光""惟有绿荷红菡萏，卷舒开合任天真"，在这大片的荷田都能找到诗句中的意境和音韵来。

田里，先期开放的莲花早已凋谢，陆续结出许多膨大的莲蓬，由淡绿转微黄，逐渐成熟，透出阵阵幽香。此刻，陡然想起辛弃疾描述的农家趣事："大儿锄豆溪东，中儿正织鸡笼。最喜小儿亡赖，溪头卧剥莲蓬。"不过，现在乡间院落的小孩早去幼儿园嬉戏玩耍，再无心思躲在荷叶下藏猫猫，剥莲尝鲜了。

达州有多地荷花盛开，但多为星罗棋布的小田块，上万亩的荷田连成一片，铺天盖地，唯数开江宝塔坝最为完整开阔。一打听才知道，漫无边际的荷田是公司化的经营模式。公司把农民分散的田块流转过来，按量支付租金，集约化生产，统一管理，降低了经营成本，农民无劳作、肥料、农药、开支之虞，坐收租金，笑眯眯地当上翘脚老板。荷田下面的莲藕，公司收入尚且不论，贵在采摘莲子。莲子是宝贵的中药材，具补脾止泻、益肾涩清、养心安神之功效，卖价可观。纯白荷花的荷田，荷花虽少，七孔和九孔莲藕产量都让人喜上眉梢，又便于机械化收获，自然减少人工挖藕的笨拙和艰辛。

集约化经营后，有劳力的，在公司上班，可以挣得一笔不菲的工资；懂烹调的，办起了农家乐，竞相拿出祖传技艺，烧制拿手好菜：绿豆油子、羊肉格格、仔姜烧鸭、豆笋炖蹄花、双椒柴火鸡，再配上一盅绵长醇厚的"谷子里"，菜品档次一般，无法媲美酒店高档菜肴，却独具浓郁地方特色，尽享口福而实惠，何愁远方游客不停下脚步？当今，地方官员跟上第一产业向第三产业转移的经济大潮，精明决策，发展地方特色旅游经济，无疑不是抓住了水到渠成的致富良机。

2014年8月，这里举办了第一届盛大的荷花节，成都、重庆和达州等地近30万游客赶来观赏荷花，参拜千年古刹金山寺，去天下第二汤的飞云温泉洗浴净身，一举数得。今年7月，照例举办第二届"相约莲花世界、共享美丽开江"荷花节，各种媒体紧锣密鼓，各种设施相继到位，县城处处洋溢着喜迎宾客的浓烈气氛。

晚清诗人胡元翔曾写《淙城新韵》，赞叹开江宝塔美景：月挂山巅一色秋，宝泉夜景最清幽。参天孤塔虚无际，万井澄波翠欲流。如今宝塔坝荷花竞相开放，清香四溢，农村乡间房舍簇新，交通便捷，游人纷至沓来观景，农家自然谋得福祉。如果邀游客遴选开江新景，宝塔坝看荷，我乐意投上一票！

雾罩云海寺

朋友一提去逛寺庙，我就想到闻名遐迩的真佛山德化寺。那里梵音缭绕，香火旺盛，系川东名刹。没想到，朋友居然摇头，笑我孤陋寡闻，达川区碑高乡仙女山云海寺，倒是别有一番景致，值得去看看。

从达渝高速路百节出口，拐弯沿河前行，道路变得弯弯曲曲起来，且不断爬坡。越往上行，坡度越大，弯道越多，树木也越来越密集。侧目山体陡峭石崖，显出许多钢钎劈山的新鲜凿痕。回首窗外景致，已是悬崖百丈。公路紧贴山崖盘旋，倘若突遇前面来车，往往措手不及，还得倒车，寻找稍宽的路面让道。好在路上车辆稀少，路面也已硬化，险情倒未出现。樱桃花和李花次第开放，古树参天直挂云间。朋友驾车多年，也不敢稍有懈怠，两眼直瞪前方。说是8公里山路，竟花去半个小时，终于望见从松枝中伸出的云海寺飞檐。

高山海拔1000米，状如雄狮卧地，层峦叠嶂，四周小山如小狮仰视山顶，名曰狮母山。相传隋朝时期，一仙姑来此采摘百草为药，专门治病疗伤，福佑百姓。后来，为纪念这位心地善良的仙姑，遂将此山更名为仙女山。农闲时日，四周香客相约上山敬香，缅怀这位心灵美丽的仙女。

云海寺建于唐朝，三国时刘备曾在此屯兵习武，交战的凹口至今犹存。日本僧人也曾在此修行多年。千百年来，道路崎岖难行，仍有众多善男信女，登山礼佛，焚香朝拜，行善积德。寺庙后被破坏，仅留下残垣断壁。当今盛世，政府开明，百姓生活富庶，云海寺再度引起世人关注。

　　寺庙居仙女山山巅，古树参天，林茂竹修，天空透明，春风骀荡。我们登临山顶，遥望远方，一片一片菜花最为抢眼，绿色山林与黄色菜花交错，浓淡相宜，宛如一幅宽阔水彩画，公路恰似一条弯曲细线，在画面中时隐时现。寺庙四周云雾缭绕，人烟稀少，静僻空寥，远离城市尘嚣，唯山风白云做伴。古人在此建寺，谓之云海寺，自有一番苦心孤诣。

　　仙女山历经一番历史折腾，庙宇仅残留几块石碑，20世纪90年代虽略有修葺，但也是粗制滥造。庙门前两棵古树，人称野樱桃，足有三尺胸径，多年日光月华摩挲得相当润泽，树干已长满厚厚一层深绿色青苔，静静述说着人间沧桑巨变。仰望天空，白花繁茂，密不透风，早已遮盖半边蓝天。白花清香四溢，醉得游人不肯离去。庙门前两石碑对联清晰可见："一点云堂侵钵影，三更山寺木模生""登云峰狮啸天，居雪岭鹊巢顶"，禅味颇浓。其余石碑为多年风雨侵蚀，已经漫漶不清了。大雄宝殿两边是众僧寮房，右边还好，新建简易房屋；左边破旧低矮，人一走过，楼板便发出"吱吱"声响来。院内立铁塔一尊，焚香的香炉用砖块砌成，搁在两条板凳之上，显得非常简陋，岌岌乎殆哉。谁能相信，这是千年古刹云海寺？

　　在寮房底楼过道处，贴一堂房告示，说寺庙因水源供水严重不足，斋堂发心人员有限，房屋紧缺等原因，除每年农历三月初九（仙女生日）、六月十九（观世音生日）特殊法会期间，其他时间一概无力为大家供应斋饭及住宿。好在小屋贴一纸条，说流通处小摊有方便面、矿泉水出售，搁一水瓶，为香客提供开水，显得非常人性化。小摊上搁置装钱的纸盒，上面写有"自觉投币，概不找零"字样。游客在小小的无人售货摊前，其良心受到一次严肃的检验。盒内装了不少十元和五元的纸币。心灵震撼，润物无声，这正好印证佛教告诫大众宽大为怀，慈悲为善的做人理念。

　　中午12点，僧人过斋。我悄悄步入斋堂，20多个师父整齐并排坐在椅子上，手捧饭钵，目不斜视，专注进食，均无噪声入耳。

我探身一看，那钵里就只有青菜和米饭，师父们却吃得津津有味。他们每日只吃两餐，中午 12 点半以后，皆不得进食。我扪心自问，清心寡欲的生活与繁重的修庙种菜耗费精力的劳作相比，他们承受得了吗？僧人心静如水，答曰，习惯了。听说，师父们早晨做早课，上午种菜、念经，下午修建寺庙，晚上再做晚课，十分有规律，众僧皆认真奉守，谁也不曾想离开寺庙到乡镇溜达。墙上告示十分醒目：多一事不如少一事，少一事不如无事，老实念佛。硕大的"止语"二字告诫僧人排除红尘干扰，铭记皈依法门、静心念佛的初衷。如此虔诚，如此专注！从这里我才明白云海寺如此安宁寂静的原因。遂联想市内偶遇着长褂短衫打扮，貌似和尚模样的人，走街串巷，投递纸片，自诩替人祈福消灾，莫非是从哪里窜来借机骗钱的假和尚？

庙内，和尚皆着长褂，也有系上围巾，不少师父戴眼镜，文质彬彬，二三十岁的年轻人居多，脸上洋溢着少有的老成和自信，这是其他寺庙难以见到的人文景观。倘遇见陌生人，一次颔首，一次顾昐，合十示意，极有谦谦君子风范，游客自己也仿佛置入佛境洗礼之中。

众僧越入此界，脚踏狂风急雨，手理飞云迷雾，采四方之精华滋养灵肉，吸八方之仙气陶冶性情，极有一番风韵和美姿。

贸然打听，云海寺 20 余名僧人中，大多数学历系大学本科生，研究生、博士生也不少，竟然还有一位是北大毕业的高才生。这与我们早先持僧人多为初通文字的观念大相径庭。与我交谈的是一位湘潭大学法学研究生，山西人，早先在大学任教，皈依法门后改佛陀释迦牟尼姓氏，法名释觉圆，印证了佛教内那句行话，四海出家，同称释氏。释觉圆师父戴一副黑色宽边眼镜，面带笑容，说话直爽，我们立马想到史上睿智多艺的弘一法师李叔同。释觉圆称自己是为弘扬佛法，解脱困扰，福慧于天下众生，多次说服父母才出家的。他认为，这个社会，污浊恶世，不少人被过多的名利贪欲所束缚，无所事事，整日戚戚乎，昏昏然，得过且过，蹉跎一生，实在令人可惜。因此，需要众僧宣传法事，用佛法的正能量去积极引导他们，帮助他们解脱痛苦，圆满功德。好像这与我们多年听到的教育引导的说法相差不大。我悄悄问他为何出家，他说自己割爱辞亲，礼拜父母，剃度出家之时的复杂心情和断臂之勇，实在一言难尽。听罢此言，我也不便追问下去。面对这样高学历僧人，我频频点头，其实对他们的心境，不过似懂非懂而已。

我原本以为，修庙、吃饭皆由政府拨款，打听后得知这庞大的开支皆源于他们化缘（包括网上化缘、功德箱收入），实属不易。化缘所得经费常常精打细算，购买修建寺庙的材料，还要众僧一齐动手，肩扛建材，搅拌砂浆，浇灌水泥，打理此类重活都是自己干，只有关键之处才请少数技术工人把关。仙女山中云海寺的僧人，每天砍柴、种菜，自己养活自己，条件如此艰苦，却静守明月清风，一心追求人生的真谛，恐怕世间许多常人也难以想象！

在佛光的普照之下，竟有不少本地和外地居士（义工），前来寺庙帮忙。我们瞥见一对母女，正协助寺庙斋堂煮饭扫地，上前询问，也是意在净化灵魂，竟然来自数千公里之外的黑龙江。

人的大脑就是一个浩瀚宇宙，众僧亦是如此。他们宁愿放弃优渥的生活，选择条件远不如名刹德化寺、金山寺的云海寺开创基业，我们实在无法洞悉其内心广阔深邃的世界，只感觉他们的思维和追求非同一般，常人难以企及。

眼下云雾时散时聚，云海寺真容时现时隐，四周几乎静止到了太荒，心里层层迷雾难以廓清。那些感动凡人的意念寂寞而深邃，就让其在世间永存吧！

逝去的驿道

初冬时节，蜡梅的黄叶纷纷扬扬飘落下来，花蕾微露，正悄悄孕育着梅香。满枝馨香，随着山风飘荡，深吸一口，吸入梅林沁人心脾的芬芳。

梅树一丛丛，一排排，在一条蜿蜒的石板小路上延伸。小路是沿着岩石上的石梯，缓慢攀缘，一直通向密林深处。远处，一个弯，又一个弯，不见尽头。苍茫的古树和茂盛的野草，把小路覆盖得严严实实，小路伸向哪里？是梅林中先辟出小路，还是小路两旁后植梅林，谁也说不清。蜡梅簇拥着小路，小路牵引着蜡梅，千百年来，就这样达成休戚与共的默契，无声无息，传递至今。

这小路，没料到，竟是逝去千年的宣汉马渡关的荔枝古道。

史上唐玄宗李隆基宠爱杨玉环是出了名的。贵妃娘娘嗜好奇特，每天都要吃新鲜荔枝。皇帝允诺照办，遂颁旨在巴蜀的涪州（今重庆涪陵）兴建荔枝园，广种荔枝。荔枝生性娇嫩，保管不当，极易变色变味。一旦采下，装竹筒保鲜，专人专骑，轮流专送，昼夜兼程，送达千里之外的京师。杜牧路过骊山华清宫时，目睹现状，便有了"一骑红尘妃子笑，无人知是荔枝来"的喟叹。

运送荔枝的驿道，苏轼《荔枝叹》中曾说过，"唐天宝中，盖取涪州荔枝，自子午谷路进入。"其具体线路，明《蜀中广记》有详载，从涪州出发，走垫江、梁平、大竹、达县，过宣汉、平昌、万源、通江，再折进万源，翻巴山，越秦岭，直入陕西镇巴、西乡，最后抵达长安，即连接四川与陕西关中四大古道之一的洋巴道，其基本走向是沿当今210国道前行。与马渡关一河之隔的万源鹰背乡瓦子坪村发现明万历二十年（1592年）9月摩崖石刻界碑，碑上有"天宝贡果过境而被劫，官军剿焉"文字记载，更具体标明了荔枝古道在宣汉万源一带的走向。史家荔枝之源有三种说法，我以为"涪州说"比较符合历史的真相。

千百年来，数不尽河流的改道，雨水的冲刷，朝廷的更迭，以及古人垦荒种地，驿道被折磨得面目全非，唯宣汉、万源和平昌一带，还断断续续残存痕迹。马渡关8公里路段，把1300年前的历史真相推到当今世人面前。

马渡乡镇南不远的小丘上有浪洋寺，始建于唐。可惜寺庙早已毁坏，徒剩寺前石狮一只，昂首怒目，雄风尚在。寺内摩崖造像，在一巨大岩石四周雕凿而成。佛像后已被捣毁，逃过一劫的些许小佛像，多为断头少臂，犹如西方的维纳斯，其雕刻线条流畅精美，面容端庄，凸显出佛教风靡盛唐的风格。令人惊叹的是居然有一尊男性观音，高约6尺，左手持宝瓶，右手悬佛珠，眼神稳重而安详，一副大慈大悲救苦救难的圣人形象站立跟前。目睹残存的佛像，我们仿佛看到当年的浪洋寺三排殿堂抚云而上，暮鼓晨钟之间，方圆数十里香客前来朝觐，梵音绕梁，木鱼不息，那人头攒动的炽盛香火绝对是空前的。

马渡关入口处，举首便望见矗立云天的张飞石，面容黢黑，胡髭苍苍，怒目圆睁，既像故人，更像长兄，关注古道人来马往。性情暴戾的张飞在此默默守候多年，也算是个粗中有细的性情中人了。上苍造物，万象丛生。古道两侧皆峰峦叠嶂，古木苍苍。山崖间岩石千奇百怪，或少妇盼郎，或老妪望儿，或蛙鸣朝天，或鱼嘴相吻，一山一石都散发着大自然的灵性，引人生发缤纷的联想。

荔枝古道如虬龙逶迤，在大山中出没，不见其始终。地势平缓的山谷中，古道石板历经千年，已被人马践踏，凹了下去，如刀削一般。有些阶梯石板，还留下马蹄踏出的一串串小坑。遇上岩石山梁，錾凿阶梯，人才能拾级而上。倘若崇山峻岭横亘眼前，必须从岩脚斜凿一狭窄羊肠小道，最多放下两只脚掌，猫着腰肢穿过，风险骤然陡增。一边是高入云天的大山，一边是深不可测的悬崖，两崖之间，仅存一狭窄缝隙，人的身躯竟然靠搭建木梯才能通过。驿使身负荔枝，踽踽独行，步步惊心，稍有一步闪失，便坠入万劫不复的深渊。

曩时，如有一线小道登临山寨，有岩可依，有隘可守，居高望远，则是筑堡建城的最佳选择。在冷兵器时代，马渡关的小寨为诸峰之首，拥有一夫当关，万夫莫开之利，自然成了先民择居的首选。唐天宝九年（750 年），小寨曾经设置阆英县，成为区域的物资和文化集散中心，长达 300 余年。

驿道自涪州到长安足有 2000 余里之遥，把采摘下的新鲜荔枝用竹筒密封及时运至京畿，需克服诸多艰险。唐玄宗颁旨，沿途设置驿站和瞭望堡，专管过路的驿使吃喝歇息，为运送荔枝保驾。小寨设置县城之前就是当年的驿站。

小寨名"小"，实为一座巍峨大山，自谷底拔地而起，高耸云天，东南西北辟四扇寨门，各寨门有小路直通谷底。山顶全是坚硬青石，延绵数百米。先民在岩石上凿下屋基洞孔，拳头般大小。屋基的洞孔，密密麻麻，俯首皆是，驿站和县城之繁荣，可窥见一斑。山顶上吃水防火，必遍凿石缸蓄水。石缸呈长方体状，深三四尺许，有 72 口之多，即使逢上天旱一两个月，吃水也照样无虞。西寨门脚下三二十步，有一碾米用的石碾子，碾磙錾沟排列均匀细密，精湛工艺仍清晰可见。牵一头牛来碾谷舂米，把谷壳脱得干干净净，不费多少力气，加工好的大米就送到山顶。像这样碾米的碾子，小寨还有 3 处。

山因水而媚，土缘水而肥。南寨门下的百丈村有一山泉，冬暖夏凉，碗口粗的泉水汩汩喷涌，四季不断，注入半月形池塘。凝望池塘，微风拂来，树木碎影微动，暗暗浮上梅林浓郁芳香，诗意氤氲，缕缕沁魂。这喷涌了千百年的甘泉，四季不歇，滋润着全村数百亩沃土，才有山乡人丁的兴旺，庄稼的丰收，果实的香甜和碧草的葳蕤。山的坚硬和水的柔润，相依相伴，忠心千年不渝，构成了马渡关山水和谐之美。

我们从小寨下来，穿过风斗峡，再爬蔡家山。此处称山，却比小寨矮了好大一截，有点名不副实。翻过几道长满青松的山梁，便进入峡谷老林壕驿道。老林壕古树阴森浓密，两边岩石齐向谷底倾斜，似乎要坍圮一般。狭窄驿道蜿蜒曲折，路面全是坚硬的鹅卵石，磨得溜光，像涂了一层黑油。我们时而穿进山腰，时而溜下山谷，若不小心就会跌倒在地。天堑"一线天"，就在两岩石之间，徒留只身空隙，令人望而却步。我们只能手足并用，攀岩附藤，向脚下岩石慢慢移动，一步一探头，寻得落脚的穴口，才能伸出第二步。下得山谷，双脚发软，全身早已大汗淋淋的了，第一次感受到"猿猱欲度愁攀援"的凶险，足以印证《大唐久典》所载"以绳系腰，背驮荔枝，下至谷底"的真实可信。民间有"过了老林壕，荔枝就要少"的说法，可见运送荔枝何等艰险。

老林壕中，还有一字母 D 形的路段，拐过弯去，瞥见一清泉，史称"幽谷泉"，北宋大家欧阳修游过此地，有诗云：踏石弄泉流，寻源入幽谷。一线泉水从巨石的罅隙流出，叮咚作响，注入"养生缸"。连续爬坡上坎，早已口干舌燥，我掬一捧泉水啜饮，泉水清爽甘冽，有洗涤肺腑的快感。这流淌了千年的幽谷泉，应算是上苍的赏赐。驿道有了这泉水，疲于奔命的驿使也许能有喘息片刻的机会吧。

运送荔枝这活儿，非一般男子拿得下来的差事。《方舆纪胜》记载："当时以马驰载，七日七夜至京，人马毙于路者甚众。"那些身负荔枝的驿使，置妻室儿女于不顾，把脑袋拴在腰间，登高山、穿峡谷、过隘口、攀绝壁，无一不是被迫替皇帝卖命，提心吊胆，一站接一站地把荔枝火速送到京城，仅仅为着华清宫杨贵妃，优哉游哉地品尝鲜美贡果而已。

与小寨隔河相望的万源鹰背乡和平昌马鞍乡，还有一段驿道，道上的关槽、拦马槽、饮水槽和衙门营盘尚在。可以想象，按"十里一置，五里一堠"的设施，当年修建数千里驿道，筑房建站，专门运送荔枝，方方面面所耗费的人马和财力，是一个不小的天文数。半个中国为之兴师动众，直至安禄山起兵谋反，贵妃娘娘奢侈糜烂的生活才被迫仓皇打住。

颠坑仆谷相枕藉，知是荔枝龙眼来。茫茫荔枝古道，叠压着多少血泪和冤屈，多少人殒命于驿道悬崖峡谷，变成野鬼孤魂，谁人说得清楚？

古道两旁的蜡梅，老了又死，死了又发出新枝，新老生命的交叉见证过多少王朝更迭，迎送过多少羁旅商客。历史的沧桑，岁月的痕迹，逝者如斯夫，许多路段早就湮没在莽莽苍苍的大山当中了。很多典籍里记载着这条古道，很多死去的人心里装着这条古道，很多活着的人惦记着这条古道。

回头来遥望驿站的起点，涪陵江南的南马山，那里荔枝园林没有半点踪影。当年运送荔枝的渡口，现已建成的现代化的集装箱码头。涪陵城内，除少许人工栽植的荔枝供观赏外，仅存"荔枝街道""荔圃路"地名，以及锦绣广场那座"天宝荔枝"铜雕。千年古道与荔枝园，在这里浓缩成文化记忆的符号，在许多人迷茫的脑海中徜徉、跳跃。

后来，这条古道曾给陕西带去急需的盐巴、茶叶，也换来川内缺乏的皮张和山货。在没有便捷的现代公路、铁路运输之前，荔枝古道曾是川陕交通的咽喉，也是巴蜀文化和西秦文化交流交融的纽带。若没有这条古道，半个中国的交通史恐怕又要被改写若干篇章。

在地球被"文身"的千疮百孔的今大，荔枝古道仍然不失为彰显原始净美的文化脉络。小寨山顶的清风可以梳理人们纷繁的思绪，古道的梅林清香可以滋养人们被现实碰撞得支离破碎的心灵。昨天的痛楚需要反思，明天的憧憬需要展望。四川申遗帷幕已经拉开，我们期待着金灿灿的《世界自然和文化遗产》名册，镌刻上荔枝古道的大字，蜡梅吐香，尘封的历史终究要被打捞起来了。

　　梅林芬芳，阳光静好。天下八方游客目光盈满春意，循着驿道入口处"石来运转"的石板大路，寻觅历史散落泛黄的轶册，倾听跌宕于梅林枝叶间唐诗宋词的音韵，正款款走来。

魁字岩之念

我对魁字岩，向往久矣。

小时候，听说渠县望江乡镇对面，有悬崖一脉，壁上凿有"魁"字，稳健雄伟，气势磅礴，数里之外，仍能望其形。后来出差路过望江数次，却无闲暇游览。2018年孟冬，终于腾出时间，随友人前往望江。

车子甫进入望江街道，经一老者指引，我们泊车后沿羊肠小道攀登。行走一阵，感觉小路愈来愈窄，几乎放不下一只脚，山高路滑，人的重心不稳，开始左右摇摆。费尽九牛二虎之力，终于登顶，却未见心仪的山岩，向山顶农家一老农打听，很凑巧，他竟是我本家，说魁字岩就在脚下。我们折返下来，沿没膝的荆棘探路，可谓时时谨慎，步步惊心，好不容易挪移到魁字岩跟前。原来，蓊蓊郁郁的新松层层叠叠，从山脚一直延伸到山顶，形成一道道密实的屏障，完全把宽大的山体遮住了，挡住了大众的期盼。远眺满目青松，走近才能目睹魁字岩真容。

眼前的魁字岩，巍然矗立，不能平视，只配仰望。向岩体凿进2尺许，形成一个正方形的凹层平面。左边岩石凿有数个碗口大小的槽口，是工匠搭建木排刻字留下的痕迹。石壁上方有斌升岩3字，显示这山岩的原始名称。下方有大大的阳文"魁"字，4米见方。字形近于颜体，笔力雄厚，古朴庄重。奇怪的是"鬼"字弯钩收尾处，偏偏露出一只脚掌，五个脚趾十分突兀，非颜体正统笔法。如此古怪笔画，引出了某种迷信臆断。"魁"字右侧，有"光绪十一年武生郑太平之子文郎……"字样，表明"魁"字为郑文郎所凿。左侧一列十余字，除"喆"稍微清晰外，其余字迹漫漶不清。130余年风霜雨雪浸湿，过去又没留下任何文字记载，今天能看到石壁上的信息，算大饱眼福了。

我久久凝视那硕大的"魁"字，心中涌起一种神圣的景仰。

郑太平是先辈的字，年代久远，本名已无法查证，只知其根在望江乡郑家湾，家宅背靠山崖。其子郑文郎为何在山崖绝壁凿下"魁"字？智者乐水，仁者乐山，我试图从孔圣人的判断去探究凿字的缘由。魁字岩自问世那天起，就被厚重的传说包裹着，人们的思绪一下就变得纷繁起来。一说郑太平做官在外，常常思念家乡，日不思茶，夜不能寐，嘱人在老屋背后岩壁上凿一"魁"字，遥望远方的"魁"字，可解思乡之愁。二说郑太平轻信阴阳先生胡诌，说其家宅触犯煞星，有碍官运畅达，需要岩石上刻下"魁"字，方能镇住邪恶。还有一说，郑太平欲彰显家世功德、扬名天下的秉性，故刻下"魁"字，激励后人，像他一样，争当骁勇，护国安邦。"魁"字意思，在旧时代就是"第一，首位，首领"。所以，独凿下"魁"字，凸显郑太平一生奋斗追求，独领风骚，我看，这一说法未尝不可呢？

话说回来，各种传说，都融入了浓厚的个人感情色彩。我们无法辨析，这些传说的由来是否揭示郑文郎刻字的原始冲动。但至少可以判定，当地百姓把魁字岩列入自己的精神谱系，对镇守边关的武生郑太平寄予无限崇敬之情，对心中英雄人物托付了无限仰慕和期待。

说实在的，我不满足于对民间传说的猎奇和收集，我更想知道，在魁字岩这块神奇土地上出现的振奋人心的人物和往事。

站立山顶，环顾四周，魁字岩在流江河畔高高凸起，每天迎来日出，送走晚霞。魁字岩，海拔 423 米，远高于四周丘陵，是渠县城郊一带的坐标点，濯渠江之清流，挹云雾山之异彩，而后，徐徐向八方传递它的无限的灵气和神奇，装点秀丽山河，叫花盛开，催人奋进。

我接触到的渠县朋友中，他们谈得最多的，是魁字岩四周郑氏家族中的郑少愚。

郑少愚出生在离望江不远的鲜渡，在 6 兄弟中排行第五，16

岁考入南京中央军校，21岁再入杭州觅桥航空学校。抗日战争爆发，郑少愚编入飞行大队，任分队长，先后参加了上海、广州、南京、武汉、柳州、重庆等地空战，多次负伤，屡建奇功。30岁出任"中美空军联合指挥部"中方代表，与美国陈纳德将军的飞虎队并肩作战。具有特殊身份的郑少愚做了许多有利于抗日救国，有利于共产党发展的大事好事。周恩来同志在武汉和重庆两次接见，均赞扬其抗日功绩，并寄予厚望，由他来组建新中国的人民空军。1942年春郑少愚前往印度，接收美国援助的飞机，途经驼峰航线时，不幸因飞机失事而殉难。周恩来、董必武等得知郑少愚不幸牺牲，十分悲痛，默哀良久，特派胡春浦专程赶赴渠县为其筹办追悼大会。1981年11月27日渠县人民政府正式追认郑少愚同志为革命烈士。

　　郑少愚为抗日捐躯，可歌可泣，是中国人民的大英雄。在渠县这块土地上，还有许许多多像郑少愚这样的无畏将士，在土地革命、抗日战争、解放战争和抗美援朝的伟大战争中，驱恶魔、斗鬼神，前赴后继，流血牺牲。他们是老百姓心中扭转乾坤改天换地的一代英烈。苍天有眼，魁字岩作证，人民永远铭记着他们的光辉名字。

　　一页页悲壮的历史，给魁字岩披上祭奠的花环。21世纪的今天，魁字岩又见证了四周农民描绘的宏伟蓝图。

　　魁字岩山顶的武坪村广种黄花，被人誉为"渠县花"。一个小山村种植的黄花，冠以百万人口大县的头衔，这是数代武坪人栉风沐雨辛勤劳作的辉煌，令人心潮澎湃，浮想联翩。

　　武坪村种黄花，这又得再次提到郑太平。是他，给望江的父老乡亲带来了希望。望江田畴本无黄花，仅种植常见的水稻、玉米、红薯之类作物。郑太平叱咤边关，也缅怀家乡，回乡探亲时，将远方的黄花带回试种。没想到，远方的黄花与望江有天然之缘，刚一试种，当年便获成功。一传十，十传百，金灿灿的七蕊黄花如浪翻卷，不到几年便覆盖望江广袤土地。民谣曰，渠县黄花看望江，望江黄花数武坪。现代科学测试表明，黄花含有丰富卵磷脂，对改善大脑功能，清除动脉阻塞都有特殊功效，其叶、茎和根皆可入药，故人们称之为"健脑菜"。武坪村的黄花自然更加受宠，一张靓丽的名片，闻名遐迩。武坪的黄花如神奇的种子，不断向四周传播，东接平溪，南通青龙，北达清溪，四地相连，方圆好几十里，形成以武坪为中心的渠县黄花基地，或曰誉满天下的黄花海洋。

采花盛期，数以亿万计的花蕾，似纤细金手指，齐朝蓝天。遥无边际的花海，金波荡漾，馥郁的芬芳像酒一样泼洒空中，四处弥漫。摘花人人头攒动，山歌在花尖飘飞，哪里都是激动人心的丰收景象。

这里的鲜花远销达州、巴中、重庆和成都等地，晒干的黄花还要运往天南海北。

我们走进老农的小院，询问为啥上天特别青睐武坪，让这里黄花独树一帜。老郑告诉我，这个村比四周的村子地势高，土质肥沃透水，日照时间特别长，得天地厚爱，芽苞一出土便享有独特的生长环境。一提起这里的黄花，人人都夸奖色泽鲜亮，香气馥郁，堪称上品。许多农户多年来爱黄花，种黄花，卖黄花，一生乐与黄花结缘。几个老哥争着告诉我，种黄花，看似简单，也有一套学问。开春除草，把芽苞"亮"出来，再远的路程都要挑农家肥去，一点马虎不得。单丢把化肥，注定减产。现在，人们生活习性改善了，独爱品尝新花。从4月开始，花农就下地采摘早熟品种，暮春尝鲜，又可卖上好价钱。到了5月端阳，产花盛期，花农必须头戴矿灯摘花，通宵达旦，风雨无阻，把地里的花蕾，一轮一轮地摘完，城里的车子按合同进村收购。如果不及时采摘，花蕾一旦绽开，倒就真正成了"明日黄花"，失去商品价值了。所以，从4月开始，一直要忙到9月。几个月里连轴转，就是铁打的汉子，也会腰酸腿疼的。看似浪漫悠闲的摘花，其实，常累得茶饭不思，就想舒舒服服躺下来，休息几天。秋天，禾苗枯萎，又忙着翻地盖苗，保护地里的黄花芽苞安全过冬，为来年丰收做好准备。

这些年头，村里很多年轻人融入了南下打工潮。留守的中老年人却没有放弃自己的信念，依然拼命打理脚下这片热土，组建了黄花专业合作社，不断学习新技术。政府引进多个品种，早熟、中熟和晚熟都有，让花农在很长时间内有花可摘，竭力落实扶贫政策，实施收购保护价，最大限度保证花农增产又增收。一户农家少则几千，多则两三万。饱经磨难的农民弟兄，苦苦探寻，终于找到了脱贫致富的好门道，种花的积极性空前提高。把新花及时送到城市美味的餐桌上，花农自己也获得不错的收益。两全其美，那是成功后的满足，也是难得的幸运和快乐。花农从亲身感受中，坚信了自己将脱贫摘帽的现实，疲惫的脸上终于露出了灿烂的笑容。

感谢郑太平，渠县历史上的普罗米修斯。魁字岩的灵气越传越远，武坪村的黄花惠泽四面八方。现在，武坪的黄花已辐射全县，发展至 10 万亩，产值达 2 亿元，形成渠县一大支柱型产业。武坪黄花在泰国曼谷举办的"93 中国优质农产品及科技成果设备展"上荣获金奖。2003 年被定为出国免检产品。渠县被国务院命名为全国黄花之乡。精巧浓香的黄花，为渠县人民赢得了可观的财富和荣誉。

魁字岩远远近近的厚土造就了郑太平、郑少愚等众多英雄，也造就了在困难面前从不低头的武坪人。你看，魁字岩上的武坪人，像黑土地一样淳朴，憨厚得一声不响，可就是他们，披着灿烂霞光，一路筚路蓝缕、风尘仆仆地走来。他们铭记先人不朽的业绩，不满足于历史的荣耀，正在用自己的诚实和智慧，发挥精干、巧干、会干的深厚内力，在这块热土上续写着今天动人的故事，让魁字岩重新焕发耀眼的光芒。他们难道不是当代造福民众、脱贫摘帽的先行者？难道不是当年郑太平期盼争当骁勇、振兴中华的大英雄？

别了魁字岩，适逢月上东山，满地银辉。武坪村那一席热情交谈，还在耳畔回响。眼前的渠江，河水泱泱，水波粼粼，月涌大江流，仿佛河面铺满金灿灿的黄花，滚滚流向远方，给天下百姓送去美好的祝愿和生活的芬芳……

水漫金山

1993 年 5 月，一支四川农工队从成都乘火车出发，西征俄罗斯车里雅宾斯克州的石头河农场。近百人在交付交通、体检、办理护照签证等一笔不菲的费用后，挤进洋打工行列。队伍中，有即将毕业的中学生，有成家立业的青壮年农民，有刚脱下军装的退伍军人，还有机关大院吃闲饭的小青年。大家都憧憬梦想，到国外多挣几个现钱，换取未来的幸福生活。列车昼夜兼行，踌躇满志的追梦人，心早就飞到遥远的石头河农场。

我身为随队翻译，另怀私心。我不愿攀龙附凤，讨厌强装笑脸背后的钩心斗角。一个读书人，对日复一日简单重复的公文旅行早生厌倦，功名诱惑也动摇不了既定的决心。到俄语的故乡去，免费旅游一趟，看山观水，用存储的专业知识与俄罗斯人交往，那是我十多年与俄语这个伴侣耳鬓厮磨的痴迷和荣幸。

石头河农场是车州特洛伊茨克区一个较大的农业企业，曾与朝鲜农民合作过多年，以种植小麦、蔬菜为主，兼养马匹和绵羊。农场距区政府（相当于我国的县）约 20 公里，与哈萨克斯坦钥匙村接壤，属俄国边鄙。自然，农场文娱生活远不及城市丰富多彩，俱乐部办舞会，放电影，最受远离城区的农场员工欢迎。

6 天劳作结束，期盼的夜生活开始了。农场员工换上新装，三三两两跨进俱乐部，看欧美大片，跳伦巴恰恰，扭动腰肢，劲歌狂舞，把疲乏远远抛到窗外的星空，再喝上几瓶伏特加或啤酒，一醉方休，癫狂到夜阑时分，东倒西歪，踉踉跄跄回到家里，一直睡到太阳照在屁股上。

这天周六，俱乐部举办舞会。与现代舞无缘的农工们，不知何谓夜生活。田间拔草忙完一周，身心极度疲惫，早就想放松一下，开开眼界。一大群小青年，趋之若鹜，晚饭后急忙溜去俱乐部充当舞会的看客。

天漆黑下来，我的卧室忽然传来急促的电话铃声，谢尔盖场长心急火燎的声音令我吃惊。仔细一听，一大群农工把俱乐部包围起来了，指名道姓要我去解围。我急忙动身，一路几乎全是小跑，匆匆赶往俱乐部。路上不少农工扛着木棒、锄头，都朝同一个方向奔去。我问出了什么大事，他们支支吾吾。有个小青年说得真动听：一方有难，八方支援。

我赶到俱乐部时，已是里外三层包围了大门。原来，有人调兵遣将，包围俱乐部，扬言闹到天亮，让里面的人无法吃喝，无法回家。几个思想狂热小年轻，口出狂言，要上演一出俄国版的"水漫金山"。啊，海外"竖子"成名就在眼前！

这群"虾兵蟹将"已是群龙无首，吼声震天，发出野兽般的尖叫。包围的人群中，学生血气方刚，全是棍棒锄头，闹得最厉害，振臂高呼，满口维护国人尊严的言辞凿凿，煞是威风凛凛。农民和退伍军人，挥舞着棍棒，随声附和。他们狂轰滥炸，只差没有擂响战鼓了。这样的场面，对于躲在俱乐部里的俄国人不起任何震慑作用，因为，在吼破嗓子的农工面前，他们听不懂一句中国人近乎疯狂的呐喊。

本来，这支队伍人员是经过层层筛选而确定的，并非匆忙搭建的草台班子，但仍避免不了内心中的好胜、鲁莽，一有风吹草动，就会迅速萌动膨胀，表现出人际交往中武力征服对方的狂热和凶悍。

思想幼稚的群体，注定缺少及时分辨是非的敏感，缺少扬善抑恶的决断能力。一帮兄弟听到一两句诱惑，如同灌了半斤老酒一样，思维极度混乱，仿佛蒙受了奇耻大辱，一窝蜂地去大卖场兜风显摆不可。可能这种猜测有点恶浊，比较厚道的说法是：他们不知道事情的前因后果，只想跑去凑个热闹。

　　场长电话里说得非常明确，不管这支队伍中的成员来自哪个单位，觉悟谁高谁低，力气谁大谁小，他们只知道这群人有一个共同的名字：中国人。此刻，是中国人包围了他们的俱乐部，是中国人给他们正常生活制造了麻烦。

　　我一下子意识到，"中国人"这个名字受到了玷污，我们的人格遭到了侮辱！

　　静心一想，两个民族生活的习性不同，交往的礼仪方式不同，发生误解乃至摩擦在所难免。农工的狷介孟浪，有时还可以理解，是他们寡闻和无知，匪夷所思的是指挥他们的人不露面制止事态发展。就惯例而言，双方头头尽快出面，各自劝说自己的人员，才是上策。我清楚地意识到，在如此激烈的冲突面前，有人扮演了一个很不体面的角色，不是教育农工千方百计提高蔬菜产量，而是以人海战术围攻的方式向俄方施压，企图以此赢得谈判中利益的最大化，问题严重性恰恰于此！如果农工头脑继续膨胀发狂，任闹剧沿着自己设想的方案演绎下去，强行冲进紧闭大门，短兵相接，棍棒之下皮开肉绽……一幕可怕的悲剧不可避免。一个稍有血性的中国人无法容忍损害国格的惨烈发生！

　　强烈的责任心瞬间占据了我的大脑，尽管我的身份很不合适，也必须迅速终止这场闹剧，阻止事态恶化。没有喇叭，我就不断朝窗内的俄国人用俄语大声喊话：小伙子和姑娘们，不要出来，千万不要出来！

　　我急着在人群中穿行，不见队长踪影，好不容易找到了年长的组长，一个40来岁的农工。满脸皱纹述说着他是从饱经风霜的生活中走过来的成熟男人。问起事件缘由，他说出来自己都觉得好笑：俱乐部门前一个俄国青年向中国农工索要一支香烟，这个农工不愿意给才引发了这场激烈冲突。

　　如此甚嚣尘上，要吓唬俄国人？天真幼稚。你在俄国的土地上，就算一条强龙，人家是地头蛇，俗话说，强龙斗不过地头蛇！你们来这里为的啥，是打架闹事吗？你嘲笑俄国人有伸手要烟的陋习，莫说一支烟，就是一盒烟，一条烟，比起全队农工千百万卢布的收入，孰轻孰重？说句丑话，人家来个秋后算账，不说不给，就来个七扣八扣，叫你白干一年，捂着空钱包，屁颠屁颠溜回老家去，值吗？"队长不在，今晚你就当家做主。"我向组长说了一大堆实话，要他立马出山。

组长毕竟当过兵，走南闯北，颇有不少见识，听我说得有理，便找了几个退伍老兵合计一阵。他拿出当年班长的勇气，站在石墩上，斩钉截铁地宣布：

"弟兄们，有事，明天找谢尔盖场长说理去。你想法挣到大钱，才是好汉！在这里闹腾，一点屁用也没有！走，跟我一道回去。不愿回去的，当'哨兵'，你就死站到天亮。"末了，还甩了句狠话，"不听招呼的，扣发奖金！"

这揭竿而起呼风唤雨的架势，颇与史上陈胜相似，慷慨激昂，响遏行云，被搅昏大脑的年轻人如梦初醒。大伙儿都跟着他班师回朝了。

我没料到，组长这番话还真灵，堵住了野蛮气焰在黑土地上空肆虐横行！水漫金山未成，一场人为灾祸终于戛然而止。

第二天，场长专门来到农工住地，对我说，还好，没闹出大事，夸我现场的指挥起了关键作用，并把这事报告了设在车里雅宾斯克州的中俄蔬菜联合体总部。

坏事变成好事，此话印证了江湖上那句话，梁山泊好汉，不打不相识。此后，中国农工知道俄国人的脾气，变得豁达宽容起来，主动与俄国人打招呼，化干戈为玉帛，常以半生不熟的俄语称兄道弟，不但抽烟，连喝从四川带去的高粱酒，也邀约在一起，席间，还把猜拳行令的传统文化也传给了俄国人。疙瘩一解开，配合就协调了，生产特别卖力，石头河农场的蔬菜产量质量都远远超过联合体其他农场。收菜前夕，车里雅宾斯克州工人日报派出记者专程前来石头河农场采访，特别刊出《Мы　братья》（《我们都是兄弟》）长篇通讯和一帧农工田间劳动的大幅照片，盛赞两国农民的团结合作和中俄人民的友谊。

翻译的角色在俄罗斯发挥了意想不到的作用。回国后，四川省农牧厅给我颁发一张特别奖状，印章的红痕非常鲜亮。

世界很大，事物纷繁复杂，每个人与众多形形色色的人物往来，利益驱使，常导致矛盾产生。国外国内，天涯海角都无法回避这条规律。遇到麻烦，退却一步，中庸一点，比强行硬拼要好得多。迂回余地宽阔，生存更有空间，争取双赢，才算上策，方可直挂云帆济沧海。

几十年前在俄罗斯发生的事情纯属偶然，但却蕴藏了学会做人，学会与人共处的大道理，至今我一直都没有忘记！

幸福密码

"土耳其人"的舞蹈

1962 年，我有幸成为全国高中毕业生十一万分之一，考上梦寐以求的外语学院。这在众人眼中，何等荣耀。老同学相逢，赞许我是"鹤立鸡群"，小县城的人走进了城市生活圈，我梦里竟然乐得笑醒好几回。

按常理推导，外语院校学生，毕业后要同外国人打交道，语言、性格和生活习惯，少不了同外国人接触。跳交谊舞，自然成了交往的渠道。

甫到学校，周末夜幕降临，饭堂里挪开饭桌，腾出一大圈空地，权作临时舞厅。五光十色，人头攒动，熟悉的乐曲点燃了许多师生跳舞的欲望。国外留学归来的老师和高年级同学，四步布鲁斯和狐步，三步华尔兹，如鱼得水，如鸟飞天，他们流畅的舞姿和娴熟的步伐叫人眼花缭乱。院团委讲，风物长宜放眼量，学好外语，也要学好跳舞，那是未来工作的需要。于是，舞池四周围满了一层又一层的观众和见习生。周末举办交谊舞会，在北碚区三所高校中，算一道独特的风景，为单调的学生生活增添了一些亮色。

外语学习，模仿和互动是前提。人少，才能创造频繁互动的条件。我们班人数，据老师讲，定编 12 人，教师不足，扩至 18 人，比起其他高校动辄五六十、七八十人的大班而言，可谓袖珍至极。

班额小，"营垒"却分明。当时欧洲两大营垒对峙：华约和北约，好像在我们班里略现雏形。成渝两地举止文雅的女生属"北约"，来自专区和小县的男生，行动豁达而拙笨，系"华约"。

"北约"女学生，成绩优异，家庭多数阔绰，穿戴时尚讲究：

雪白的确良短衫配上鲜艳丝绸长裙。几个美丽姑娘并肩行走，挺胸收腹，平视前方，手臂随意摆动，如一抹彩霞，手腕的上海牌手表，来回闪光，给本来俊俏的面容增添几分妩媚。锃亮的皮鞋，敲打水泥地面，发出的整齐响声颇有韵律。在男生面前，常常将头发向后一甩——是随意摇头还是故作高雅，无人知晓——送来的是淡淡香波还是浓浓雅霜的气息，还没来得及辨别，她们的笑声已随人影融入花丛中了。

她们举手投足，充满了多种优越感，地域的、家庭的、经济的、教育的和文化的，几乎都有，风光全占尽了。

相形之下，专县来的男学生，学习相当努力，家庭经济都比"北约"们差了好大一截。衣着简朴且不说，乡音独特，一张嘴便是方言"脱口秀"，好生怪诞，常引来"北约"们呵呵大笑。浓重的乡音，这在追求语言准确完美的外语院校学生来看，属致命硬伤，地道的老土特色！

一次，班集体合影，"北约"们照着镜子梳妆打扮，挑选最时尚最漂亮的衣物穿戴，忙碌半个小时，终于惊艳亮相；可"华约"们洗过脸就赶来拍照。我发现自己胶鞋布鞋都没晾干，只能一双赤脚匆匆上镜。

"北约"们一看这种窘迫相，掩嘴窃笑：嘻嘻，一群"土耳其人"。

啊，我们男生群体的新名字从此光荣诞生！想象力何等丰富，摆脱了盆地意识，兼有外语特色，土洋结合，名字起得何等的精准响亮！乍一听，便知寓意双关，足见"北约"们的智慧超凡脱俗。

本人毫无经济来源，伙食费国家全包，每月仅有零花钱2元。这样的经济基础，只配穿补丁衣服和圆口布鞋，系班上乃至年级的"赤贫"。为此，自我感觉"北约"定位恰当，并无羞愧之痛，不像某些男生抱怨心灵受到严重伤害，发誓伺机雪耻解恨，扭转乾坤。

我们学院传统教育烙印极深，新生一入学就下达命令：不准谈情说爱，彻底堵死妄图男欢女爱的地下通道。班上一个二十岁的小伙子，分泌旺盛的荷尔蒙搅得他心烦意乱，最多也只能在寝室旁的洋槐树下洞箫幽咽，倾诉暗恋情人的苦闷，或独自面壁，倾诉"关关雎鸠，在河之洲"的哀怨。

对于异性身体的碰触，我从没感受过。思想封闭——老土本性不变，对异性的认识，从文学作品中略知丁点。对美的理解十分肤浅，仅仅停留在容颜上，至于内在气质、谈吐和风韵，还没来得及廓清，说来自己也好笑，无异于封建保守的遗老遗少。

固守的心理防线，终于被学院接二连三的宣传声浪所击溃。我暗下决心，改变陈旧思维的矜持，在舞池旁逡巡，决计来一次从旁观者转化为实践者的飞跃，勇敢跨出去，向"北约"们的城市文明靠近一步。

挑选舞伴，我几乎没有思索，就邀请她，班上的舞蹈皇后。

她，双眼皮下的大眼睛，忽闪忽闪，对准你，似乎就要洞察出你心中的秘密不可。一次课间休息，她在黑板书写一串单词之后，勾勒出一幅西方美女的简笔画像，也许是出于对自己漂亮脸蛋和会说话眼睛的骄矜，向全班同学宣泄某种自信。一男生在黑板写下"东边日出西边雨"，她在画像旁立即留下"道是无晴却有晴"的诗句，思维如此敏捷，是娴雅，还是秀外慧中？

她，丽质天成，身材高挑，腰肢柔软而协调，一进校就入选学院文工团舞蹈队。表演《康巴的春天》舞蹈时，她那轻轻上扬的手臂，像白鹤亮翅般的舒展；自由扭动的腰肢，似水中往来翕忽的游鱼那样轻盈。一瞥，一笑，一转身，一回眸，无不凸显青春的靓丽和神秘的挑逗。全场的赞叹和掌声经久不息，女神也沉醉在欢乐的掌声中。对于这样美丽的女神，男同学只可远视，不可近亵。

我开始第一次学跳舞。舒缓的乐曲响起来了，她颔首微笑，伸出雪白的手臂搭在我的肩上，脚尖轻轻滑动，重心自然调整，身体优雅旋转，舞姿那么婀娜动人，一下子把我吸引住了。看样子，她是在中学专门学过舞蹈的，此刻却与一个素昧平生的老土共舞，仿佛被一个机械的重物所牵扯，十分费劲，极不协调地拖着一架破风车，在舞池中摇摇晃晃。

我牵着她的手，搂着她的腰肢，不敢直视，侧着毫无表情的脸，心里"怦怦"直跳。自己的身板如此僵硬，怎么也挺不起胸膛。本想说几句话，打动她，自述我的素质与众不同：喜欢读书，喜欢写诗，但又觉得这场合如此表白，太庸俗，太轻浮了，只好缄口不语。3分钟里，我竭力完成一项神圣而艰难的使命，搭上乘风远行的快车，奔向成功的彼岸，而非单纯的跳舞，严肃而紧张，彷徨而忧虑。不该发生的事情偏偏发生：脚步怎么也不与乐曲合拍，仓皇中三次踩到她的左脚尖，我乱作一团。天呐，漫长的乐曲终于结束，我连道歉都忘了，急忙败下阵来，只管掏出手巾擦汗，尽快摆脱刚才的局促和尴尬。

没过多久，团委的老师发现了舞蹈皇后的天赋，一曲结束，总要让她与另一个舞伴再次示范。她属于东方人崇尚的瓜子脸，镶嵌一对盛满甜蜜的酒窝，优雅的舞姿让众多男生为之倾倒折服，因此，舞会上总有一大群粉丝翘首注视她从容的旋转。啊，只愁歌舞散，化作彩云飞。

舞蹈皇后让我们看到，舞蹈之美居然这样使人陶醉，交往中许多陈规陋习消失殆尽！

后来跳舞的日子，她成了许多男生邀请的对象。美妙的乐曲飘荡在空中，她，一片彤云飘来飘去，鲜艳的舞裙时而微摆，时而旋转，色彩斑斓的花朵，在舞池四周不停流泻，绽放，飘飘欲仙。

我有了第一次失败的教训，自怨自艾身体孱弱，在标致的女性粉脸前手脚显得慌乱无助，生怕跌跌撞撞，跳舞时把舞伴拖入无形的泥坑，再次重复难堪的结局。

团委老师因材施教，把我们"土耳其人"分成两类：一拨是有舞蹈基础的，稍加指点便触类旁通，进而与"北约"们距离越来越近；另一拨是长期打不开小脑灵巧开关的人，跳舞总是磕磕绊绊。自然，我属于后者。

这样，我们这拨人需要有天赋的老师来强化训练。我想趁机再次找她请教。

我本想递张纸条给她，怕误为求爱之举，引来"舌头"非议；也想买点饮料和小吃，感谢她的帮助，心想而事未成——并非抠门，窘迫的月计划中怎么也列不出这笔开支。课后只好硬着头皮向她表白我的请求。

她听我说完，居然用舞蹈老师的口吻，虚与委蛇地应付，如何训练身体的柔韧度，如何在心中暗暗记住音乐的节奏，三言两语，匆匆了结，失去了先前的热忱。

啊，我完全没有料到这样的结局！第一次发现，这样的女同学，除了在众目睽睽的舞池中，显示出热情和笑靥之外，在别的场合，她身体的磁场将我完全拒绝，我不明其意。"华约"和"北约"之间的种种隔阂，嫌隙毕现。我被泼了一瓢冷水，从头浇到脚下，瑟瑟发抖。这次"点拨"，如同折断了一首孕育多日诗歌的翅膀，心中温度瞬间降至冰点。

不要紧，承认反应迟钝。改变现状，我却缺乏勇气，效仿某些"土耳其人"，在寝室入睡前拥抱枕头或方凳，恋恋不舍地全身心投入练习，"嘣嚓嚓，嘣嚓嚓"，一直把自己折腾到汗流满面，熄灯铃拉响方才罢休。

在后来的舞蹈培训中，我悉听尊便，但发现自己热情骤降，面对陌生的舞伴，无论怎样提醒自己，依然笨手笨脚，身板僵硬，关节怎么也打不开。

暗中埋怨自己无能，陡然联想到苦难岁月：周末星夜到乡村田间捕捉青蛙卖的孤寂，周日去西山煤厂挑煤炭挣钱的艰辛，夜阑苦读，饥饿袭来吞食酸萝卜和盐腌莴笋皮叶的悲凉……陈年旧事画面总是不断叠加在眼前。啊，身板僵硬，原来是早先苦难生活留下的"后遗症"，且已"病入膏肓"！如果我能在苦苦挣扎的日子里，预料到将来要去跳舞，要练习腰肢柔软度，就会早早在地毯上弯腰劈叉，在双杠上摆浪倒立，我也许不会沦为"土耳其人"这般另类，跳舞技巧也会从天而降 —— 不过，圣西门式的空想不可能颠覆我的历史。

后来，学校专门针对我们这群人补课，决心扫除角落里冥顽不化的舞盲。我早吃了定心丸，一提跳舞就大败胃口，渐渐地疏远舞蹈圈子的喧闹。"静言思之，寤辟有摽。"上苍在默默地关注中早就对我做好安排，亦可保持本色，无须过分痴迷城市"文明"。我不再纠结，从困惑中挣扎出来，挺起腰杆，不只是我的身躯，还包括从小养成的心知。坦然承认，我不是跳舞那块料子，毅然迅速折回到书香滋养的生活秩序之中，慢慢洞悉人生妙旨，倒减少了许多烦恼纠缠。

1965 年底，跳舞之风戛然而止。我，舞盲依旧，早成局外之人。

初恋如蕊

初绽的茉莉花，闪烁洁白的色彩，花瓣簇拥的花蕊芬芳袭人，馨香
悠远；倘若离开根植的土壤，便香消玉殒，最后只能融于香茗记忆之中。

——题记

"我的手有些冷，你握住好吗？"

我顺从了她的请求，把手伸过去，执子之手，与子偕老。哦，她的手湿漉漉的。

"靠近我，好吗？"

我挪动了位置，与她比肩而坐。

"你不能贴我近一些吗！我真的有些发冷。"

明明是初夏，怎么会冷呢？我迟钝的思维终于明白了她的心思，紧紧靠在她的身旁，手臂搭在她的肩膀。她依偎着我，女人特有的幽微体香，像初夏茉莉花蕊吐露的芬芳，若隐若现。顷刻，享受着被初恋恩典的甜蜜，所有长久集聚的隐痛、忧虑，以及辛劳奔忙的困乏浑然消逝……

这幅景象就像年份久远的油画，时间越漫长，越发积蓄审美价值。那是很多年前，我从非常拮据的开支中，抽出两角钱，买两张电影票，邀请她看露天电影。

她叫穗子，同我一起在学院广播站编辑部工作。那个时段，学院传媒资源十分有限，仅设有线广播。午餐时，全院学生的思想学习生活，像潺潺流水，从分布学院主要地段的大喇叭里，畅快流淌出来。为有源头活水来。编辑就像蜜蜂采花，每天从众多来稿中采撷有价值的篇章，沙里淘金，去粗取精，让播音员播放出去，末了，还要宣读某某编辑、某某播音的大名，我们心里自然荡漾着成功的愉悦。每天重复播放的名字在头顶飞扬，挑逗着年轻人按捺不住的虚荣心，能在全院数千名学生中遴选为凤毛麟角的编辑是非常荣幸的事情。

穗子，与我同专业，不同年级，进编辑部后才与我相识，算百里挑一的才女吧。她的身材容貌，用闭月羞花、沉鱼落雁这样陈旧词语来形容，似乎过于浅薄和轻佻，浑圆的脸蛋，五官灵巧，眼神光亮，身材窈窕而丰满，充溢着农村姑娘风里来雨里去的青春活力。头发是常见的两条小辫，见人头一扬，小辫跟着甩过去，奉上甜蜜微笑 —— 传递友善的信息。一颦一笑，举手投足，都有征服异性的魅力。人说川外囊括了全川学外语的酷男靓女，并非夸张。众多美女频频惊艳亮相，论学习，看脸嘴，讲口才，超过众多男生，唯独穗子有些例外。

晚自习后，我们男生寝室准是议论女生的沙龙，夜晚爱瞎吹。某美女"飞得很"，即使你有大把的钱给她花，想让她一辈子跟你不离不弃，都很难；某美女长得漂亮，像一只花瓶，供你欣赏可以，但做事笨手笨脚，谁娶了她，恐怕连饭都煮不熟。我暗中类比，同那些花枝招展，俏丽多姿的女生相比，穗子绝对不是那种心比天高的靓女，寡言少语，干练沉着，一句就抵一句，让人看了，心里踏实。

孔夫子曾断言"君子食无求饱……可谓好学也已"，我看，孔夫子说的是假话。二十刚出头的青年，雄姿英发，不吃饱米饭，哪有读书学习的精力？我们恰巧就缺米饭吃。早晚还好，午餐端上桌，全是蒸红薯，每人三四根，饭桌一小碟酸萝卜，实在难以下咽，只得随大流，持长勺去打捞木桶里沉浮的菜叶。我的胃老不争气，红薯下肚不久，胃里一阵翻江倒海，酸水直朝外涌，似乎要呕吐出来。穗子看见我如此狼狈，总是关切地问道："怎么又倒酸了？多吃一点酸萝卜，兴许好些吧。"

我读高中期间，每天吃酸萝卜，早生厌恶，现在还要延续吞食这劳什子，心理上接受困难，中午进餐如过年关一样艰难。

听她说，家里姊妹多，父亲是当地的一位老中医，妙手回春，悬壶济世，做了不少好事，在当地是出名的大善人。穗子耳濡目染，顺理成章，便学得点滴医护常识。因吃红薯发愁，听到这样关切的话，至少，我有几分欣慰。

学院严格管理，明文规定，在校期间绝对不允许学生谈情说爱。那些最终修成正果的伉俪们，绝对是长期潜伏于地下活动的亚当和夏娃，成功者寥若晨星。因此，在吃饭时间，我们交流信息，非常仓促。想说句什么，三言两语，有时就只能传递一个眼神，担心毒舌奏本，惹出流言蜚语。穗子教室在楼上，我的教室在楼下，下课后人流涌动，两人犹如太空中两颗遥望的小行星，偶有相遇，只能相互投出微弱而脉脉的目光。这种情感的简单交流，小心翼翼，像滴灌一样，细细地滋润干涸的禾苗。招摇过市，公开表白情爱的学生，一旦发现，老师必训斥无疑，那株纤细的幼苗肯定会被狠狠掐断的。谁愿当这样丢人现眼的公众人物呢？

编辑部无固定开会地点和时间，七个编辑加上院学生会宣传部长，刚好凑一桌，就餐和商量工作同步进行，水乳交融。席间，议论前一天的播音，民主气氛十分浓厚。学外语的就喜欢咬文嚼字，有时还要翻出字典、词典较真儿——凸显外语学院学生引经据典，以理服人的民主学风。穗子很较真，给别人，也给我提出过一两次编辑中的瑕疵，不认真听广播是不能挑出这样的毛病的。她说到我，我有些难堪，为掩饰现场的尴尬，借口时间匆忙而溜走。但说真的，她认真负责，乐于助人，窥见其心细，善良，让人折服。渐渐地，我对穗子产生了亲近感，饭后乐于与她聊一阵学习工作以外的事。

那年月，清贫家庭太多，男女同学之间悄悄萌发的爱慕之情，和金钱物质绝对没有多少关联，更多追求的是心灵相通，情感交流。她得知我早先贫穷苦读，数年艰辛拼搏，常常睁大怀疑的眼睛，重复着这样的话："啊，是真的吗？好可怜啊！"惊诧里透露出怜悯和同情。

这样温暖肺腑的话语，足以感受到朋友体恤和关心，更何况在不同年级的异性当中。我感觉莫名其妙的温馨，一时胡思乱想，对美好未来的憧憬，年轻人的心在陶醉，坠入情网的我不想挣扎。

一次，晚饭后一大群人正围着看海报。原文电影的海报用中俄两种文字混搭书写，吸引了众多眼球。我正揣摩那单词的词义，忽然背后产生异样触觉，那陌生的尤物坚挺而富于弹性，我几分惊诧，扭头一看，竟然是穗子。在众多学生目光包围中，她脸绯红。我顿时感到心脏喷出的血液，像礼花一样朝四周迅速扩散。此时无声胜有声，我感到穗子正悄悄走进我的心灵。

一次，学院开展传统军训活动，组织学生上缙云山"拉练"。我们学生都算基干民兵，早饭后在规定时间内打好背包，集合登山，回校后总结评比排名。自然，这是体力加荣誉感的比拼和检验，谁也不肯落后。我盖的是一床比我年龄稍小的老棉絮，又沉又硬，背上肩头，犹如一块巨石压在心上，总赶不上那些背春秋被同学的步伐。我想为集体争取好名次，便专抄小路，不幸踏滑石板而摔在路边，双膝鲜血直流。争夺名次的人流早遗忘我这挂彩的民兵，他们呼啸而去，我只好坐下自救。凑巧穗子路过，她二话没说，跑去临近的村子弄得一点白酒，做好消毒处理，采得一束苦蒿，嚼碎之后敷上伤口，没有纱布，立马撕开她的花手绢，给我包扎好。一切动作利索而有序。我看到一个医生的女儿熟练的护理技巧，更看到危难时刻穗子凸显的关爱真情。四目对视瞬间，泪水从我的脸颊下滑落下来。

我的大学生活极为枯燥，经济基础趋于零，课外活动十分单调。游山玩水中品尝美食，花前月下的闲庭信步，于我而言，犹如太虚幻境。著名的北温泉公园近在咫尺，古刹听钟，泳池挥臂，乳花洞探幽，数帆楼远眺，两分钟亦可实现。假日随同学游逛一阵，常是饿着肚子回校，从未在那里消费过一分钱吃喝。我的乐趣，全在于书中浏览。

　　拒绝书香的灵魂是豪华的废墟，拒绝书香的脑袋是泡沫的楼阁。越是贫穷，越是以书香为伴，以读书为乐（间或还结余出一点可怜的零花钱去买书）。物资极度匮乏，但我堪称精神富翁，不比那些贪玩好耍而头脑空虚的富家子弟寒碜，常常聊以自慰。下午课余便钻进阅览室，选定靠窗户的座位静心看书，一顿精神大餐之后，顿感天高地阔，理应格物致知。

　　一次，穗子走进阅览室，着一袭碎花长裙，飘然而至，我们竟不期而遇。

　　"看的啥？"

　　"《普希金抒情诗选》。"

　　"难怪你们年级同学叫你'普希金'！"

　　"怎么你也知道这个外号？"

　　我当时满脑子的诗歌热，加之头发卷曲，有几分形似普希金，同学们就赐给我这个光芒四射的盛名。课堂上老师有时借此调侃几句，引得教室一片嬉笑，我故作缄默。仅凭几绺卷发就与俄罗斯文学之父挂上了钩，如此幸运。虽说贫穷，却生活于璀璨光环之中。穗子也知道了这个美称，表明她很在意我，这令我喜出望外。

　　穗子走过来，我立马起身。她落座在我身旁，翻阅一本中文图书。她看看我，我一抬头，也望望她，我们都莞然微笑，品尝着书本知识营养，也享受着如同中西合璧交响乐流泻的音符带给彼此的愉悦。

　　后来，穗子说她也要读新诗，我选择一些自己保存的诗集给她，企望她走进诗歌的王国，同我一样，去吸吮戴望舒笔下江南小巷新春的雨，去拥抱闻捷从河西走廊带来的金秋的风。

　　开初，我们早有约定，两人的接触，要像青春偶像保尔和冬妮娅那样纯洁，不能影响学习，不能妨碍广播站工作，默默地呵护着理想中的"友谊"。平凡孕育平静，平静滋养禅意，只有潺潺流水般的滋润，没有海誓山盟的约定，更没有电闪雷鸣样悲怆，几句问候，一个眼神，恍如云淡风轻，心里却燃烧着一团熊熊的火，悄悄传递着如梦如幻的情怀。我们情不自禁游走在柏拉图式的伊甸园，草的绿，花的香，流水的殷勤，小鸟的雀跃，都让出一条小路来。我们很惬意，很甜蜜，享受着幸福和神奇的时光。每日的牵挂，多情眼神的顾盼，都会引起心旌动荡不已。

初夏，一个周五的夜晚，月上丁香，银光如水，我约穗子到礼堂旁僻静的小凉亭。浅紫色的雾气轻轻飘浮，梦幻一般地轻轻笼罩着我们。

"这酒，酿了这多时间了，该醇香了吧？"我故意用诗化的语言，拨弄她心中的琴瑟。

"是啊，这酒，怎么变酸了？"穗子反唇相讥。我们都笑了，笑声惊飞树梢的小鸟。

我们并排坐在凉亭的木椅上，朗朗大笑之后一片宁静，连对方轻轻的鼻息都听得清清楚楚。我轻轻抚摸穗子软绵的手。

"有人说，女孩子要富养，否则，谁给一块糖就跟着跑了。熟稔生活的人总结出来的经验，你信吗？我是一个地道的无产者。"

"正因为你贫穷，我才愿意与你接触。你懂得生活，很勤奋，爱读书，又能吃苦，啥事都愿意干，值得依靠，我愿伴你终生，浪迹天涯……"

这个夜晚，我们说了很多，很辽远。回到寝室，我倒在床上，辗转反侧，思绪徘徊在银色的月光下，任夜风轻轻吹拂。清贫，无法改变心灵充实的速度。我和穗子的交往平和而缱绻，没有物质欲望可言，更无定情礼物相赠，彼此惺惺相惜，相亲相爱。长久孤立无援的我，终于在茫茫海面望见御风而至的帆影。我决计用一种特殊的方式铭记这个日子。第二天，买了两张电影票——那是我在川外读书的唯一奢侈，邀请穗子看一场露天电影，于是，才有了文章开头那一幕。

后来毕业分配，我先分到一所农村中学，穗子后分到军垦农场锻炼，两人天各一方，早先的梦幻迅速粉碎。我怀揣焦虑，几次询问调动一事，文教局回答十分简单：你想得太幼稚了，没门。

我不知"幼稚"一词在职场中的复杂内涵，彻底懵了，感叹孤独的单薄之躯无能左右未来，只好狠心掐断了这株待放的花蕾，心中隐隐作痛，甚至连一封信都不敢向穗子寄出。我实在无法修复破灭的爱情，我流泪，更怕她心中滴血。

　　初恋常是绝恋，无疾而终就是它的归宿，就像流星划破夏日夜空。

　　落花已作风前舞，又送黄昏雨。风雨过后，茉莉花凋零了，花蕊干涸了，馨香消失了，徒留下一抹光影和无尽感念，徐徐绽露。

悬铃木下的情思

今年孟夏，除了刮风下雨，晚饭后爱去滨河路散步，尔后，在一棵悬铃木旁的座椅上歇息。一个人安静地坐在长椅上，仰望高大的悬铃木，注视那些风中飘舞的绿叶，心中弥漫着牵挂的忧郁。那个在舞台上活跃的身影，眼前飘浮，挥之不去。这棵树，似乎就是远方那棵树，跨过千山万水，来专门陪伴我。傍晚的河风，吹得树叶"哗哗"作响，轻吟着那支多情的老歌：我想对你唱，但又难为情，多少话儿留在心上……河风轻抚面颊，在耳畔低眉细语，为我轻轻拭去额头的热汗，带来一丝丝惬意的清凉。吸吮河风的凉爽，最能唤醒疲惫的心灵。我头顶碧绿的树叶，回忆起那抹不去的情思。

"文化大革命"风暴刮到学院，所有机构都瘫痪了，大学也不再上课了。震耳欲聋的口号是虚妄的，穷学生最为关切的事倒真正发生了：助学金一律停发。我彻底懵了，哪里去吃饭？回家无门，投亲靠友无路，我成了现实生活中的流浪者，像浮萍一样随处漂泊，到处流浪，忘记了羞耻。无论认识与否，无论走到哪里，混一碗饭吃，是每天最直接最现实的任务。成都是天府之国的核心区，能混饭吃的地方多，就奔向那个吃饭不要钱的大堂。经同学指点，找到一所能吃饭的学校。肠胃每天必需的填充物，好不容易有了着落。

这天，我去一同学家借书，正沿大街踽踽独行。

"快，快躲开！"不知谁突然惊叫起来。远处一群人，似乎发现了情况，气势汹汹追杀过来，鸡蛋大小的石块在空中划过一道道罪恶的弧线，密集如雨，我来不及躲闪，那没长眼的石头偏偏击中我的头顶，飞来横祸，一摸，顿时鲜血直流，疼痛难忍！去哪里躲藏？慌不择路，只得胡乱地抄一条小巷口钻进去。

眼前逼仄的巷子，两边楼房，尽头有棵高大悬铃木，树下是一扇打开的木门，老远看见，一个年轻的女子正端碗吃饭。那不是我们班的阿虹吗！世上居然有这样的奇遇！

阿虹是我们班女同学，瓜子脸，睫毛修长而上卷，忽闪忽闪的大眼睛，她的神态时时传递出既傲慢又亲昵的信息，让你来不及躲闪就会被"俘获"。身材苗条高挑，一副跳舞练成的好身段，衣香鬓影，韶秀轻盈，别说男同学，就是女同学也怀几分嫉妒。阿虹口语尤其出众，语调行云流水，抑扬顿挫；语音，一口标准的莫斯科韵味，像山涧淌下泉水，清澈见底；钢笔字端正娟秀，更让那些胡乱涂鸦的男同学自感汗颜。一首童谣这样说：手一抛，金手表；脚一踢，华达呢，还真说中了像阿虹那样时尚女同学的现实装束。男同学呢，粗布学生装，领子和肩头盖着几块补丁，一年四季胶鞋换布鞋，布鞋换胶鞋，另备草鞋一双，供爬山"拉练"穿，布鞋没有晒干，权当赤脚大仙，照常走进教室。说起话来夹杂零乱的方言土语，把外语语音语调扭曲得稀奇古怪。成渝和专县之间，地域的差异，经济的差异，文化的差距，服饰的差异，在我们班男女之间生成天然沟壑，那里盛着偏激和嫌弃。一些人眼中，拙朴就等于土得掉渣。女同学捕捉到新话题，专门给像我这样的男同学，起了一个群体性的雅称——"土耳其人"，还视其掉渣程度，对同质异体有土一、土二、土三的有序排列。同是学外语，女同学为啥就要逞能？非要用具有特殊内涵的外国人的名字羞辱我们？阿虹虽不是炮制洋名的始作俑者，但是忠实传播者。我承认先天穷困愚笨，衣衫褴褛过市，但能独善其身，从不低下高贵的头颅。宁肯省掉所有休闲，在图书海洋波峰浪谷的沉浮中快乐阅读，也不愿花心思计较花前树下的闲言碎语。我随时提醒自己严格控制感官，避免邪念萌生，搅乱了既定的苦读。因此，虽同窗几年，却很少同阿虹搭过腔，路上偶有相逢，也是故意绕道错开……

鲜血还在继续往外冒，手巾被鲜血浸透，湿漉漉地粘手，我哪里去上药。倘若饥饿加上疾病，雪上加霜，说不定大难临头。一连串的棘手问题，浑然不知如何是好。诚如古人"四喜"所言，他乡遇故知，也算一喜，可以求助，此刻的我却没有勇气主动向她开口。早先与阿虹之间那种陌生感提示我应马上退出小巷。离开阿虹，又去到哪里落脚？我陷入进退维谷的漩涡里。

"啊，什么风把你吹进小巷子的？"阿虹狡黠地眨着眼睛，率先开口，本想给我开个玩笑，"血，你脸上有血！怎么回事？"阿虹突然发现我脸上往下流动的血痕，惊讶起来。

"可恶的飞来横祸。我算倒霉透顶——你家在这里？真没想到。"我实在掩饰不住自己的狼狈，只好向她述说刚才的遭遇。

阿虹嘴一翘，嗔怪我："还迟疑什么，感染上破伤风就麻烦了，处理伤口要紧，我给你包扎一下！"说完，她立马放下饭碗，进屋取出酒精药品和纱布绷带。

"糟糕，血污把头发黏住了，得把头发先剪去一绺才能上药。"阿虹取出剪子，用酒精擦拭了剪刀，剪去被血污黏住的头发，由内而外，再用镊子轻轻擦拭血污，敷上药粉，轻巧而熟练地包扎好伤口。我十分惊诧，一个埋头于书斋的文静女生，一招一式，利索而敏捷，竟然宛如一位技术娴熟的外科大夫。

"扎痛了没有？不难受吧？"她侧身询问，"我妈是医生，可惜只学了点皮毛。"

没想到阿虹懂外科，很快为我伤口止住流血，我被她细心和温情所折服。

我整了整衣服，站起来："我该走了，太麻烦你了！"

"麻烦啥？同班同学。现在往那里走？你这个形象出去招惹麻烦，人家会怀疑你的——我这人真是，常常顾此失彼。是吃午饭的时候了，看样子，你准没有吃饭！"阿虹看到我这瘦削蜡黄的脸颊，一眼就猜透了。我嗫嚅着，昨晚的饭菜早已消化殆尽，饥饿早把我折磨得没有半点力气，只是强装一副笑脸。我用默默点头来说明自己的狼狈。和平时期的"战争"年月，我流浪在外，饥一顿，饱一顿，延续数月之久。堂堂七尺男儿，在外漂泊早已无颜面可言，即使遭到白眼，也只得忍气吞声。欲将心事付瑶琴，谁能知晓？这里遇到了帮助我的好心人！

当天中午，阿虹家烧的排骨炖冬瓜。说真的，几个月不知肉味了，我一闻到那浓郁的香气，味蕾就开始活跃起来。阿虹给我盛了满满一大碗米饭，不断提醒多吃排骨，少吃冬瓜。我只顾点头，脸上露出微笑，木讷的我啥也说不出。这是天下最美好的午餐了，早饭午饭索性一并解决，狼吞虎咽，吃得特别香，也特别舒服。

她找来一顶绿军帽，给我盖住伤口，说这样可防止感染，又避免惹来麻烦——我是平生第一次近距离接触阿虹，女性细腻温柔，情感如烟，徐徐氤氲。我问阿虹，军帽何时归还，她微微浅笑，一顶旧帽，搁在衣柜也没用，不必送还。相知在急难。人在最危难的时候，才能看透对方云遮雾罩的心灵，才能懂得惊涛骇浪中救助的珍贵。告别时，我们轻轻握了握手，手指仅仅接触到对方的指尖，马上下意识就缩回去，我的手心沁出湿漉漉的汗液。清高的举止曾让我对阿虹心存芥蒂，昔日的"大小姐"仿佛早就忘记那些"裂痕"言论，竟然主动与穷小子握手告别，让我感激涕零。

"伤口千万别沾上生水！"分手时，阿虹嘱咐我。一种从未感受过的情愫荡漾全身，别有一番滋味在心头。是同学情，好像还多了点什么。生活中，我们一度被太多表象蒙蔽，陷入盲目的偏见。盲目崇拜或鄙夷都可能与真正的朋友失之交臂。早先的偏狭瞬间冰释，我从迷惘和苦涩挣扎出来，享受到真情的愉悦。

我走出阿虹家门，回头张望，她紧闭双唇，微笑着向我点头示意，好像依依惜别的样子。那轻盈苗条的身影渐渐消失在风中的悬铃木下，她可亲的形象，却永远定格在青涩影像的记忆里。

春心莫共花争发，一寸相思一寸灰。缘起缘灭，相识容易相处难。唯我依然，每岁初夏，临窗远眺，总爱回味悬铃木下绵邈的情思。

眼前,悬铃木满目盈盈的绿,宛如碧玉,弥漫着芬芳。陡然想起,古人为什么总爱用绿色铺垫离别伤情的色彩。"青青子佩,悠悠我思""寒山一带伤心碧""今宵酒醒何处?杨柳岸,晓风残月""年年柳色,灞陵伤别",只有绿色的树叶才能托得起那份沉甸甸的离别深情。河边的凉风把我的思绪从遥远的小巷牵引回来,路上行人渐渐稀疏起来。悬铃木树上飘舞的叶片,在河风中细说无尽的心语。

难忘的记忆是动人的意念。我仿佛看见阿虹颀长的身影移动,手臂轻轻挥动,叮嘱犹在耳旁——"别沾上生水",那是爱的嘱托,那是心的呼唤——弥漫在飘荡的绿雾中,瞬间凝聚成记忆的永恒。

救　赎

　　蓝为静，名字有点女人味儿，其实，是真正的纯爷们儿。他冬天喜欢围一条蓝色的方格围巾，同事们唤他"蓝围巾"，形象鲜明，混熟了，就两个字，"围巾"。

　　"围巾"是学校的教学骨干，妻子叫秀秀，是乡供销社副食门市部主任，供销社宿舍紧张，也就住在学校。校长说他子女多，一大家子住单间，横竖挂几幅床单来分割空间，实在不便，格外照顾，分了套房给他。

　　"围巾"与我毗邻而居，我们是同龄人，又属语文教研组，都爱讨论教学上的问题。出于对组长的信任，他常愿与我聊天。

　　中午时分，最先飘进我屋内的是熬制中药的浓浓药味，说不清是"围巾"老婆治疗痼疾的两位数疗程的第几剂中药，接着传来连续不断的剧烈咳嗽，响遏行云般震撼。房后的小火炉就是煎熬药汁的基地，天天都有刺鼻药味四处扩散。吃饭养身，服药养心，有人私下议论，秀秀是药罐滋养的女神，别看那身材是副骨架子，倒活得自在，洒脱。

　　一会儿，响起了锅碗瓢盆交响曲，几声吆喝："哪个要锅巴饭？新鲜的锅巴饭出笼了！"五个小孩争先恐后"我要，我要"，应声而起。锅巴饭，其实就是锅底一点锅巴，冲进一大碗米汤搅拌而成。他家孩子个个张口能吃，粮食定量供应有限，"围巾"腾不出余钱到集市买"高价米"，不这样物尽其用，孩子身材准会长成豆芽型。上午三节课后，"围巾"毫无例外地又匆匆回家做饭，否则，全家人就要"看光光"。去伙食团打饭菜，既吃不饱，又花钱，"围巾"不愿干这样的傻事。精打细算，这对于一个孩子多、收入拮据的家庭而言，是杜绝寅吃卯粮悲剧发生的第一措施。"围巾"一天的活动轨迹简单又重复：宿舍——教室——宿舍，像一只陀螺，被无形的鞭子抽打着连轴转。

周六，木盆里堆满了衣服，肩挑井水，手搓衣服，没有洗衣机的年月，只能拼力气，开展木盆边的全身运动，然后晾晒几竿红蓝绿白的万国旗。秀秀呢，天天捧一个药盅，闲看盆内泡沫消散，侧听树下花开虫鸣。

小镇时兴赶集，老师多结伴而行，唯独他们家例外。每次赶场选购蔬菜瓜果，都是"围巾"一人，独来独往。

我问"围巾"，为啥不偕夫人同行，他支支吾吾，说她要上班，请不动老太婆！他夫人明明在家，怎么说上班？而且，他称自己夫人——"老太婆"，多少折射出其内心的无奈和凄凉。

蓝为静，堂堂一米八的男子汉，满脸红光，身边尾随一个一米五的矮女人，有气无力，病病恹恹的神情，就像现实版的小说中的人物——高丈夫和矮脚女人。凡外出场合，就一个男人颠来倒去。夫妻本就像一杆秤，秤不离杆，杆不离砣。蓝为静这对夫妻，猜不透，说不清！

十多年前，他在一所师范学校读书。讲出身的年代，不敢有非分想法，只是整天捧读书本，毕业成绩不错，修成正果，分到了乡镇戴帽初中。

一个中师毕业生，毕业便进入初中，哪怕是"戴帽"，也可谓春风得意。一条蓝围巾在脖子后飘飞，风流倜傥，颇有五四青年的风度，惹人注目。课前列出提纲要学生预习，课后主动听取学生的反映，这样的民主教学，着实给小镇学校吹进一股清新空气。球场上，"三大步"上篮，龙腾虎跃，博得一片喝彩。闲暇之余，摆下楚河汉界，"乒乒乓乓"，与同事厮杀几局，心情格外舒服。晚间挑灯夜读，云游书山，雷打不动。掩卷沉思，在台灯的光晕中，他仿佛看到未来伴侣，美丽又贤惠，在身边精心照料自己，顾盼之间，满目生辉，笑语声中，可口午餐已摆在他和孩子们的眼前……

　　这样的优秀的年轻人，一到学校，就像平静的水塘里飞来一只白天鹅，引来不少姑娘惊异和仰慕的目光。

　　秀秀，说是供销社上班，其实很少待在门市，常常是打个招呼就走人。40来岁的人，"老丝瓜"爬上脸颊，颧骨凸显，头发蓬松，过早进入更年期，脾气越来越古怪。秀秀丈夫与她结婚不到10年，就患上莫名其妙的怪病，一个月就上了西天。她好几年苦苦寻觅心仪的男人，最终依然无果。

　　供销社职工宿舍就在学校旁。"围巾"人高马大，心地却十分善良，听人说过秀秀寂寞孤独的苦衷，也暗生恻隐。一个周六傍晚，"围巾"照例去伙食团打饭，怎么叫唤都不见大厨，说是探亲回家了。孤身一人，哪里去吃饭呢？

　　见"围巾"路过门前，秀秀主动招呼蓝为静，到寝室坐坐，"围巾"称自己有要事，婉谢秀秀邀请。

　　"单身一人，有什么要事的？天都快黑了，就在这里随便吃点什么，尝尝我做的酸辣鸡。"

　　"围巾"想，黑灯瞎火的，街上几家小食店早打烊了，图个方便，也就答应了。

　　秀秀给他斟上满满一杯："这酒是咱们镇上酒厂酿出高粱酒，二篓子酒，口感最好。"

　　柔情似水，秀秀挽住他的手臂，猛一下扑过去，把"围巾"搂在胸前，怎么也不肯松手，那张脸紧贴着"围巾"，舌头在他嘴里吞进吐出，整得气喘吁吁，浪漫而近乎疯狂。一个涉世未深的黄花郎，怎能抵挡异性突发性攻势？"围巾"大脑一片空白，顿时没有回过神来。一阵推杯换盏之后，他竟然酩酊大醉，醒来后，才发现自己躺在秀秀床上。猝不及防，他变成了她的俘虏。

　　相识何必花前月下的拥抱，相恋无须海枯石烂的承诺。一个青春如火的年轻男子独自闯入一个单身女子之家，无异为惊世骇俗，未来后果何曾料到？眼下这女人确有心计，早就暗藏玄机，设下十面埋伏，请君入瓮。

你"围巾"就管不了自己那张好吃的嘴，干吗非要去吃那顿酸辣鸡？你更不是那坐怀而不乱的柳下惠，拈花惹草，往后带来的麻烦就多了！

上船容易下船难。青年人的欲火一旦被点燃，难以熄灭。一旦闸门打开，男女共赴巫山云雨，爱河浴身，在破庙改建学校的小屋里，接二连三，悄悄上演。

"围巾"仓皇失足，洪水漫过江堤，秀秀巧舌如簧，猎物落入掌心。

"怎么样，今后与我一起过日子吧？"秀秀递给他橄榄枝。

"围巾"想，自己还是个20来岁刚出头的黄花郎，年龄毕竟如此悬殊，眼前这个女人比自己的母亲还大几岁。恋爱结婚这样的终身大事，老年人常说，要择个门当户对才恰当。

"你看看，已经有了，是你的。"秀秀指着微微凸起的小腹，步步紧逼。

拿掉不行么？这话"围巾"正想说出口。

"嗯，你不答应，也可以。但你要记住，这肚里的孩子姓蓝。""围巾"正想辩解，哪里抵挡住秀秀的穷追猛打，"我向上级反映，身败名裂的就是你！丢掉饭碗的还是你！"

出身，个人无法选择，但命运，可用心把握。秀秀看到"围巾"胆怯，无力抗争，也洞悉那个特殊的年代，个人出身，在一生荣辱中具有不可撼动的分量。步步为营，搬出那些危言耸听的话语，如同紧箍咒缠身。"围巾"内心翻江倒海，欲哭无泪。

"不过，爱情的核心，不就是一张双方都接受的契约吗？"秀秀见机行事，又抛出一根施了魔法的软绳，把悬崖边上挣扎的"围巾"轻轻拉了回来。

涉世未深的"围巾"在情感的漩涡中，孤立无助，他只想钻进地狱，躲避秀秀犀利的目光。他狼狈了，屈服了，投降了，被迫承诺与一个比自己大20多岁的女人相伴终生。没想到更大的麻烦还在后头。

"围巾"啊，如果对秀秀的诡异的微笑有所提防，如果对女性盛情邀请敢于说"不"，如果没有第一次贪恋美味佳肴的失误，你未来又是另一番景象。可惜，否定现实的假设根本不存在。

他们婚礼在乡下悄悄举行，就怕招惹旁人取笑。

有人预测，不同的家庭背景会掘出一条鸿沟，婚姻难以跨越，他们也逃脱不了这个咒语。在婚后的生活中，"围巾"越来越强烈地感觉到，他和秀秀仿佛是来自两个不同星球的生灵，怎么都不能融洽生活，更不要说走进彼此的心灵。

"围巾"知道自己学识浅薄，跟不上高中教学要求，报名参加了函授学习，早先打篮球、下象棋的爱好，只好撂在一边。除了上课批改作文外，整天怀揣一本函授教材琢磨是他的重任，却被秀秀耻笑为十足的书呆子。

生活情态也为他们诠释出不同概念的家。"围巾"认定，买米、买菜、煮饭、洗衣这些家庭琐事，是全家人生存的基础，虽为男人的义务和责任，但需要女人鼎力相助。秀秀看来，看病、熬药、聊天、休闲是她与生俱来的命运安排，任何人不得干涉。没办法，青春期遇到了更年期，干柴烈火碰上了冷石头，家庭生活就成了这样。

不同的价值取向也在离间他们的情感，让双方心生芥蒂。谈物质上享受，"围巾"想到的是适可而止，量体裁衣；秀秀崇尚的是挑三拣四，食不厌精。遇到朋友困难，"围巾"总是尽力相助，秀秀老埋怨他出手大方，不会过日子。"围巾"一针见血地反驳她小肚鸡肠，锱铢必较，会变成孤家寡人。"围巾"不希望她投机钻营，倾轧同事，秀秀却看不起"围巾"不善与人周旋，投其所好。

家是最讲情的地方，只谈感情，一切包容、和谐，必定趣味横生，那就是圆满的婚姻，就是幸福的家庭。

"围巾"悄悄地到邻县一座寺庙抽签烧香，祈望妻子改掉恶习，与自己同心营造幸福的港湾。寺庙的菩萨似乎并不显灵，帮他逃离苦海。

同一屋檐下，除了别扭就是尴尬，他们之间，年龄和外貌的差距只是表象，思想深处的矛盾频频碰撞才是根源。结婚数年，与自己同床共枕的老婆竟是游离于自己思想意识之外的陌生女人。在外面，他努力包装家庭的平和，担心别人笑话；在家里，尽量避开刀刃相见，不愿在言语上大动干戈。平静的家庭掩饰不了四面楚歌的窘境。

"围巾"教过的一个姓张的女学生，大学毕业后回到县城，在一家医院工作。张姑娘是学医的，洞察老师的苦恼的心思，很同情他一生的不幸，几次邀请老师进城聊天，打开老师紧锁的心扉。

一个40来岁的男子与一个刚毕业的女学生接触，在抬头便能望穿的小城，算是头条新闻，自然很快传到秀秀的耳朵里。她立刻就意识到，一旦蓝为静同张姑娘黏上，把自己甩掉，那还了得吗！当天赶到医院，当着院领导的面，把那些放牛坪上的野话、粗话和脏话全搬出来，对张姑娘狠狠羞辱一通，最后放出狠话，张姑娘若不收手，要把她勾引男人的丑事全捅出去。张姑娘痛哭流涕，自己的善心竟然如此造孽，只好逃离感情的旋涡。

本来，人的真诚爱恋是高尚的。师生之爱，在历史上比比皆是。从一而终的传统观念禁锢着家庭中夫妻俩的灵魂，谁也不敢对现实貌合神离的婚姻说半个"不"字。"围巾"没有勇气向实际已经死亡的婚姻在法庭上理直气壮地提出"分手"——那样的行为，在20世纪70年代太丢脸面了，会遭受社会舆论的嘲笑，会招致亲朋好友的责骂，尤其对于一个肩负塑造学生灵魂的教师更是如此。那种地下的爱情，显然是违背社会道德和良知，从他们接触的第一天开始，便埋藏着无法摆脱的危机。

"围巾"两口子的那些事儿，我这个邻居看得清清楚楚，同情归同情，但不便在貌合神离的夫妻中"插一杠子"，评头论足。一天，我悄悄问他，想过与秀秀分手没有。"围巾"无奈地摇了摇头，他一直惦记这群未成年的孩子。当父亲的要把他们培养成人，最怕招致满城风雨，那一步，不敢迈出——至于未来，不想预测。

"围巾"听到老婆大闹医院，弄得院领导无法工作，也让自己的学生无脸见人，自然痛心不已，没想到自己老婆竟然这样无理无情！

多少白昼，"围巾"遥望天空，悔恨当年草率处理终身大事；多少夜晚，"围巾"独对孤灯，空垂清泪，叹息何时才能了结这痛苦生涯。

当社会意识渗透到家庭细胞之时，只言片语，总会烙上某些印痕。亲情，荡然无存。整日诚惶诚恐的煎熬，"围巾"只能吞在肚里。在命运的边缘强力挣扎，他已经无力救赎自己。何以解忧，唯有杜康。酒，成了他孤独午夜里的唯一伴侣。三杯两盏淡酒，怎敌他、晚来风急？每天夜里，从一小杯发展到二三盅，他只是不断麻醉自己神经，不想与秀秀家长里短，议论是非，因为家，是讲情而不能讲理的地方。

分手，不敢提出，耗费大半生精力去拯救失败的婚姻，总是无果，"围巾"终日忧郁寡欢。时间长了，他老觉得腹部不适，一经检查，竟然是直肠癌晚期。我去医院探望"围巾"，他一提起家庭往事，泪水从这个倔强的男子汉的脸庞滑落下来，只是摇头，说不出话来，一个月后便离开人世。

婚姻是人性土壤里生长出来的娇艳花朵。与一个心灵相通的人相伴终生，那是婚姻特有的美丽，也是家庭幸福的源泉。失去沃土的滋润，花朵迟早都会凋谢的。

槐树花开

两年前，他毕业于省内一所师范学院。离开学院招生就业处时，满壁留言涂鸦，令他迷茫，忐忑不安。何处找工作，何处是栖身之地，实在难以预测。离校后，他按图索骥，搜遍招聘网站和报纸的广告。眼前，"国考"的热度和难度水涨船高。他在各县市之间穿梭似的应考或投档，尤其觊觎那些待遇优越的部门和单位，踌躇满志，屡屡出手。可是命运之神就是偏偏频频与他开玩笑，不是差一两分上线，就是门槛太高，自嘲"压力山大"的他，无力跨越，叹息生活艰难。

4月，槐树花开，树上挂满了一串串雪白的槐花，春色荡漾，浓香醉人。经一位朋友介绍，他在这所槐花馨香氤氲的民办学校，谋得一份初中的教学工作，好像漂泊多年的小舟，终于找到抛锚的港湾。

吃过黄连的人，遇到生活中苦楚，也许就坦然释怀了。他格外珍惜这份工作，白天上课之后，就一心钻到书本中去。翻开了久违书本，雨果、拜伦、村上春树、沈从文、余秋雨、贾平凹，全闯入了他的视线。在师范学院中文系书读得不多，现实应验了书到用时方恨少，事非经过不知难的严峻。工资虽然不高，有时还捉襟见肘，但每月都要买一两本喜欢的书，拓展自己视野。

春日迟迟，卉木萋萋。又是一个槐树花开的时节，雪白的槐花挂满枝头，几乎覆盖了绿叶。那浓郁的香气四处扩散醉人，醉得他难以敞开胸怀呼吸。一位与他命运相仿的女大学生，也走进这所学校，两人不期而遇。

她不是很高，一袭米色城市职业装，脸颊略显瘦削，似乎缺乏女性丰腴的脂肪，但体态匀称，皮肤略黑，长发如瀑，直落在肩头，很柔顺，又很飘逸。她走到跟前，犹如乘风飘然而至，亭亭净植。她先是一阵微笑，大而有神的眼睛，一眨眼，就像一对黑珍珠在闪烁。他对她第一印象特别好。

"你的身材好，穿的衣服真合身！"面对一个陌生的女性，他有些犹豫，鼓起勇气称赞她。

"真的吗？你的夸奖让我更有信心！"回答十分得体，声调非常动听。

一打听，她来自自己曾经就读的中学，只是比他低几个年级。巧遇，应验了省市就是一个村的流行语。啊，我们都是村里的年轻人。女大十八变，越变越好看。这话太经典了。他埋怨自己，本是同一所学校，怎么早先不认识她呢？他早到这所学校，人之常情，自然应尽地主之谊，帮忙收拾好屋子。有了校友的思想基础，话题自然扩宽许多：某老师与学生的暧昧交往，在校内引起轩然大波；某校长教育学生训斥成嗜，被学生私下讽为胡传魁；某大师傅给学生盛饭菜时手中的勺老是在抖动，学生取笑他身患"鸡爪疯"，后来脚踝关节肿大，得了痛风，应归咎于老天报应。这些昔日的趣闻总能调整一下校园紧张繁忙的气氛。

他发现她每餐吃饭就一小团，猜测她肠胃吸收功能有限，便买些苹果酥梨等水果送去。每次交往，她都投之以微笑，十分灿烂："谢谢你的好意。"

她在北方的师范院校就读四年。语言环境长期的浸润，把她的方言扫除得干干净净。一开口，哇，标准的普通话，震撼人心。普通话是教师的工作语言，说来汗颜，南腔北调的"川普"怎么能与时俱进呢？时来运转，有她现场指导矫正，比请个专职老师还强。于是，他有意接触她，向她讨教普通话又成了他们交流寻常的话题。她欢迎同事去听课。他乐此不疲，看她那充满睿智、充盈爱心的眼神，听她那调遣全班学生思维的精练语言，感到非常惊讶。她毫无年轻老师初登讲台的那种怯懦，讲话干净利索，条分缕析，纲举目张，让人惊讶她过早的成熟和稳重。

"你的声音从那一排洁白如玉的皓齿中流淌出来，像女中音那样特别动听。听你上课，简直是一种享受。"他由衷地称赞。

"嗯，别这样夸奖，弄得我怪不好意思的。"她话中带有几分女性的羞涩和娇嗔。

他每次听课后，害怕一个人所要面对的孤独和彷徨，荒唐地臆想每堂课都应一直延续下去，不要结束。

她心细如发，发现他上午打喷嚏或嗓子沙哑，下午就会递上一盒感冒清或金嗓子之类的药品。他也渐渐学会关注，有意识送去《陶行知教育思想十讲》《历史教学法》。她慢慢破解了教育的真谛，丰富了不少文史知识，心想倘若历史和语文珠联璧合，相得益彰，肯定能吸引学生注意力。她把自己的读书笔记送他修改，也把自己的智慧和情意融入了纤细的字迹当中。修改中，他发现她的字体软弱无力，缺乏章法，便买了一本字帖给她，希望她把自己的第二张皮肤打扮得光彩照人，像她漂亮的脸蛋一样。

入夜，她钻进逼仄的斗室，仔细翻阅各种书籍。清新的槐树花和树叶馨香飘进小屋里，好像托付着他的期望，渗透她的心扉，又像一股清泉滋润着心田。她精力更加充沛，仔细寻觅知识结构的线索，直到夜阑才合上书本。

爱如潮水，无形的滚滚大潮将他俩紧紧包围。

在一起，彼此有说有笑，兴高采烈，且还是普通话往来，在四周皆为方言包围的领域，真有鹤立鸡群的风姿。一旦半天不见便会烦躁不安，魂不守舍，惆怅得四处张望，盯着墙角新滋生的蜘蛛网发愣。他和她心照不宣，彼此走进了对方的精神世界。

4月，小雨纤纤风细细，万家杨柳青烟里。满眼的槐树花倏忽开了。他和她一道随学校师生春游。路上，他摘下了一串槐花递给她。他第一次触摸到她的手掌，很细嫩，很温柔。瞬间触电引发出诸多遐想：朦胧中，他亲近了她的红唇，舌头在香甜的口腔中翻卷，吸吮着浓浓爱意……他竭力勒紧思维野马的缰绳，回到现实中来。

"这槐花开得多白多香啊！"

"读小学那些日子，我还爬上树吃过槐花呢！大把大把吃，顶饭的。"

"我年幼打猪草时，也吃过。不过那只是尝尝罢了。"

"那说明你们家那些年的日子还算可以。如果我们在一起，兴许还会比父辈幸福多了。"他用"我们"来表白对未来两人美好生活的圈定。

"听说过历史上陆小曼、萧红的爱情故事吗？多令人同情啊！"

"你就别拿文学上的爱恨情仇来说事了，我就喜欢现实一点，我的小作家！"

如此随和，在幽默的调侃中，情感在尽情交流，无拘无束。

槐花是社会变迁的见证，也是他们相识相恋的伴侣。他向她表白心中的秘密，她没有拒绝，默许了他们愉悦的交往。

靠文学打拼的人在经济大潮中似乎不合时宜，常被人戏称是疯子和笨蛋的代名词，而他还在喋喋不休地侈谈，寻找宣泄情感的窗口，也引起众同事困惑不解。话题自然涉及他的心爱。

"你这样抄抄写写，一年能发表几篇文章，挣到多少稿费？"

"发不发表，稿费多少，无关紧要，重要的是我的心在不断与社会沟通。如果刊用了，说明社会认可了我的思考，我的思维会有某种提升，我的教学更有深度。多有价值啊！"

"这年头，看书的人没有写书的人多，写书赚钱那是痴人说梦。听说，人家名家都不想写小说，改行写字赚钱了，你还去写什么文章？还是先教好书再说。"

"社会的确很现实，富于骨感。'天行健，君子以自强不息！'我在用古训激励自己，排遣心中的忧郁，想象生活应该超脱一些。"

个人和父母经历的所有苦难都成为了他丰沛文字的源泉，变成了一页一页震撼人心的篇章。他的文稿集逐渐增厚，有的还挤进报刊上的犄角旮旯。

问春何苦匆匆？带风伴雨如驰骤。

他们认识后的第三个槐树花开时节，她考上了一所县城的公办学校，实现了自己的夙愿。她向他告别，要离开这里了。机遇再度与他失之交臂，命运仿佛有意考验他的耐心和毅力。

"我暂时失败了，但要再次挑战未来，同你一道前行。你能再等我一些时候吗？"他依然厮守着承诺的恋情。

"你知道，我是母亲的乖乖女。母亲养育我一生，我要尽到孝道。她的话我不听行吗？爱情不是风花雪月的吟唱，家庭不是文字堆砌的书橱，幸福不是遥遥无期的等待。"她双手一摊，显出无可奈何的神情。

在相爱的日子里，他和她都在按照自己的痴情设计对方，规划未来，全然没有顾及父母的意愿。兴许，守旧法则依然在社会某些人群中不断发酵、膨大，左右人生未来。他们的恋情实在无法衍化为现实。在炫目的金钱面前，青春年少的男女地老天荒的许诺多么苍白无力！遑论曾经的许诺，也许只是对自己浮躁的心灵暂时慰藉而已。

现实十分残酷。这天，他远远望见，在槐树下，她背上行李走了，没有回头张望，那高跟鞋触地的跫音彻底粉碎了他蕴藏许久的梦幻。

这个常言遗忘的年代，他心地依然善良，要把她忘记，真难做到。天不老，情难绝。心似双丝网，中有千千结。他眼里流出了积压很久的泪水。山盟犹在，锦书难求。此时，一阵癫狂的疾风吹过，槐树花瓣撒落满地，目睹煞白的落英，他什么话也说不出来。

意外惊艳

全国新农村文化艺术展演在达州举行，这个消息在市民中传播了好些日子，最后得知确切时间是10月10日下午3时开幕。我想，中午乘车去，不是很合适吗。12点刚过，公交车到达田园大舞台旁，公路上站满无法进场的人群。

"社区叫我们来看，又不让我们进去，理出哪门？"

"大老远跑来，好耽误时间啊！"

"今天专门请假，算白搭了！"

公路上，叽叽喳喳的人群，像一锅沸腾的开水。刚一下车，泄气的话，埋怨的话，倒霉的话，从人群中传开，让人沮丧。好些来看演出的人刚一下车，转身又重登公交，自认碰上晦气，只好打道回府。

全国农民艺术展已经在达州办过两届了，前两次阴差阳错，与展演擦肩而过，倘若这次再度失去机会，委实可惜。与其临渊羡鱼，不如退而结网。面对保安林立的围栏，我不善罢甘休，循围栏独行，伺机突破"薄弱环节"，未果，再寻大门，看运气如何。

大门前人头攒动，拥挤不堪。听说观众上午就占满座位，主办方考虑场地安全因素，下午严格控制进场人数。正好，一支挂有"贵宾"胸牌的队伍，鱼贯而入，我趁机挤进队伍，徐徐前行。

"你这位同志怎么没有牌呢？"保安眼光锐利，发现我没挂胸牌，意在要我离开。

"我是省ＸＸ协会会员，专门来采风的。"

猜想保安无法确认省ＸＸ协会是否真有此令，自然相信我的谎言，便放我一马了。

　　人山人海的田园大舞台，人群摩肩接踵，挪动半步都十分困难，老百姓渴望观摩各省精英高水平演出的热情可见一斑。试罢镜头，我径自挤到舞台前排，觅栖身之处，席地而坐，完成几次深呼吸，才调整好拍摄的情绪。

　　舞台上表演者均是来自十多个省市的农民兄弟姊妹，身怀绝技，气度不凡。改革开放后农村男女青年，生活条件极大改善，幸福指数逐年上升，昔日粗黑模样哪能堪比当今光彩容颜？男人，帅气英俊；女人，漂亮苗条。歌者，天籁之声，响遏行云；舞者，如花似玉，婀娜妙曼。豪放的、婉约的、雄壮的、轻盈的，风格迥异，光华四射。场内，那塑料手掌敲击声响，声势如潮，铺天盖地，一浪盖过一浪，在舞台上空荡漾。

　　我初跨摄影门槛，面临如此绚丽缤纷的舞台，心潮翻滚，喜形于色，不断按动快门，来个"连拍"，总能遴选出几张翩翩起舞的最佳瞬间，留住四处飞扬的歌声，留住满场欢呼的快乐。

　　我的旁边站有一位年轻的女性，佩一胸牌，主动递来名片，自称是省内某杂志的记者兼编辑："我们杂志将为这次展演印本画册，现正征集照片，你愿意将拍摄的照片发到我们杂志上去吗？欢迎大作，且略有薄酬。"她担心我误认为杂志社是"白吃白要"伸手派，表明对摄影者劳动的尊重，再度提示"略有薄酬"之意。

　　"你们是一家什么样的杂志？"我侧身询问，顺便打量她的模样：眉清目秀，举手投足，彬彬有礼。女记者向我一一介绍了杂志的办刊方向和服务对象。

　　本人自幼头发比较特殊，人说酷似腾格尔（论年龄，腾格尔比我年轻得多，我的容颜看上去比较特别，只当朋友用名人慰藉我而已），先前怨天尤人，后来社会美学普及，烫发公认是时髦的展示，又转为孤芳自赏。初视外貌，女记者猜我先天蕴藏多种艺术细胞，目睹鄙人手持一只小白长焦镜头，时而蹲在舞台左边拍摄，时而跑到舞台右边斟酌，极善选择角度，当属摄影高手。其实，她完全看走了眼，高看了我，恐怕我连讪笑的"菜鸟"都远远不及。不过，对她的盛情邀请，我点头致谢，同时，对她的真实身份，心中狐疑，矜持犹豫。

当今社会，我对陌生的记者，多有几分敬畏，敬佩仗义执言，敢讲真话，为百姓呼吁；也畏惧拉大旗作虎皮，敲诈勒索庶民善人。我等坦坦荡荡，为他人作嫁衣裳，经济遭受一点损失还是小事，最怕陷入囹圄，玷污自身，损坏了名声，纵身跳进州河也难以洗濯清白。

我希望她给一本做好的杂志，看个究竟。须臾，女记者送来某杂志本年度第 4 期样刊，浏览数页，女记者大名果然赫赫在目，此刻，其真实身份才让我相信，心悬的石头终于落地。寒暄几句，女记者还邀我去成都时，到她们杂志社坐坐，聊天，最后一句，"我等待你发来的照片"，窥见其用稿心切。

当晚回到家里，整理照片，打包及时发送至女记者指定的邮箱。不久，便收到短信回复，称赞"不错"，遂希望我再度去拍摄本省非物质文化遗产诸多技艺展示。第二天，我挎上相机，专门去技艺展览室。室内另是一番天地，其间，攀枝花精雕细刻"石眼"闪烁的苴却砚，宜宾指甲大小金箔上刻出数百汉字的微雕，汶川映秀镇羌族姑娘现场搭架编织的锦带，这些非物质文化传承者的技艺让我大开眼界，惊叹巧夺天工的展品尽来自天府民间百姓高手。

我的拍摄行动，又引起了在场的四川电视台摄影记者注意。他们采访泸州油纸伞的传承人，刚一结束，见我一番打扮，猜度是外地人赶来采风，我声明系本土发烧友，他们依然将话筒伸向我胸前，对采风者再度采访。没料到，一介庶民也成为一道浅浅的风景。后来听朋友闲聊，我的形象居然上了川台电视屏幕，此为我等百姓一大幸事，小小风光了一两分钟。

两月之后，印有我拍摄照片的杂志收到了，这是本人处女照首次刊发在杂志上。画报上印制的照片，感情被浸润得十分浓郁，竟然如此漂亮。那些舞台上的舞者、歌者个个精彩亮相，仿佛要从画面展翅飞出，与人同乐。幸福滋味又牵我回到与女记者萍水相逢的时刻。不是这位女记者一片诚心，我的摄影习作，依然藏在深山人未识，云遮雾罩，如今却阴差阳错忝列省刊。喟叹开初对陌生的女记者过于谨慎，是一朝被蛇咬，十年怕井绳的心理阴影作祟！

我本喜欢文学。数年以来，读书不辍，若有激情，敲打键盘，莳弄文字，偶得稍微满意短文，会沉浸在自我陶醉的快意之中，但不独享。接受挚友建议，将文章发到网上晾晒，与人同乐，议论得失，企望有所提升。摄影，于我纯属业余之业余，一小块未开垦的处女地。

摄影是视觉表现的艺术，是多年储存于大脑的美学价值在瞬间定格的精彩绽放。如今数码技术普及，彻底颠覆机械相机摄影操作，或俊男靓女，或鹤发童颜，外出旅游或郊外踏青，多携数码相机，连手机也常常替代相机抓拍功能，独领风骚。无数摄影爱好者结成千万浩荡大军，在网上不断晾晒作品。我也乘兴蹚水"摄流"，时而倒腾摄影书籍，时而揣摩网络照片，最有兴味的是随一帮发烧友云游于高山流水、朝暾暮霭之间，行走在绿荫小径茫茫花海之中，感受按动快门的乐趣，偶有佳作，心中蹦出吃蜜一般的快活。刊上杂志的照片，犹如新春柳枝冒出的几片嫩芽，添上一番欣喜。倘柳浪成烟，蝶飞蜂鸣，辟出一园花团锦簇，更是乐趣无限，虽自我明晰尚需许多时日苦练。摄影，拓展了另一个发现美的迷人空间。端详照片，满目粲然，品咂当时摄影滋味，顿时感到语塞词穷，竟一时说不上来。

不久，女记者在网上加我为好友，我们在微信中传递诸多信息，思绪波纹在静谧的网络之中向着深广的空间弥散。

无论哪个领域，但凡打磨一件精品，都是以难言寂寞的勤奋为前提，要么是血，要么是汗，要么全是大把大把曼妙的青春时光。潜心打理一方陌生的沃土，即使无心插柳，柳枝依然吐绿。时有偶然，也能成全人生的一桩美事，突破习惯意识的藩篱，展示出意外惊艳。

写　字

　　前些时候，我曾在一所学校做事，负责对学校教师的教学指导。除了教学理念、教学方法传授之外，还比较注重教师的口语表达和板书训练。我要求每个老师每天必写字一页，一月后集中在校内展出，雷打不动。自以为，写字是老师应掌握的技能最低要求。在教学督导中，我发现一种寻常现象——很多老师写字十分随意，不讲究笔画笔顺，上行下效，学生便依样画葫芦，皆酿成一种极坏的风气，在校内蔓延开来。

　　电脑的广泛普及，在键盘上输入汉字，已经成为工作常态。在许多老师看来，与粉笔、钢笔告别，好像变成教学的大趋势。写字枉然。告别了，可恶的粉笔字，玷污了我的手掌；告别了，讨厌的钢笔字，勒疼了我的手指。

　　很多年前，学校是非常重视写字的。我年幼读书时，书包里必有墨砚和毛笔，每周照例上好毛笔习字课，或写九宫格，或临碑帖，那是要认真完成任务的。母亲常对我说，人生来相貌丑陋，或出身贫寒，那是没有办法改变的，但字写不好，那是自己后来的事，要努力写好字才对得起别人。我们贫穷，无钱购买碑帖，老师便将颜体柳体一一板书在黑板上，叫我们模仿。当时老师要求也严，语文作业、数学作业都要书写工整，铅笔字、钢笔字同等重要，一再叮嘱我们，不要弄得老师批改作业时煞费苦心，逼到卜卦才肯罢休。老师十分恼恨胡乱涂鸦，斥之为"鬼画桃符"。听到这四个字，哪个学生都会羞愧难当，像干了丢人现眼的丑事。好像在这种师道的威逼下，学生写字一般都非常认真，毕业时写字水准均大有长进。记得，班上一同学胡乱涂抹，老师教育多次无效，竟然处以打扫教室一周的"严刑"。小学老师这样管教学生写字的事，恐怕现在不会再度发生。

我并非食古不化的老古董，也绝无九斤老太"一代不如一代"的倒退念想。当今使用电脑新型书写工具时，十指在键盘上翻飞不停，自然也是一种技艺。电脑屏上展示出的是标准的宋体字。很多人多年没有写过钢笔字，提笔忘字是常见的尴尬，更是无法遑论书写毛笔字。电脑要学，不学习就不能与社会同步前行；钢笔字、毛笔字也要练，不学就难以传承中华文化。习字并非枉然。我想，在学习电脑的同时，难道一定要排斥传统的书写方式？两者是非此即彼，还是共荣共生？

亲眼所见，中小学校现实堪忧。许多学生写的作业或条据，信笔涂鸦，魂飞魄散，字迹全变了样，丢了魂，实在难以辨认。老师自身忽视书写，无法示范引领，倒被学生糟糕的书写风气濡染得迟钝麻木。书风日下，倘不纠正，学生不负责任地胡乱涂鸦，进入社会后传染他人，衍化成了社会公害，结果必然糟蹋传统的中国文化，也影响正常交流。

中小学生如此，大学生也好不了多少。绝大多数大学生字写得不认真、不工整、不规范，众人见惯不惊，视为"很正常"。极少数人能写得一手漂亮的钢笔字，倒料定"很不正常"——你为啥在敲击键盘之后偏偏还要去练字修身？莫非不是多此一举？悖论一出，惹得大家哑然失笑。

学生书写混乱，恐怕与老师不纠正、不示范、不督促，看之任之有关。所以，学高为师，身正为范。老师必须要把字写端正，写工整，这一"学"，是绝对少不了的，这一"范"，也必须坚守。

自古以来，琴棋书画雅人深致，卓然成家寥若晨星。留意书法，不必过于精细，合乎中庸之道及为人处世原则，无可厚非，但这并不意味着我们可以马虎了事。写好字，既是思想交流的需要，也多少能显示人的秉性。所以古人说，书虽小计，其精者亦通于道焉。看似寻常的书法，却可窥见其人思想品格的端倪来。认真写字，写得工整端正，能够使人心细，容易集中意志，善于体谅他人，是良好素养的体现；草率了事，粗枝大叶，想当然而龙飞凤舞，横竖撇捺之间胡乱拼凑，多系高高在上、傲视芸芸众生的孤高性格的自然流露。一种很有市场的观点认为：人品与书品相关。书品即人品，字的风格是人格的体现。所以说，书法虽不需要人人能精，但就最低限度而言，写好汉字应该肯定，也应该得到提倡和尊重。

传说汉字为仓颉所造，但我们却不能以现代仓颉自居，花里胡哨乱来。汉字的书写，经过几千年传承，早就约定俗成，我们现代人不遵守这个规矩，随意创造自己的"版本"，谁能看懂？

不能苛求每个老师成为书家，但需把字写得合乎规范、端正、干净，容易辨认，是对老师的起码要求，也是可以做到的。规范写字，登上讲台的老师，无论担任哪门学科教学，都应该给学生率先垂范，在传承中华文化上，也可以起好一兵一卒的作用。

三年前，我认识了一位到校应聘的大学生。她书写的字，就属于"很正常"之列。出于工作职责所及，我向她提出，初进职场，一定要把字写好。一位老师站在讲台上课，瞬间就成了全体学生视听聚集的焦点，口头语言的抑扬顿挫，肢体语言的一举一动，黑板上的一撇一捺，都会在学生的"心灵胶卷"留下永恒的记忆，难以磨灭。字是人的脸，这是从前乡间的俗话，现在并未过时。老师往讲台那里一站，就应有为人师表那个"范儿"，注意用书写和口语雕塑自己的形象。书法巨匠郭沫若刚劲豪放岂非常人可比，其夫人于立群书写能左右开弓，早在书法界传为佳话，我列举其苦练的事迹，鼓励这位年轻老师坚持不懈。这位老师承认自己后天练习不足，采纳了我的建议，遂买来几种字帖，茶余饭后，揣摩习字，数月之后，那习字用过的废纸也逐渐堆码成捆。

后来，这位老师考入另一所学校，其练字习惯依然不停，寒来暑往，矻矻终日。教研组备课时，有同事瞥见此举，满头陡增雾水，好生怪诞：上课已够辛苦，课后本该轻松轻松——要么望云卷云舒，看花开花落，放松心情；要么上网斗地主，抑或打点小麻将，吃点麻辣烫，放松一下紧张而疲惫的神经；要么聆听音乐，调理心绪也算积极休息。干吗别出心裁，扭住写字当干饭吃，天天如此折腾自己呢？

正是在诸多狐疑和喟叹中，这位老师记住勤能补拙这句老话，从最基础的描红临帖起步，执拗不改，承日月之光，博采百家之长，心中装满书家的横撇竖捺，时时领悟碑帖的文脉意趣，积点滴而成小溪，聚细土而垒高塔。几年后，书写大有长进，无论是黑板上瞬间即逝的粉笔字，还是长期保存于备课本上的钢笔字，都端庄大方，清新流畅，早已扫除柔弱偏瘫之风，颇有一番笔走龙蛇的气韵，渐渐地，她开始拥有自己的粉丝。上课一开始，秩序井然，老师讲解准确干净，黑板上留下醒目的板书设计和一串串漂亮文字，像隐形的磁铁，吸引着几十双眼睛，齐刷刷跟随老师眼神和手势移动，学生听讲如沐春风，思维随老师调遣，争着举手发表自己观点。询问学生反应，皆七嘴八舌，听这样的老师上课，简直是如饮心灵鸡汤。课后，学生依照老师的指点，开始习字的学生人数如滚雪球一般，越来越多。

当前，一些年轻老师上课，学生比较"活跃"，课堂内老是冒出几群蜜蜂嗡嗡作响，让人心烦意乱。剖析原因，这些人总爱在学生身上找茬，却没发现自己的毛病。其实，教师面临这些烦恼，多少都与自己的写和说有关。如果老师把字写得工整一些，漂亮一些，把话说得幽默一些，估计他的课堂教学效果必然会与众不同。

宴　情

　　我到了这把年纪，退休赋闲在家，随心所欲而不逾矩 —— 孔老夫子早有所示，日子自然过得轻松愉悦。一晃已逾十载。一帮哥儿们老提醒我，进入杖国之年那天，别忘了请他们几个朋友喝杯酒。缘于一向低调的习惯，我支支吾吾，不便说透，因为我向来不喜欢设宴请客，但又无法拒绝朋友的恳求，犹豫的心结未吐露出来罢了。

　　好客，本是我们民族的天性。"莫笑农家腊酒浑，丰年留客足鸡豚。"史上生活并不十分优裕的陆游老先生尚且如此，何况生活条件日趋舒适的现代人呢？

　　遥想当年，我在乡下教书，全家每月收入也就两位数，省吃俭用，勉强拉扯过去，心里舒坦。校内一奇人，常自哀叹家庭子女众多（超生是振聋发聩的理由，便堂而皇之要补助），经济困难，月月捉襟见肘，催人泪下。逢年终岁末，必向学校提交困难补助申请，校长大笔一挥，同意！为此，此人每年都有不少"进账"，折算下来，相当于每月净增一级工资。补助得手之后，有多人瞥见其在镇上小街喜笑颜开的瞬间：和某领导共享鸡鸭鱼肉通过口腔的快感，抹了抹嘴唇，一副微醺神态，正叼一支烟，吞云吐雾，从饭馆踱步出来。原来，他们是我需要你，你需要我，如此水乳交融，把"宴情"关系发挥到了极致。

　　我们从乡下初到州府，全家薪金不足 200 元，也无其他外快，四张嘴要吃要喝要穿要用，还要送孩子上学，俟工作间歇，我和妻不得不商量金钱最恰当的开支方案。因而，时常用运筹学，化整为零，精打细算，力争这个月与下个月无缝衔接，避免寅吃卯粮，不借款度日。向别人借钱，羞于启齿，更不敢宴请。谈及请客，于朋友，于自己都十分尴尬，何苦要招惹那些让大家都为难的麻烦呢？单凭工资收入吃饭穿衣，手头可灵活支配的数字十分有限，天长日久，过紧日子的生活方式自然习以为常。

我们老老实实做事，平平淡淡生活，一个月下来，油盐柴米酱醋茶一除，所剩无几。读书人进书店是常事，倘若选中急需的好书，也得掂量一下价格，忍痛割爱是难以吐露的难堪。吃喝拉撒之后，省下5元存入银行，衍生出几个钱子儿的利息，常常眉开眼笑。开支顾此失彼之时，也想多挣点钱，苦无门道。自然不敢奢望天上掉馅饼的好事。我常对妻说，困难，靠自己克服，不当伸手派，才叫活得自在，活得高尚。

喜逢盛世，苦尽甘来。当今百姓的生活，比起早先那些捉襟见肘的穷日子，不知道好了多少倍，宴请这样的事情也随之多了起来。

普通人家遇上特大喜事，办个三二十桌，觥筹交错，大快朵颐，太寻常不过了。宾客之间，推杯换盏，自然一番快乐。主人特别兴奋——收到一笔不菲的礼金，心里总是甜滋滋的。

不过，据赴宴的朋友透露，绝大多数持请柬者内心一派酸楚，却要强装欢颜而去。现在，大宴宾客的酒席的名目越来越多，密度越来越大。婚丧嫁娶的宴请暂且不论，生日宴、升学宴、乔迁宴、满月宴、百日宴、开业宴，甚至家里喂养的母猪下了一抱小猪崽，都可以设宴，就可请客收礼——洒出的礼金太多，不收回吃亏太大。电话提前预约，担心事多遗忘，电话之后发出几大把请柬加以强调，请柬就像雪花那个飘。设宴越来越频繁，一个月里，办公桌上搁放几张请柬，被朋友"盛情"多次撂倒的喜事太寻常不过了。

礼金多寡成了鉴别馈赠者与接受者亲密程度的又一试金石。捉襟见肘，礼金菲薄，借故托人带去，不在少数。下班后躲进小楼，藏在家里吃咸菜，喝稀饭，自嘲降脂减肥，利于健康，赢得一番难得的清闲，也非个别——活生生编出一套美丽的谎言来，真有点像现代版阿 Q 的动人言词。

收得请柬若干，幽默者戏谑"清风徐来，高价饭又向我频频招手了"，那是对自己遭遇不幸被"请中"的无奈哀叹！

物价上涨，礼金也水涨船高，不送个三五百是羞于动步的，有时还要出手阔绰，写上四位数礼金，为的是保住那张一戳就破的人情脸面。

你看，明明是绑上被洗刷、被掠夺、被"欢愉"的战车上的小卒，难以挣扎脱身，咽下一盅苦酒，对送礼这般区区小事，偏要佯装不足挂齿的大丈夫气派，保持缄默。谁也不愿做《皇帝的新衣》中那个敢于嘟囔"皇帝没穿衣服"的诚实孩子——那样太丢面子了。

众人无不私下议论，当今名目繁多的宴请衍化成了社会的公害。一个月里，"送去"二分之一甚至三分之二的工资的不在少数，能向谁诉说？谁又来治理这种公害？世风可恨啊，可悲啊！

我的生日宴会，与家人商量妥当，妻特嘱应"另辟蹊径"，才对得起自己的良心。儿女支持父亲的抉择，议定出资沽酒筹办。我邀请好友品茗尝鲜，缅怀往事，畅谈今生，也是与朋友交流一大幸事。不接受礼金的决定使我在邀请赴宴人选上毫无思想顾虑，更不担心为难朋友。吉日来临，遴选一家在本地堪称装修典雅、环境舒适的老地方酒楼——我以为这才是君子交往之圣地。电话中我一再说明意图，通知好友准时赴宴，且不能携带礼金和礼品。回答却是不谋而合："那哪儿成呢？""那不乱套了吗？""很少听说这样请客的怪事！"看来，朋友们已是被社会的潜规则彻底洗脑了，完全征服了，请客必收礼，哪怕是电视上曾经倒腾得耳郭发疼了的脑白金。

没有高档音乐的宴会绝对丧失了格调。明白了我这个意思，酒店服务员特别热情，主动拿出《小苹果》最新版 U 盘。我笑了笑，这首流行歌曲风靡全国，但无法切入今天宴会的主题。我选定《茉莉花》《二泉映月》《山楂树》《灯光》这些中外名曲，叫服务员按图索骥，逐一播放出来。柔和的水晶灯下，缓缓如水的乐曲在席间轻轻飘荡，流进心田。管弦乐版的《二泉映月》极其深沉的旋律如泣如诉，在华灯璀璨的光明中舒缓流泻，在鲜花绿叶间慢慢穿行，向席间朋友缓缓叙述我昔日坎坷命运和苦涩难耐的漫漫人生。

步入酒楼后，客人第一句话便是"哪里'写情'呢"，他们的习惯思维如此使然，似乎是为偿还某种情债而来。华丽的席桌旁，我的真情和朋友的固执交织在一起，宁静酒楼的席间陡然滋生不少喜剧成分。我逐个解释答疑，通报初衷，客人接二连三，耳语窃窃。眼看规劝不成，客人只好动手，硬要往我兜里塞红包。我的口袋拉链紧紧锁上，早就"闭关自守"，更没携带挎包入席，朋友埋怨"无孔难入"。看来，我严守"阵地"，不让他们乘虚而入，还颇见实效。拉锯战展开，嬉笑逗乐，情趣横生。不知情的人看见你来我往，以为我们在打陈氏太极拳呢。

客人以"失败"告终，只是嘀咕埋怨不断，这样破坏了"规矩"，今后叫我们怎样做人。

席间，一位客人透露了自己最近生意场上的业绩。此君系母校英语专业的硕士生，曾为风光多日的学校领导，丢了自己熟悉的专业，改行经营煤炭，我担心他明珠暗投，毁掉自己前程。他已擢升为公司老总，在煤炭风光不再的今天，依然与公司职工抱团取暖，日夜操劳，过关斩将，风生水起，把多项生意做到武汉、上海，甚至还做到了海外印度，为公司屡屡进账。听罢朋友酒后真言，我想到老子名言，"处无为之事，行不言之教""治大国若烹小鲜"，颇有趋利避害之能耐。这位朋友的言行与老子所讲的高招有异曲同工之妙，所学专业英语已为护身之符，驰骋天下商场。如若没有那快捷的思维和流畅的口语，是断然不能大放异彩的。身为校友，我真为他这个企业掌门人的坚定担当而喝彩。另一位朋友同我一样，也已退休在家，却在体育锻炼方面出类拔萃，所操乒乓技艺非常人所能，多次代表本市老人参加全省比赛，频频获奖。锻炼给了他们自信，给了他们智慧和荣誉，更给了他们健康的体魄。他们说起话来，中气十足，让我好生欣羡。还有一位朋友在大家欢笑中也道出自己苦恼，其夫人工作期间未注意健康，刚从教学第一线退下，还没有享受到天伦之乐便被告知患上重病，我为他焦虑，为他叹息……短短一次宴请，我获取太多的信息，赢得了朋友的真情，分享了朋友成功的快乐，也为未来的生活增添了许多智慧，为人生前行短暂加油。这种宴情，才是让我真正高兴的事儿。

曾参有云："自天子以至于庶人，壹是皆以修身为本。"从古至今，上至天子，下至庶民，一切都要以提高自身品德修养为做人处事的根本。生活中固然需要金钱，更需要真情。朋友之间，真心滋润真情，真情揭示真心。真情永不过期，恰如陈酿，保存的时间越长越醇。没有金钱色彩的宴请，才能在朋友之间品尝到真情绵长。纯洁友情弥足珍贵。

社会上许多习俗我们还无法找到拒绝的理由，虽然它们肤浅、庸俗，有时还如带刺的玫瑰，给人以难堪的感受。但是，生活的美妙之处就在于一个个平常交往的时刻，我们把真爱播撒到朋友的心田之间，芳草常绿，鲜花盛开，馨香氤氲，让朋友，也让自己灵魂得以高尚的升华。

会后，一位朋友的母亲偶遇我，问道："这次宴请你收了多少礼金？"我心灵通道顿时被唐突的发问堵塞了，竟然不知怎样向这位饱经沧桑的老者述说自己拙朴心思。我怕过于直率而让她为难，只是笑着摇了摇头，和她道别。

半世情缘

这是一本承载了 54 年风霜雨雪的纪念册，这是一本呈现近百名同学音容笑貌的历史画卷。

轻轻翻开书页，摩挲旧照，曾经朝夕相处的熟悉面孔，那教室的琅琅书声、操场上的爽朗欢笑、专家楼前的滚滚松涛、北温泉水池的雪白浪花和缙云山顶飘浮不定的绿云，一齐扑来。惊艳、欣喜、微笑、甜蜜，结伴而至，涌入情怀。

感谢当年主管四川教育的领导，面临国家经济开始复苏的重要关头，挺身而出，拨开迷雾，急渴求建设人才之需，力排众议，宁缺毋滥，勇于在全川选拔德才兼优的高中毕业生进入大学学习。感谢当年学院负责招收新生的老师，以国家大局为己任，坚决落实省政府招生政策，独具慧眼，百里挑一，招收不少成绩优秀、思想积极、要求上进的青年学生。正因为他们不朽的历史功绩，我们年级每个同学才能成为全国高校新生的 10.7 万分之一，荣幸跨进四川外语学院的大门。历史也已证明，他们的英明决策和果敢行为名垂千古，为后人称赞。

54 年前，我们在三花石相识。那是今生注定的缘分，缘分是心爱的俄语。俄语这颗种子，播撒在 90 余名年轻人的心田，悄悄萌芽，生长。从 1962 年 9 月 1 日起，俄语，便与我们这群人休戚相关，阅读背诵、会话交流、写作翻译、唱歌跳舞，或沐浴阳光，或披星戴月，心无旁骛地钻研，催生智慧的萌发，火红的青春在嘉陵江边热情绽放，革命的理想在缙云山巅欢乐放飞。

那时，我们从四方八面跨进川外的校园，饥馑还在散发余威。我们的"奢望"非常有限：课后掐指谋算，用几张工业票换一斤蒸红薯来填满肚子的空间；渴望周末能进趟三花餐厅，吃上 8 分钱一碗的小面改善伙食；周日沿嘉陵江徒步，赶往北碚书店，省下中午馒头钱也要选一本新书。这些微小的窘态，没有动摇我们的意志。好青年，志存高远。学好俄语，安身立命，为祖国效力，是我们最崇高、最现实的理想，也是我们未来生活的基石。

正当踌躇满志，筹划人生未来之际，命运多舛的我们，遭遇了那场变故。毕业分配的严酷现实，击碎了多年的梦幻，辛苦积累的专业知识一文不值，生存的根基被彻底摧毁。我们怀揣的理想、抱负，丧失了生存土壤，欲哭无泪，90 余名学生瞬间蜕变成无依无靠的浮萍，在社会大潮中荡来荡去，苦苦寻找生存的空间。贝多芬说过，卓越的人的一大优点是：在不利和艰难的遭遇里百折不挠。我们年级的同学没有被严酷的现实吓昏头脑，没有哀叹生不逢时，没有畏葸退缩，更没有乞求旁人的怜悯，坐等幸福天降。我们处变不惊，勇于迎接人生挑战：买来急需的书籍，省掉许多夜晚的休闲，或伏案自学，或四方求教。三更灯火五更鸡，正是男儿读书时。即使衣带渐宽，人比黄花瘦，也不改初衷。这是其他年级、其他语种的同学，无法超越的壮士断臂之勇。可以自豪宣称，我们是当今社会吃苦耐劳的卓越学生！

我们当中极少同学，受到上苍特别眷顾，痴心不改，在三尺孤岛上建造起梦中的俄语华丽高楼 —— 真可谓我们年级的幸运儿！更多的同学则不得不翻开陌生的英语教材、语文教材、数学教材、政治教材、地理教材、物理教材、化学教材……本该游刃有余的青年人，从零开始学步，在泥泞道路中蹒跚学步，跨越学科鸿沟，挺过改行阵痛。十年磨一剑，艰辛已成往事！最是一年春好处，绝胜烟柳满皇都。

俄语专业的毕业生华丽转身，变成大学德语教授，变成英语特级教师，变成港城杰出语音专家，变成出类拔萃的一方将才，其佼佼者学术建树声名远播，政绩辉煌万民称赞，高山景行，私所仰慕。抑或中学执教，不少同学堪称中流砥柱，自强不息，奋斗不止，为各条战线输送难以计数的优秀人才。

折翅一代终于凤凰涅槃，星光灿烂，这就是俄语系 1966 届毕业生的英雄本色。

现在，我们跨入"70后"的行列，膝下儿孙满堂，黄发垂髫，怡然自乐。在云卷云舒的闲暇日子，品茗把酒，颐养天年，尽情享受成功后的喜悦，追忆逝去的多彩时光。

在人生情感的交流中，素有乡情、友情、爱情、亲情、夫妻情，其中最纯真要算同学情了。同学情至真至浓，没有名利毒素的侵入，没有物欲浊流污染，像冰雪一样洁白，像月光一样清亮，透出情愫的清新、质朴和坦荡。四川外语学院俄语系大家庭中凝成的同学情，更是像醇酒一样，历久弥香。

50 年里，我们无论同居城郭，还是天各一方，也许不经常联系，但心房留有足够空间，彼此惺惺相惜，牵挂于寒来暑往。

曾记否，顺境时，同学是一支清醒剂，奉劝你冷静思考，宠辱不惊；逆境时，同学是一团烈火，鼓励你永不言败，勇敢前行。这就是同学的执着和率真。同学是杯香茗，清香氤氲永留心间；同学是张竖琴，演奏人间美好乐曲；同学是首赞歌，抒发一辈子温馨的祝福和思念……再多比喻也难以揭示同窗求学的真情。在社会人心浮躁，人际关系的诚信受到挑战的今天，在神奇的三花石圣地孕育起来的情感，弥足珍贵。同学深情始终如一，是我们今生今世丰厚的精神财富，是我们畅饮不完的幸福甘泉。

1996 年，聚集歌乐山下，感念师恩，举办迟到 30 春秋的毕业盛典，开新风畅叙同窗情谊；2016 年，投入母校怀抱，重温旧梦，欢庆毕业 50 周年的隆重节日，摘彩云点缀坎坷人生。

快敞开紧锁的心扉，把脑海里沉寂多年的俄语歌曲唱出来，把心灵蕴藏多年的兄弟姊妹情感倾泻出来！山楂树吐蕊，红梅花儿开，友谊地久天长。我们俄语系 1966 届毕业生是何等舒畅，愉悦，幸福！

时间可以无情雕塑我们日渐苍老的容颜，却无法削弱我们彼此间的浓浓友情。

在翻阅纪念册时，我们真心感谢那些珍爱同学情谊的热心人，精心设计，把历史旧影和现实风采嫁接得如此精妙，如此完美，让每个同学感悟到人生的全部含义，品尝出当今盛世甜蜜的滋味。

轻轻合上书页，远眺歌乐山顶绿树如云，近看镜湖水湄花开似锦。草长莺飞，红霞万朵，清风徐徐吹来，满目春光，融融袭人。

半个世纪风雨骤，梦中佳境皆成真。我们是幸运的，是快乐的。夕阳格外美好，幸福无限绵长。

歇羽的蝴蝶

当年我在乡下教书，生活相当艰难。忙于工作之外，急需考量的是上下两月收支的精准衔接。两位数的工资，多年如同气息奄奄的植物人，蜷缩在工资表上，没有半点生气，支出却在悄悄增长。除去吃饭和保姆费用，所剩无几，掐指算来算去，时有入不敷出的窘迫。

没有任何外快，减少一分开支就等于增加一分收入，是最简单、最实用的家庭经济学。为消除烦恼，我不得不斟酌优劣，比较得失，设计全家经济实惠的生活方式，断然杜绝锦上添花的"奢侈"。

长期穷怕了的老百姓，谁都想过上好日子啊！"三转一响样样有，上班下班多自由"，民间智库描绘的美好生活蓝图，多么诱人！小知识分子不安分守己、图变求新的欲望，被美好蓝图猛烈地诱发出来。与妻运筹帷幄数日，与其锦上添花，不如雪中送炭，率先考虑生产性消费，买架缝纫机，其余"两转"，伺机再说。前期一次性投入，后期产出效益必然陆续显现出来，缝纫机一转，多少都能省出缝衣的开支。主意打定，我们开始实施"半个五年计划"，积蓄资金。筹划的食品方案是多买蔬菜，减少动物性食物的采购，孩子唠叨也好，强烈要求也罢，总要设法保证落实每月节省 5 元的存款计划雷打不动。工资到手，便去银行存款，生成丁点利息，也是满心欢喜。两年半之后，修成正果，存款达到购买缝纫机所需数额。学校所在乡镇太小，托朋友在临乡买得缝纫机一架，选中流行的蝴蝶牌，请一挑夫送至家里。缝纫机一到，恰似池塘风乍起，水荡漾，引来数人围观。人群后一老者轻声嘀咕，一个教书先生，如此不安分守己，还买这等劳什子干啥，我自当没听见而缄默不语。两个小孩炫耀起来，有新衣服穿，比吃棒棒糖还开心，欢呼雀跃，此伏彼起，快乐声浪在小屋内回荡："我们有蝴蝶了，我们要穿新衣服了！"

　　我父母均系裁缝，耳濡目染，他们量身画线的剪裁技艺，我看在眼里，记在心上，也多次蹬踏过缝纫机。当年毕竟年幼，浮光掠影，其中诸多剪裁诀窍，并不得其要领。用理论指导实践，放之四海而皆准，为成功制衣的哲学依据。遂徒步到县新华书店买来两本服装实用剪裁读本，逐字逐句，仔细琢磨，圈圈点点，吃透要领，如啃古文、读电报一般。好在数学基础尚未送还老师，无须生吞活剥，懂得以胸围或臀围为中心，推算其他部位比例尺寸，这就比父辈们早先死记硬背的估算剪裁科学得多。寻得废报纸几张，依样画葫芦，剪出大小纸片，缝衣序幕正式拉开。周日腾出时间，专门去供销社寻得尺余长的布料若干（欣喜这种布料不收布票，胜似雪中送炭），制衣始有实质性进展。将纸片叠放布料之上，拼接，画线，剪裁，最后动手缝制。智者千虑，必有一失，何况还是初出茅庐。虽有序操作，也有顾此失彼的窘况。比如，小孩袖子本是一块大片，我却沿肩头至袖口折痕剪开，一分为二，后发现操作失误，只好亡羊补牢，用白布条镶嵌，重新连为一体，直向孩子炫耀，这是父亲设计的最新款式，哪家裁缝师傅也做不出来。

　　剪裁妥当，是上机缝纫的精彩时刻了。平时上课6天，挤不出更多休息时间，周日才能动用缝纫机。把缝纫机搬在门口，摆好坐凳，沏一杯清茶，揽七色阳光，正襟危坐，气运丹田，直视"鸭脚"，此时，不疾不徐地蹬起踏板来。机轮飞转，鸭脚吐出溪水一样流畅的针脚来。机头上的蝴蝶翩翩欲飞，缝纫机唱出了甜蜜的歌儿，孩子的期盼有了熹微的曙光。

　　阳光下的缝纫机闪闪发亮，传出一阵轻快而平和的声响，众人凑来看热闹。这个说，想不到一向斯文的老师还会自己缝衣，肯定要省不少零花钱，等于比我们先涨一级工资，真有远见；那个说，爱读书的人脑筋就是与众不同，想要什么款式，就能马上做出来，多方便啊！赞扬声频频入耳，我故作缄口，笑脸相迎，心中窃喜，老师夸奖不断，这一步算走对了。

俩孩子最为活跃自豪，乐得在一旁手舞足蹈，儿歌调子唱得一个比一个高："我在马路边捡到一分钱，把它送到警察叔叔手里边……"不到半天工夫，几张布片便在台面巧妙连接，灿然升华，两件新衣大功告成。

首战成功，信心大增，我主动向孩子表态，所需衣物由父亲全部包干下来，连冬天的棉手套也可提前备好。小孩遥望幸福光景，愈加兴奋，两张小嘴争相贴近我的脸颊，留下一串湿湿的吻痕。

往后缝衣，多安排在晚间备课之后。群星璀璨，田里的青蛙"呱呱"欢唱不停，好像鸣鼓庆贺制衣成功。左顾右盼，自鸣得意，提着衣服在孩子身上比比画画，似乎觉得自学成果比地摊货差不了多少。爱如潮水，顷刻在胸间涌动翻卷，频频生成脸上笑容，疲劳和困倦早已消失殆尽。

大年初一，是懵懂孩童展示新衣的绝佳时机。吃罢汤圆，换上新衣，他俩像小鸟一样飞入伙伴群中，絮絮叨叨，比比画画，在孩童之间，便有了不少炫耀的资本。

粗缯大布裹生涯，腹有诗书气自华。缝衣亦同写诗作文，有了给孩子做衣的底气，就有胆量驾驭成人衬衣、长裤和外套。劳作数个夜晚，市面流行的干部服也陆续完成，外形中规中矩，款式虽无新意，但针脚疏密得当，缘于融入一番心血，自我感觉良好。敝帚自珍的心理让我鼓足勇气，还没缝上纽扣就试穿在身，对着镜子左右端详，这身装束与传道授业解惑者的身份完全吻合，穿土裁缝做的衣服照样登上三尺讲台，不担心旁人笑话。校内有不少老师，相信我学徒般技艺，图个方便，登门求助，或卷裤脚边，或打个补丁，动一下缝纫机，给朋友帮忙救急，小菜一碟，自然不在话下。

若干年后，我们从农村调进城市。改革开放国策撬动了市场经济杠杆，工业化速度迅猛异常，各式服装皆由沿海大工厂批量生产，运至本城销售，大街小巷无一不是琳琅满目的品牌服装。倘若步入专卖服装的柴市街、翠屏路、老通州和新世纪，各种款式、各种面料、各种花色，林林总总，皆一齐扑入眼帘，应接不暇的是五彩缤纷，风情万种。选购时装从新潮转变为百姓生活常态，我们随波逐流，也抽空去逛服装商场了。

风水轮流转，冰火两重天。家里缝纫机往常独占鳌头，当今彻底下岗，沦为二三流角色，最多偶尔用其打双袜垫，敲几针掉线的缝口罢了。"玉容寂寞泪阑干"，如同宫廷徐娘，人老珠黄，曾经的光环全然褪去。长久未触摸的缝纫机蜷缩于小屋一隅，暌违数年，再也无人问津。

闲暇间，摩挲台面橘黄色花纹，柔和平滑，像岫玉一般。"蝴蝶"与我多年相伴，为家庭增添过七彩艳丽，带来过无尽欢笑，是留是弃，缱绻难分。相随数十春秋的伴侣，实在不忍遗弃。犹豫多日，终于下决心，搬在阳台，拭去尘埃，蒙上干净的白布，缝纫机焕然一新，变成漂亮移动书桌。雨后清宵，月华满窗，看书习文，又添一处书海踏浪新境，失落的心境方添上几分愉悦。

一天，适逢女儿双休日回家，我与她闲聊，本无意强行要她学艺，建议教书之余，学踩一下缝纫机，动一下针线，仅此而已。反正技多不压身，不像食多伤肠胃，会走向反面。

父亲言辞切切，如流水潺潺。女儿佯装迟钝，痴痴无语，埋头打理自己私事，沉寂片刻，说了几句不轻不重的话："老爸，都是什么年代了，城里那些服装加工店都停业改行，我们还捡起那些陈谷子烂芝麻的手艺，有何用处？"

事实的确如此，早先裁缝师傅虽未失业，也是在工厂现代化制衣大潮冲击下，改弦易辙，承揽些许剪短裤脚、收放裤腰等零零碎碎的活计，那帮老裁缝闯荡江湖几十年，誉冠全城的名声，真是糟蹋光了！

我舍不得抛弃这门实用技艺，提醒女儿看看家里的《德国》

杂志。人家德国人，上班优秀，回家后，电工、木工、漆工，啥都能上手。专门学女红，固然贻误自己事业，会使用缝纫机，打个补丁，缝一下被套，卷一下裤边，零敲碎打，无须求人，那多方便啊！

女儿反唇相讥："亲爱的老爸，你彻底落伍了，社会分工越来越细致是进步的表现。凡事躬亲，我哪能精通学业，有所长进呢？万事不求人，那是农耕社会遗传下来的老观念，已经过时了！当今是何年？21世纪，我们面临的神圣使命，是创造更多财富，奋力建设富裕的小康社会。"

越听我越感自己力不从心，难以撼动年轻人心中业已竖起的时代界碑。

我们生活的年代有这样一说，新三年，旧三年，缝缝补补又三年。这金科玉律般的箴言曾为世人拥戴，系全民节俭持家的生活准则，一度风靡天下，渗透进社会的最小细胞，我们曾践行多年。

那些日子里，家家户户都在精打细算，克勤克俭，物质使用达到了最大化程度。不怕旧，不怕烂，当父母的总是把孩子衣服洗得干干净净，把小洞补得服服帖帖，有时还要讲究一下美学意识，比如协调、对称。孩子走上街头，气宇轩昂，自信力陡增，旁人瞥见，暗中点赞，这个家庭风清气正，父母多有能耐啊！

女儿同我理论，社会发展了，物质丰富了，吃穿问题早就解决了，审美情趣变得多元了，像大街上一些女孩牛仔裤上冒出许多窟窿的事，应算对西方行为艺术的崇尚，或曰年轻人就爱标新立异，不必大惊小怪。若好事者去倒腾一番，窟窿外再缀上几个补丁，不会贻笑大方吗？强行抱残守缺，并把这些条款奉为整个社会的圭臬，结果可能就是从上到下，一塌糊涂的造假和虚伪。

思来想去，青菜萝卜，各有所爱。社会发展到开放的今天，还需强求一律吗？家里缝纫机曾立下汗马功劳，而今蝴蝶歇羽，彻底退役，纯属顺其自然，无须以手抚膺坐长叹了。

清辉泻窗，我伏案在缝纫机台面，阒寂中抽出书架上的四书五经，信手翻阅到"地势坤，君子以厚德载物"时，目光停留下来，静静梳理纷繁的思绪。

我曾追逐吃饱穿暖的"蝴蝶梦"，现期望新时代里"蝴蝶梦"再度升腾。

你与我，或许都有自己的难忘故事，记叙过，或歌唱过。跨进新世纪后，路遇迷惘风景，也不必惊愕彷徨。生活中多一些包容，放弃一些企求，最舒坦，也最为快乐。

爱的回音

　　飞速发展的网络技术，改变了人们的生活状况，也改变了人们的通信方式。手机、短信、微信、博客几乎占据了通信的全部时空，头脑被爆炸的信息云完全笼罩。提笔写信，这种交流情感的方式日渐稀少，千里飞鸿要算凤毛麟角了。不过，我身边还有多年前的一沓信札，早被时光濡染泛黄，系我家"一级文物"，几次搬家都舍不得丢弃，随我迁居而精心保存下来。

　　24年前，穷怕了的农民到处打听，期望能尽快找到挣钱路子，打工潮汹涌澎湃，迅速向东向南集结，胆大的能人跑到国外淘金。省农牧厅看准这个商机，组织一批又一批农民工到中东，到俄罗斯种植蔬菜瓜果。我曾学习俄语多年，岁月流逝还没把头脑中语言知识冲刷殆尽，碰巧被他们选中。5月从成都出发，前往数千公里外的俄罗斯车里雅宾斯克州石头河农场种菜，身份是随队俄语翻译。

　　婚后20年间，我与妻子一直在同一学校教书，寒舍逼仄，尚能遮风挡雨，相互照料，有琴瑟和鸣的甜蜜，在一所中学鼓捣语文教学。眼看不少有志之士如雁南飞，赴深圳大展宏图，充分展示自身价值，令人欣羡。学习多年俄语，却无用武之地，感叹命运多舛，人生不顺心的事情太多太多。一个心地善良小知识分子，在机关做事数年，早已看破红尘，对那些居心叵测、翻云覆雨的伪君子，憎恶至极，真想逃之夭夭。适逢天降大任于身，倒不如走为上策，到俄罗斯去。那里天高地阔，空气清新，用所学外语知识直接服务于社会，最感高尚，最感荣幸。这本体现知识分子价值的正大光明，却被旮旯一小吏拿出国说事，阴阳怪气，冷嘲热讽："不想当官的士兵不是好士兵，不懂从政的秀才不是能干秀才，穷酸相一辈子也难改掉。"君子坦荡荡，小人长戚戚，我听后一笑了之。是日，欢愉和愁苦交织于膺的离别，五味杂陈，妻子最懂丈夫决断，说了一句最贴心的话："好男儿志在四方！"

20 世纪 80 年代，普通百姓除了使用书信、电报和长途电话之外，便无别的通信工具。相隔天涯海角，与妻子传递信息，我能选择的唯一通信方式就是写信。妻子早先学过英语，但信封上的俄语地址不会依样涂画。我遂搬来俄文打字机，打印好俄文通信地址，剪成若干小条，贴于信封，为书信交往做好准备。与妻商量，每半个月写一封信，拉钩为定。我们此举，仿佛又回到了童年，小屋响起一阵爽朗的笑声。

初到俄罗斯，异国山水、人物风情对我有莫大吸引力。兵马未动，翻译先行，凡对外都得率先出马联系，我便有某种特殊方便，去了农场周围不少地方。特洛依茨克区街市金光灿灿的东正教圆顶教堂，医院治病有序而认真的体检程序，石头河沿岸坦荡无垠的白桦林和满天飞舞的白嘴鸦，都给我留下难忘印象。诚如多次带队赴俄罗斯的"老插"在成都培训时所料，心理因素再强悍的男人，在俄待上一个月，即使遇见金发美女主动向你打招呼，也会黯然神伤，因为思乡之情如火一样熊熊燃烧起来，烧得人夜不能寐，饭吃不下肚。睹物思人，是最容易患上相思病的。似乎我也逃不脱这个心理学规律的束缚，白天黑夜，老是惦念着远方的亲人。

随身带了一本唐诗小册子，在乡愁涌动时，就会沉醉于情景相似诗句的反复咏叹中：

> 客舍并州已十霜，
> 归心日夜忆咸阳。
> 无端更渡桑干水，
> 却望并州是故乡。

离别两个月，恍如十年羁旅异乡，茫茫黑土地，哪里能望见家乡呢？日夜煎熬地思念，哪里能看见亲人呢？

石头河农场，土地辽阔平坦，机械化程度也高，耕地、种菜、浇水、施肥、收获，每个环节都是机械化操作，当然并非人间天堂。冬季长，夏季短，全年就种一茬，且隔年轮作。蔬菜一旦上市堆积如山，收获时还需验明正身，只收合格品（这与国内农产品优劣皆取，颗粒归仓的收获理念完全不同），不合格者弃于田野，沤作肥料。逢上淡季，新鲜蔬菜天涯海角都难寻觅，身价陡长百倍。7月，正值青黄不接。窖藏的三种主打蔬菜：白菜、土豆、胡萝卜全部搬出，连部分腐烂的蔬菜都要物尽其用！最难熬的日子里，俄罗斯人都很头痛，和我们一样狼狈不堪，虽说天天牛肉、牛奶、面包、鸡蛋，但毕竟代替不了人体需要的多种维生素，也要找菜下锅，何况我们这支近百人的食客大军。两位大厨号召人人献计献策，共渡菜荒难关。

几个精明的农工白天摸清"情况"，夜晚带上手电，得意洋洋哼着："我们都是神枪手，每一颗子弹消灭一个敌人，我们都是飞行军，哪怕那山高水又深……"如一群蜘蛛侠，蹑手蹑脚，攀上高大"飞机棚"，生擒了几十只熟睡的鸽子。这样忙活一个夜晚，伙食团闹菜荒的事，最多只能减少一两天。

队长未雨绸缪，出国前捎带不少白菜籽和大蒜、小葱。在房前屋后刨出好几块菜地，撒上菜籽，浇上水，十来天后便冒出一片绿油油的小白菜；也种大蒜、小葱，但皆失去芳香，味同嚼蜡，这与史书上所称，"橘生淮南则为橘，生于淮北则为枳"，同出一辙。蔬菜的产出和消耗，毕竟毫不对称。八九十张嘴顿顿要吃，小打小闹，几块菜地的菜苗也是杯水车薪。小白菜吃光了，蒜苗、小葱吃光了，买来意大利空心面条炖豌豆，一锅淀粉汤也当蔬菜。这时，才感觉到身在天府之国，天天有新鲜蔬菜吃，那是无与伦比的口福。这些烦恼和无助，我怎么能如实告诉家人，引发他们的忧虑，让他们惴惴不安呢？此刻，实话实说未必是福，暂时撒谎可抚慰亲人日夜的牵挂。在信中，我尽挑好话说，杜撰一大串美丽谎言来诓骗他们：窖藏蔬菜吃不完，天天过着土豆烧牛肉的好日子，还加免费的猪头肉（俄罗斯人杀猪后不吃猪头肉和内脏，这习惯倒是真）。妻子听到这一档子高兴事儿，准会笑逐颜开，不为我的身体犯愁，那她的生活不是更愉快，更舒心吗？

信寄出后，期待回音。一封信从石头河农场寄出，辗转多处，送到莫斯科，再飞往北京，最后送达妻所在的学校，待妻子能展读信函时，已用去 24 天（这是后来查看信封落地戳才计算出来的精确数字），比从达州寄往特洛依茨克区整整多了 10 天。同样的路程，为什么耗费的时间差异这么悬殊，猜想俄罗斯运送邮件的飞机火车速度远不及国内，或者官僚主义作风顽固地在邮政部门作祟。我只好改变早先的约定，满 7 天追加一封，加速信息的传递。

掐指测算，盼望回音的日子也真难熬。繁忙的劳动比寂寥的苦等要好。我常随农工乘车下地干活，紧张劳动常会暂时消除期盼的焦虑。从地里回来，第一时间先问两个大厨，无果，再跑到农场办公室打听，没有，最后干脆直奔邮局，查询信函。邮局值班就一个姑娘，粉面桃腮，金发如瀑，蓝灰色的瞳仁忽闪忽闪，言语全在顾盼之间。多次交往，她都认识我这个翻译了。见我又去柜台，心知肚明，展示出爱莫能助的肢体语言，双肩一耸，微笑作答，"没有您萨沙的信，对不起。"我一连串寻求回音的努力才算彻底了结。

收到家信时刻，比吃一餐土豆烧牛肉还快活，已经迈入知天命行列的我，像个小孩似的，高兴得跳跃起来！满脸灰尘，双手泥土，总要洗得干干净净，才小心拆开信封，生怕弄脏了洁白的信笺，玷污了妻子字里行间蕴藏的纯洁真情。

我集邮多年，"文化大革命"时期都没有终止这种嗜好。赶上出国做事，正是收集外国邮票和实寄封的大好时机。到邮局寄信，我要选择最好的纪念邮票贴上去，期望为参加邮展准备邮品。

当时，俄罗斯正发行世界濒危野生动物特种邮票，世界自然基金会（WWF）的会徽，正是咱们的国宝大熊猫。我有意识地买了一整套4枚邮票，把信封贴得满满当当。邮局姑娘看到我这个异常举动，觉得十分蹊跷，睁大眼睛，主动提醒我，所贴邮票大大超过规定邮资。我想，给她详尽解释未必能懂，干脆缄口不语，仅用微笑点头来表达我对她的谢意。此刻盘算，回国后便能收集一整套邮票的实寄封，且是来自俄罗斯，倘若顺利参加邮展，应会大放异彩。可没想到，恰恰是这一整套精美邮票埋下了祸根。信件送到学校传达室，不幸被某个小人看中，把邮票和信函一起顺手牵羊，把我对家人深沉的爱无情扼杀——这是妻子在来信中告诉我的。有了丢失信件的教训，我再也不敢贴上精美纪念邮票，索性贴上几枚小小普票，才逃脱泥牛入海的厄运。

我在石头河农场，犹如被囚在一座信息孤岛，卧室没有中文报纸和电视节目，也无超短波收音机在身，家事国事天下事只能从家信这条唯一渠道获取。孑然一身的愁苦，天天默默品尝。身居异国，一直惦记着高龄岳父、岳母的身体，离开家乡时妻子病情也未痊愈，孩子初入职场闯荡，那必定会碰上诸多麻烦，一提笔写到这些心思，笔尖都在微微发抖。直到陆续收到妻子确切信息，心中石头才勉强放下。

云中又寄锦书来，我必细读三遍，然后轻轻折叠，装入信封，保存于手提箱内。此时此刻，才真正体味到儿时背诵那句"家书抵万金"的浓浓情意。

爱，是发自内心的责任感；爱，是一生一世的承诺；爱，是夫妻间的共享，包括欢乐、幸福和烦恼。诚如俄国文学家冈察洛夫所言，爱情就等于生活，而生活是一种责任、义务，因此爱情也是一种责任。妻子来信，凸显了女性的细心，絮絮叨叨，说得非常详尽，写满四五页，大有纸短情长之憾。捧读信件，听到真爱的回音，那些情感的倾泻，是苦和乐的分享，是温柔的慰藉。读完滚烫的文字，爱如潮水，瞬间将我紧紧包围，那样的幸福感是难以言表的。

　　石头河农场，地处北纬53°，比家乡的纬度要高得多。中秋之夜，天上月亮又圆又大，仿佛就挂在眼前，突发奇想，"俱怀逸兴壮思飞，欲上青天揽明月。"本是家人团圆之际，我却在数千公里之外，漫步在无边的白桦林，不经意轻轻哼出齐豫的《橄榄树》：

> 不要问我从哪里来，
> 我的故乡在远方。
> 为什么流浪，
> 流浪远方，流浪。
> 为了天空飞翔的小鸟，
> 为了山间轻流的小溪，
> 为了宽阔的草原，
> 流浪远方，流浪，
> 还有，还有，
> 为了梦中的橄榄树，橄榄树。

　　这首歌好像描摹了我的真实生活，也诠释了此刻复杂的心境。回信时，全文誊抄歌词，让妻子同我慢慢品味追寻"梦中的橄榄树"那份情结吧。

　　当下电子邮件快捷却零碎，看后轻轻抹去，瞬间便遗忘了许多。唯独饱含深情的信纸在手，任意展读，循环往复，可以慢慢领会许多悠悠情韵。

　　一封信，是剪接的一段时光，几封信连接在一起，成就了一部缠绵悱恻的电影。濡染过日月光亮的信笺，承载着今生不变的情感。往事的记忆，凝聚成晶莹的琥珀，在摩挲中散发着幽香和光泽。闲暇间，细细品味褪色的文字，那种幸福的味道，是醇厚的，也是绵长而甜蜜的，定会温暖我们一生。

从懊恼到幸福的路

我从小喜欢读书。上中学时，课后常帮管图书的老师擦拭桌凳，搬运图书，一番真诚感动了他，得到特许，享有其他学生没有的"特权"，进藏书室翻阅，挑选喜欢的书籍。那是初高中课余最为快乐的事。

考上大学，看书就方便多了。学校系西南地区一所外语学院，开设英、俄、德、法四种外语，图书馆藏有大量中外文语言类图书，单纯的中文文学书籍却非常有限。一个20岁的年轻人，血气方刚，荷尔蒙在体内上蹿下跳，搅得心神不定。本是学外语的，鬼使神差，偏偏爱上诗歌，除了苏俄的普希金、莱蒙托夫和马雅可夫斯基之外，更多是中国现代诗歌。满脑子里，尽是现代诗人吟诵诗歌的影子，贺敬之、郭小川、何其芳、田间、卞之琳、闻捷、李季、李瑛、梁上泉、陆棨，还有一大串诗人名字，像烛光一样摇曳。浓浓的诗情天天冲击心海的堤岸，汹涌澎湃。学院培养目标非常明确，是沟通中外科学文化交流的外语工作者，不是文学工作者。图书馆不能满足个人狭隘的追求，阅读中国现代诗歌的图书，只能自寻门路。

买书，是横亘在眼前的一块巨石。钱从何而来？我该属同学中的"赤贫"，唯一的经济来源，是每月可以去学院财务处领取2元的零花钱。2元，那是一个多么炫目的数字。我的权利是在200分钱内精心谋划，运筹帷幄，将全月开支，准确浓缩在这个数字内：肥皂、理发、邮票，算头等大事，第二位便是买书。我们在三花石待了四个春秋，都说餐厅8分钱一碗的小面麻辣香鲜，味道不错。同学一提"杀馆子"吃面，我只能暗吞口水，一分钱使劲掰着两分钱花，只为买书筹措一些碎银子，焉能有这般奢望？

星期天，买书的幸福日子终于来临。早饭后，过北泉公园，顺嘉陵江小道而下，疾行一小时，爬陡梯子，穿北碚大街，直抵新华书店，省下了一角七分公交车票钱而自感欣喜。扑向书香四溢的芳草地，精神顿时大振。叫营业员取书后，匆匆翻阅内容，再看定价，暗中计数兜里几角几分，最后敲定不买，因为现金不够。有时浏览太久，老看不买，营业员斜视开始，怨气升腾，投来白眼两只："买不买？这里不是图书馆，要买书就搞快点。"我的脸颊赧然发红，只得尴尬地把书退了回去。

从书店出来，饥饿这个怪物开始冒头，肚里叫得真烦人，我心中叨念着，困难像弹簧，看你强不强，以阿Q精神对付饥饿，仍然舍不得花一两分钱买杯凉水，买个馒头。倘新书在手，路上不断翻阅，念读几句诗歌，又兴奋起来。联想寝室里搁着一碗从饭堂打回的冷饭，可转化成能量，肚里就不叫了，精神上大获全胜，步伐似乎轻盈地腾飞起来。

一两年后，所购图书累计有几十本之多，我自信地跃上全班精神富翁宝座，天天有好书相伴，贫穷中偷着取乐。床头一堆崭新的图书，闻着淡淡油墨香味，连睡觉也格外舒服。可惜好景不长，一堆书，像刺猬刺痛了一些人泛红的眼睛。这些人喜欢把玩空头政治，看到有人读书就恼恨，只是找不到借口，一把火烧掉这些障眼物。我独立意识鲜明，不肯攀龙附凤，则令其不快。他们不搞点事来，似乎不能体现其存在，遂暗中捅上一刀。我浑然无知，去财务处领钱，才知缩水一半。问一学生官员，此人假惺惺安慰一番，竟说我买书太多所致，无法更改。原形毕露，只差她嘴里没说出口：你还装穷，敢用助学金去买书，欺骗学校领导？

要知道，区区100分钱，常人完全可以忽略不计，但在一个毫无任何经济资助的孤儿眼里，就是一个天文数字，可购买好几种日用品，与学生必需的消费息息相关！那些常有进账的同学，衣着光鲜，出手阔绰，每月享受伙食费全包的助学金，倒是一如既往，不减分文。

牙缝里省下丁点零花钱去买书读书，何过之有？原来，学院这方小天地，如同浓缩的社会，有好善乐施新风扑面，也有混淆是非的暗流涌动。拼命读书也是过错，甚至成为将我拒之于共青团大门外的有力证据。我没有申述，更不想用哀求换取别人廉价的怜悯，只把这种折磨埋藏在心里，下定决心，用苦读彻底改变悲惨的命运。

屋漏偏逢连夜雨，苦命人儿祸不单行。一个在院广播站当播音员的同学，爱读诗、议诗、写诗，同我有了一些可议的话题。出于善意，借给她二十多本，不多久称全部丢失（说现代孔乙己诬骗，揣度过头，但别人就是死活不肯归还，我拿她没法）。听到消息，五雷轰顶，天旋地转，我头脑一片空白。三年多的省吃俭用，换来急需的精神食粮，全化为乌有。我从精神富翁宝座上跌落下来，沦为真正乞丐！

真没料到，跋涉文学之路如此艰难。

毕业后，我到一所区中学任教，有了固定收入，赢得的最大快乐就是可以选购称心如意的图书。乡镇无书店，供销社两个店面，农具、农药、化肥是主打商品，只在屋角置两个玻璃柜台卖书，堪称商品齐全。周日高兴而去，扫兴而归，原因是柜台里的书，多是面向农民弟兄，讲喂猪养鸡，施肥杀虫，图书摆放的位置，好像几个月都没有变化，哪来文学读物呢？

"知识无用论"甚嚣尘上，教师到区公所开会，心灵常被某些地方官员敲打得满是伤痕。

学校有人远见卓识，悄悄拜师学医，执意跳出教育圈子。有人好言相劝，趁早动手，找一个砸不烂的饭碗——当医生，悬壶济世，摸着手腕要钱，理所当然。我蠢蠢欲动，暗度陈仓，买了些闲书自学。

著名中医蒲辅周老先生是四川梓潼人，医术国内一流。柜台正好有《蒲辅周医案》一书，不妨买来自学。那密密麻麻方子上，全是当归、黄芪、天麻、党参、熟地、半夏之类配伍。天地玄黄，隔行如隔山，辨证施治那一套金匮要略，与所学知识全搭不上界，仿佛误入了蒲老先生设置的八阵图。另买本《赤脚医生手册》的大部头，看后也是天旋地转，一片茫然。

那个特殊年代，八个样板戏和几部老电影，看得心中发腻头脑发胀。偶然间，发现柜台摆了一本长篇小说《牛田洋》，暗生欣喜。牛田洋军垦农场是广东汕头围海造田的典型。我曾专门去过汕头海边，目睹飓风过后农场的破败。突发好奇，买来看看如何。翻了几页，假话、大话、空话连篇累牍，实在败坏胃口，不知扔到哪个角落去了。

后来，我调往另一所区中学，又去供销社挑选，这里多了一个柜台卖书，营业员是我相识老师的爱人，她倒爽快，答应新书运到，便帮我留下。周日赴约，所淘到的文学书籍，竟然就是一堆花花绿绿的小人书，令我哭笑不得。

在文艺荒芜年月，到处买不到中外文学精品，我如一只迷途的羔羊，难以寻觅水草肥美的大草原。

20 世纪 80 年代中期，我有幸调到州府，常去文轩书店逛逛，选书买书方便多了。

在教育界摸爬滚打，细数起来，也有近 40 年的酸甜苦辣的辛劳史，书买了好几大堆，装满两三个书柜。退休后，再去学校倒腾这一堆陈谷子烂芝麻，恐怕会被笑话不识时务了。

闲来无事，从教育圈子蹦出来，又跳进文学圈子里去，凑个热闹。熟人哂笑，你是从糠箩篼跳进米箩篼，还是从米箩篼跳进糠箩篼？答曰，很难说清。不去乡间垂钓，避免了日晒雨淋的苦衷；不围坐堆码长城，少了腰酸背疼烦恼。调动大脑细胞积极思维，至少可以降低罹患阿尔茨海默症风险，以打发时间，乃选择文学的初衷。文学，年轻时曾迷恋过，有花无果；老来如梦初醒，图个自娱自乐。买书瘾从教育转向文学，三五天跑一趟文轩书店，躬身踮脚，书海拾贝，几年之后，所购文学图书后来居上，又塞满两个书橱。后来文学书籍一路入侵，势不可挡，近乎泛滥成灾。几桌放书，过道叠书，椅子堆书，床头码书，阅读倒是方便，伸手可及，但众多书籍各占山头，有进无退，腿脚与之频频亲密接触，生存空间饱受威胁。更大烦恼还在未来，要充电，再买书，蜗居的阁楼已没有存放的地方了。

一筹莫展，无奈加苦恼。庆幸时运得到转机，市图书馆建成并对外开放，久旱逢甘霖，意想不到的喜雨从天而降。

得知消息，马上赶去图书馆。

图书馆占地 5000 余平方米，设计独具一格，别致、大气、宽敞，散发现代建筑气息。阳光下深蓝玻璃幕墙，像一座巍峨大山，更像一枚硕大无朋的钻石，晶莹、澄澈、深沉而稳重矗立在浅黄色楼群中，炫耀着迷人的光芒。馆内，宽大的书桌，真皮座椅，靠背沙发，光亮的阅览室，还备有洁净开水，第一次初识，发现梦中心爱圣地，便有难舍难分的情怀。

我很快选中心仪的图书，把书往扫描仪下一搁，省去填写，用身份证当场敲定，不到一分钟。买书、藏书、读书三大难题一并解决，淤积于膺的烦恼消失殆尽，满心欢喜溢于言表。

物质没有传承，只能再造，文化却是一代一代传承和发展的。盛赞市政府修建具有现代建筑风格的图书馆，创建了宽敞舒适自由的阅读空间，选购了数十万册图书，全天候开放，为百姓民生福祉再添浓墨重彩的一笔，在全民奋力奔小康的战略高地，立下厚重的历史丰碑。喜欢读书的男女老幼谁不心驰神往，蜂拥而至呢？

盘桓在图书杂志的回廊，如同徜徉在寂静的海湾，我开始人生永不终结的幸福之旅。

书架上一排排新书，像精神抖擞接受检阅的士兵，任你挑选，任你爱抚。政治的、军事的、文学的、健身的、时尚的、休闲的，难以计数。花花绿绿的杂志封面令人眼花缭乱，刚翻完这本，那本又在暗中挑逗。常被意想不到的惊喜打乱思维，干脆几本杂志搂在一起，打包品读，尽情享受丰盛的文化大餐。

图书馆里，阒然无声，中央空调送出暖气，抚摸全身，春意融融，心静下来，拾掇散落在字里行间珠玑宝玉，那才是真正意义上冲浪淘宝！

你看，柔和灯光下，姑娘面若桃花，脸上写满了心房溢出的微妙激动；埋头思考的一群青年学生全神贯注，抄抄写写，也许他们就是未来的科学家，正蓄势待发；窗边的白发如雪的老人静静欣赏新发现的诗文，弥补几十年前的知识缺陷，流露出满意的微笑。休闲、充电，甚至心理疗伤，这里都指出了最好的路径。

走进书海，你会发现这是一个强大的气场，浓重的书香之气，正徐徐绽放。无数陌生的面孔，带着微笑，慢慢向你靠近，然后簇拥着你，包围着你，浸润着你。温馨的、美好的、惬意的、高洁的，多种气息，向你涌来，沁入腑脏。张扬的个性，喧哗的习惯，随意的举止，世俗禁锢已久的审美情趣，或被彻底颠覆，或被委婉矫正，内敛成新的气质，如沙金沉淀于心底。不知不觉，你浮躁焦虑的心境，变得宁静安详，偏袒狭窄的胸襟，变得天空一样开阔，短浅呆滞的目光，变得明亮而深邃。人类优秀的文化知识已经融入了你血脉之中！双休日馆内人流涌动，老少咸集，于无声处不是也发生着惊奇的嬗变。

倘你偶尔出声，管理员出示一个手势，传递某种矫正信号，一脸善意微笑相伴而至。读者携带物品遗忘在书桌，他们温馨提示你带好小件。友善愿同和谐为伍，幸福常与宁静相伴。没有户外的喧嚣，也没有丢弃果皮纸屑，连好动的儿童也是张望父母，学着成人动作，轻轻翻书，细细阅读。阅览室能听到的是"沙沙"翻书声。心灵在知识熏陶中净化，文明意识在每个人心里慢慢生成。

时尚的电子阅览区，在橘黄色的柔光中，比起纸质阅读区来，更显得宁静安详。

清洁女工记得自己的责任，反复擦来拭去，抹去浅浅的一串脚印。保安不厌其烦地告诉初来的读者，该如何打开小排柜，保存自己的小包。些许琐事在这里都尽显凡人诚心。

这是一个默默为读者服务的热忱群体，就是周一闭馆，馆内也在忙忙碌碌，为第二天开馆细心准备。

图书天地之大，绝不止于什么黄金屋和颜如玉。那美丽的扉页一旦翻开，真有众多的神秘诱惑。我们静心地叩拜在中外作家和大师门下，尽情品读至理名言，贪婪吸收人类丰富的精神营养。烦恼在这里抛弃，贫乏在这里充实，希望在这里孕育，梦想在这里放飞。我们尽情享受着阅读的无穷滋味。

众人知道，浙江宁波天一阁储藏了丰富古书，但不能借阅；锦城图书馆规模宏大，距本地过于遥远，远水解不了近渴；本市文轩书店图书繁多，却受时间和金钱制约。市图书馆里，有最惬意的"芝麻开门"，每一个光顾的达州子民，都能默念"咒语"，愉快打开精神财富的大门。

听馆长介绍，未来藏书会更加丰富，看书更加舒适，还将面向社会开办多种知识讲座。当今，许多心灵朝圣的景观被商业大潮挟裹，实用功利主义酿成风气，过度的包装，甚至污染，失去了先前本色拙朴的灵气，变得平庸和呆滞。与其这样背负行囊，浪迹天涯，寻觅人生的快乐，还不如走进中外名家大师们比天空还要广阔的胸怀，瞻仰他们的风采，承接人类智慧和文明的熏陶。

阿根廷著名作家兼国家图书馆馆长博尔赫斯说过，读书人理想的图书馆，是永恒和完美的神的产物，天堂应该是图书馆的模样。他说得非常贴切，精准揭示了世人梦幻中天堂的特质。

眼前的市图书馆，不就是我们赖以生活的幸福家园，不就是四季如春、馨香弥漫、向往已久的人间天堂吗？

生命如花

初识林非

2012 年 9 月的一天，收到第 18 期《读者》，我像往常一样，急不可待地逐一翻阅杂志中的美文，一篇叫《离别》的散文跃入我的眼帘。

文章不长，讲的是作者和老伴在首都机场送儿子负笈远渡重洋，去美国芝加哥留学的离别之情。老两口儿过去长期忙于教学和科研工作，失去了走向世界的机会，膝下儿子从一个懵懵懂懂的孩童，瞬间变成了聪明潇洒的大学生，且要离开家门，告别双亲，去外面闯荡世界。两位老人心情非常复杂，竭力止住离别的眼泪。送走儿子回到家里，老人再度抚摸儿子刚睡过的被褥。尚存的余温终于使老人的热泪扑簌簌地掉下来，离别情愁如此浓重，怎么也无法化开。

文章写得很质朴，感情真挚动人，就像在叙述刚才发生的事情一样。

然而，引起我注意的不仅是内容，还有文章的作者：林非。这就是那个曾担任中国鲁迅研究会会长和中国散文家协会名誉会长的林非吗？我不敢贸然断定。中国人的姓名中，同名同姓者何止成千上万，也许此林非并非彼林非也。

不久，天赐良机！我接到中国散文家协会书面通知去北京领奖。能见到众多才华横溢的文友和作家，向他们讨教写作的门道，聆听著名的作家、学者讲学，应算西天取经了。

甫到北京，我按图索骥，及时赶到银都宾馆，向负责报到的年轻人悄声打听："这次开会安排了哪些著名作家和学者讲学？"

"这档事儿，你就别着急了。"

"哪能不急呢！专门来京开会，除了领奖，就是冲着听大学者讲学而来的。"

年轻人莞尔一笑，依然卖着关子，没有揭开我心中的谜。

11月24日上午8点，不大的会议室早挤满听众。会场除了一幅会标外，与众不同的是主席台背景墙上挂着几幅醒目的语录：

良知靠散文家坚守阵地。

散文可以牵着读者的手，把他领进那个"境界"。

散文最大的敌人是虚伪和作态。

一个具有责任感和使命感，富有理想精神的作家必定选择散文……

我敬佩会议组织者思维之缜密。心中默默读完这些振聋发聩的警语，不由得感到，与其说是步入会场听讲，倒不如说是接受人类优秀文化的沐浴和洗礼。顷刻，肃然起敬，静心地等候报告者到来。

不一会儿，一位面目清癯、精神矍铄、满头银丝的老人款款步入会场，在一位身板硬朗、精神抖擞的中年人扶掖下从容登上了讲台。从他俩就座前的座牌上，得知中年人是梁长峨，老人就是林非。

林非先生缓缓落座，环视听众，颔首微笑，略呷了口茶水，似乎没有带上一大叠讲稿，也没有更多的客套，径直娓娓道来："一个立志于文学创作的人，一辈子要做善良的人，做于国家于人民有用的人。他必须善良，必须关心国家，关心人民，同情底层民众。人不能自私地生活，关心普通民众的生活是作家的责任。我国农村的生活还是很艰苦的，一个散文家首先应该关心农村农民的疾苦。凡是含着眼泪写出的文章，都是很感动人的……"

我记下这些珠玑般的文字时，好像洞开了散文世界的大门，望见了璀璨耀眼的珠宝。深入浅出的道理，极富哲理的话语，敏捷的思维，历尽数十载甘苦磨砺的创作智慧，犹如大山深处的清泉缓缓流出。这不正是一位文坛名家博大思想火花的精彩绽放吗？不正是老一代的文学家告诫中青年作家写作和做人的真谛吗？

老人讲话极为平和，心情淡定，尚未涉及鲁迅研究，自述散文有 1000 余篇，著述丰硕，超乎常人想象，言其著作等身也毫不夸张。不仅如此，与林非先生比肩的余光中、余秋雨和贾平凹四人的散文已被推向海外，在韩国结集出版。

"中国人有成千上万的人会读书写作，但像明末清初的黄宗羲能写出《明夷待访录》的人不多。自己的智慧不够，勇气不足，自然跟不上黄宗羲。现在，有人吹捧康熙、乾隆，实际上那是庸俗的吹捧，他们二人都是在严酷剥削、压榨民脂民膏 —— 今天，我这个懦夫才讲了一个勇敢者的话……"

此刻，身旁的一位文友朝我惊讶一瞥。

"什么？懦夫？"我的心一怔，有些懵懂和惊诧，感到心灵震撼，热血在体内加速流动！

一个在国内外享有极高盛誉的作家，敢于剖析自己的灵魂，针砭时弊，讲出不同寻常的"勇敢者的话"来，以毕生凝聚的人格魅力和心智去影响世道人心，多么难得可贵啊！难怪老人一再提到他崇敬鉴湖女侠秋瑾。

老人的作品作为范文已入选中学语文教材。他写过《荒煤，我心中的丰碑》，写过《零碎的回忆》，写过《九寨沟记游》，写过《离别》。当提到写作《离别》的感悟时，他讲得稍微详尽一些。他回忆了和爱妻肖凤送疼爱的儿子远去美国求学，在机场离别时难以掩饰的痛楚心情。他离别时眼眶里涌动着泪水，那文字是现实生活真实的记录，那情感是父子分离，母子分离，天各一方的浪卷潮涌。

此时，我凝神屏息地望着林非先生，竭力捕捉划过文学天穹的璀璨彗星。老人的追述与我早先看到的《离别》完全吻合。原来，眼前的林非就是我想象中的林非。早先"看"过的林非，仿佛还有些朦朦胧胧，现实中的林非却如此清晰鲜亮。

当老人提到自己的创作感受时，我才慢慢窥视到他睿智的光芒和精益求精的创作态度。老人说，千余篇散文中，他真正满意的就三十余篇。一个作家如此严于律己，至真至美，其实践检验了创作的规律：散文需要情感、思想和生活的完美统一。老人讲坛上的告诫与其身后张贴的那些语录思想精髓如出一辙，犹如对那些中外名家箴言做出最确切、最生动、最精彩的诠释。

啊，原来这就是受人敬重的林非先生，这就是现实生活中的德艺双馨的文学大家林非先生！

会场安静极了，只听见钢笔划过纸面的"沙沙"声，我仿佛看见新思维新理念在听众心灵碰撞出闪烁的火花。

林非先生的瘦弱身躯似乎高大伟岸起来，他的声音平实而蕴含力量。他多么渴望有更多优秀的散文家形成一支壮大的队伍，在当代改革奋进中为民深情吟唱，为社会文明进步增光添彩。他那宽厚仁慈的微笑，那随意自如的手势，犹如一个乐团的指挥家，在指挥辉煌壮丽的乐章。他的手指，就是乐团指挥的银色小棒，把与会者的思绪从白雪皑皑的高山指引到春风化雨的峡谷，又从鲜花盛开的平畴带领到汹涌澎湃的海洋，如此顺畅，如此和谐。敞开胸怀吧，尽情拥抱散文艺术的灿烂阳光！

近3个钟头的时光很快从指间悄悄滑过，没有人察觉。若不是主持者著名作家梁长峨先生说明可以向林非教授提出具体问题请教，大家还沉醉在文化大餐的细细品味之中，谁也不愿看到报告临近尾声。

提出的问题指向非常具体：关于徐迟，关于余秋雨，关于韩石山，关于新时代散文的评价，关于大散文和小散文，关于旅游散文……一切感兴趣的问题都毫不掩饰地被提出来，向老人请教。老人坦诚的回答，如小溪淙淙，很快消融了心中的冰雪。与会者频频颔首，流露出自信的笑容，显示了老人的执着追求和鼓励在听众中产生了显著的皮格马利翁效应。

　　我赶紧排队，兴奋地和林非教授合影，祈望沾上创作的"灵气"，被尊重和被爱护的真情油然而生，也暗自琢磨老人的那些发人深省的警语。

　　时至中午，北京的天空依然灰暗，寒风凛冽，枯枝摇曳，室内却是暖意融融，馨香飘逸，温润如春。心田播洒过一场绵绵春雨，孕育无声，新芽从沃土中渐渐萌动。

　　我曾默默读书，静静思考，潜心摸索写作的技巧，竭力展示跌宕起伏的人生。沉淀多年情感宣泄无遗后，我静下心来，徐徐敲击键盘。那些蕴含自己浓厚情愫的文字，传到众多朋友手里，终于赢得了认可。老人的教诲于我何等亲切！

　　林非先生卓尔不群，一生以不遗余力的勇气到达世人攀登的最高台阶，极大增强了我们坚定创作道路的信心和勇气。初识林非，听完老人一番教诲，豁然顿悟，写散文如同谱曲，缺乏真情，无论旋律多么华丽，那歌曲是决然无法在听众中传唱开去的。

邮局偶遇

当今，多元的信息交流平台给人们提供诸多方便，电话、短信、微信、电子邮件等早就取代了信函霸主地位。寄信的事，在生活中稀少了。因为朋友索要一份纸质资料，电子邮件无法取代，我只好仓促走进邮局。

"请给我一枚平信的邮票。"我给柜台前的工作人员递去相应的邮资。

接到邮票，我正在书写地址，完成寄信前最后一道程序。

"同志，我想向雅安灾区捐款，该怎么办？"一个洪亮男中音陡然传进我的耳朵。

在"先生""女士"充斥社会交往各个角落的今天，偶然听到"同志"这个几十年前交往中非常普遍的称呼，实属罕见，算是凤毛麟角了，甚为亲切！

我下意识抬头一瞥，此人个子不高，四十来岁，身材敦实，一个强悍的中年男子形象，头上戴着安全帽，帽上的灰尘还没来得及抖掉，额头汗渍明显，还冒着热汗，公司深蓝色的工作服也没有来得及换下。哦，那次我在西外一建筑工地上，看到一群农民工不也是穿的这身ＸＸ公司的工作服吗？在倡导与国际接轨的今天，与人的交往中，他还依旧使用昔日称呼频率极高的词语，窥见其拙朴善良的秉性。

"是这样的——"他直截了当向邮局工作人员说明自己的来意，"中心广场那里设有捐款箱。我本想去离我们工地最近的中心广场，给遭受'4·20地震'的雅安灾区捐款，工地一下班，还来不及换衣服，赶到广场，可惜他们把捐款箱收走了，所以，只好赶到你们邮局来。"

他一边说，还一边用粗壮手指比比划划，就像用砖刀在娴熟摆弄砖块一样，我此刻猜到了他的身份，一个在城里打拼多年的农民工。

邮局的工作人员向中年男子介绍了具体的操作方法。

"那你愿捐多少呢？"

"500元，一点爱心。"

"你有亲戚在雅安市吗？"

"没有，就按你们的要求填写吧。"

邮局工作人员告诉他，像这种个人方式的捐助，电脑自动生成受捐对象，邮局也不收邮资。

"那就给你寄到宝山县好了。"

"不，同志，"我一改过去的习惯，学着中年男子的口吻，纠正了邮局工作人员的疏忽，"应该改为宝兴才对，雅安市没有宝山县。"

"对，应该是宝兴县，感谢这位老师。"

柜台工作人员很快操作完毕，打印出一张三联收据递给中年男子。中年男子笑着给我看了看，捐款是寄给宝兴县第一小学一年级第89号至93号学生，两男三女，每个人可以收到捐款100元。

"收款人收到后，会给你寄出收据的。请你在汇款单上签名。"

这时，我才看见收据上留下的签名：渠县，李季林。字迹笨拙，却很有力。

手续办妥，中年男子随同我一道走出邮局大门。

我同他并肩前行，好奇地打听："你是干什么工作的？可以告诉我吗？"

"修房子的，就在西外。"

"是公司动员你捐款的吗？"

"不。我看到电视节目，知道雅安遭灾了，没多想，向他们献一点爱心吧！捐款嘛，我是这样想的，假如我们这里受了灾，还不是同样希望其他地方的朋友也伸出援手，将心比心嘛！"

将心比心，多好的换位思考，多么富有爱心的农民兄弟！

从笨拙的字迹来看，估计这个农民工的文化水平不是很高。他的家在渠县，我知道，那是个国家级贫困县，早先就以贫穷出名——"稀饭县"。世人调侃，全县统一行动，在飞机上都能听到渠县人喝稀饭的声音。现在很多农民外出打工，他来达州市打工，表明他需要挣钱，养家糊口是男人的责任。此时，却把钱看得很轻。也许，他家曾经有过受灾的经历，才懂得受灾人的期盼。他也无法面对面接触那些接受捐款的儿童，却想得很远，想得很宽，就一个心眼，一方有难，八方支援，咱中国老百姓就是一家人。他下班后从西外建筑之地赶到邮局，要过一段很长的街道。那里正在改装天然气管道，道路拥堵，公交停运。说不定徒步了好一阵子，他满脸热汗便是赶路的明证。他向灾区捐款，无需向公司领导请假，同事也未必知道，当然不可能得到领导和同事的称赞。一个人的灵魂要用什么来烘托出彩吗？不需要。他没有显赫地位炫耀，没有振聋发聩的宣言，更没有期待任何方式的回报，比起那些在集会上慷慨陈词拼命煽情的说客，他太平凡不过了，就像工地上的一块砖，一捧沙子。

与他短暂的交往，就仅仅三五分钟，我却仰视到一个农民淳朴敦厚的人品。他无意识中给我上了生动的一课——大爱无疆。

"对不起，我不知道该怎么称呼你——不能和你多聊，我吃完晚饭，就马上准备上夜班了。"

他和我颔首告别，大步流星走向前方，深蓝色工作服瞬间消失在来往的人流中。

快乐的邂逅之后，我们恐怕难以重逢。我再次听他讲述自己人生辛劳和快乐，估计不大可能了。我相信，这样的好人，他会在别的地方，别的时间，再度延续自己新的感人的故事。

念黄瑞碧老师

我的家距胜利街小学很近，到十字街南拐，不多远便是学校大门。

20世纪50年代初，我在那里上幼稚园，读了3年，直升小学一年级。教我们一年级的是位女老师，脸庞宽大，鼻孔朝上，嘴唇厚实，说话瓮声瓮气，像敲破钟一样，上课喜欢动手教训学生。看她那副凶相，我们背后悄悄给她起了浑名儿——"母老虎"。她一上课，必带厚楠竹片制成的戒尺，一物两用，一指点生字，二惩罚学生。这个老师给我们一年级学生颁布了不少"规矩"，令众人恐惧丛生：上课迟到，要罚；上课耍小玩意，要罚；作业当天不交，要罚；课后吵嘴打闹，要罚……她性情狷急而暴烈，说话咄咄逼人，我们这些小孩子如老鼠见猫，觳觫低头，谁都怕她那张马脸。上课钟敲响一阵，她慢慢踱进教室，登上讲台，第一要务就是履行自己职责，眼睛滴溜溜地转个不停，有时走下讲台，提着戒尺在教室大摆鹅步，一旦发现"情况"，当面兑现惩罚。她那双鹰隼般的眼睛逼视某处，少不了有人又要遭殃。她令学生立正站直，伸出手掌"挨手板"，硬说"好事必定成双"：左手5个，右手5个。被呵斥的学生只得极不情愿地站立起来。小孩子细皮嫩肉的，戒尺挥下，痛得不禁身子一惊，扭过头去，牙齿咬得"咯咯"直响，只是强忍着泪水，没有流出来，大有威武不能屈的少年英雄气概。转身一看，手掌留下几道深深的红痕。

那些吃了几回"竹笋炒肉"的顽劣学生，愤懑不平，也会暗施小计，故意给老师造成直接损失。几个人私下合计，专把毛笔饱蘸墨汁，横放在桌面上，将笔锋伸出桌沿，让老师衣服"自动"

来回横抹墨污。四周同学目睹诡计得逞，暗中掩嘴发笑，没敢出声，却笑得非常快活。

我曾迟到一两次，也受过戒笞之罚，自然不敢顶撞老师。一年级还没读完，直嚷母亲把我转学到大西门的竹师附小，哪怕是上学多走一些路程，多爬一段长坡，也心甘情愿——一想到那厚厚的戒尺，心里便发怵。

一年级下学期，我转入竹师附小。第一天坐在明亮的教室里，等候不久，一位三十多岁的女老师出现在眼前：她齐耳的短发，面颊清瘦而白皙，眼睛炯炯有神，阴丹士林蓝的列宁服衬托出雪白的衬衣，显得干练而富有活力。女老师走上讲台，面对我们颔首微笑，环视全班同学。我悄悄侧耳问同桌："她是谁？"同桌回答："黄老师。"

"新学期开始了，班上来了一位新同学，大家要团结友爱，互相帮助，不能欺生哦。我们一起鼓掌欢迎他。"黄老师的话刚一落音，我的脸"唰"一下就红了，慌忙站起来，向老师和同学们深深鞠了一躬。黄老师说话轻声细语，听起来像百灵鸟一样动听，与早先那老师训斥恐吓的口吻迥然相异，给我留下极好的第一印象。

黄老师教语文，上课只带上书本和粉笔，从不带戒尺，我惧怕的心理瞬间释然，再也不担心上课遭受戒笞之罚了。

记得，第一课是"来来来，大家来上学。好好好，我们大家来上学。"黄老师领读后，叫大家跟她一起读。我们便跟着老师高声朗读起来，儿遍之后，能勉强读下来了。

独到的地方是教认生字。黄老师总要把课文中生字全都写在黑板上，教读数遍，要学生依次站立起来，逐一过关。那时学校还没有推行汉语拼音，识字就靠死记硬背。黄老师深知读书写汉字的肯綮，讲话和颜悦色的，她一笑，白皙的面容还露出浅浅酒窝。她告诫我们，要记得认字的技巧，注意偏旁部首，牢记读音和字义，不能自作聪明，只认半边。她一次又一次重复，却无半点厌烦怒气和埋怨的口吻。

　　课文中，"来来来，大家来上学"中，这没有简化的"来"字，是这番模样——"來"。"學"更是稀奇古怪，笔画复杂，叠床架屋，五六岁的小学生看得一头雾水，笔画繁多的汉字，如同缩成一团的"刺猬"，不知何处下笔。黄老师都要一一释疑，先是哪一横，后是哪一竖。她比比划划，笑嘻嘻地告诉大家："写一个字，就是修一座小房子，横要平，竖要直，撇向左倾，捺向右斜，每一笔的位置要恰当，这样修成的房子才牢固，写出来的字才漂亮。"说完，黄老师默默凝望我们，微微侧耳倾听。同学们听明白了，个个都眉开眼笑。

　　教读生字后，每节课都要我们学习写字。黄老师善用譬喻，说字好比人的脸，谁愿意把脸弄脏，变成一个难看的花猫猫，无脸见人呢？小学生习书临帖，用毛笔练大字最好，切忌三天打鱼，两天晒网。大家不住点头，台下一片"嗯嗯"应答。接着，黄老师走下讲台，逐个检查。发现同学舒纸搦管姿势不对，她还弯下腰来，握住同学们的小手逐一纠正，直到同学们知道正确握笔写字为止。

　　我家贫穷，没钱买描红簿，更无法买字帖，黄老师把大字笔画"解剖"在黑板上，我们便一目了然。写完大字，按时上交批改。黄老师十分细心，在大字本上从不简单写上时间和一个"阅"字就了结。她逐页细看，在写得漂亮的字迹旁，画上一个大大的红圈（我们俗称"吃蛋"），肯定其优秀，末尾，还要注明本次作业收获几个红圈。作业本发下来，我们急着数着吃了几个"蛋"，还相互打听。哪天吃"蛋"多，那一整天心里都是乐滋滋的。

　　我的大字本上，开初"零蛋"，后来"吃蛋"逐渐多了起来，这种转变激起我写字的兴趣，每天坚持携毛笔和墨砚上学。学校下发的专用大字本写罄，我就买回一叠便宜的毛边纸，剪裁后用衣针装订成册，手绘一张九宫格，夹在其中，权作写字的大字本。这样特殊的大字本交上去，黄老师倒夸我从小懂得勤俭节约，是个好孩子。我不怕旁人笑话，说使用"土本子"丢丑，只是暗自用功，仔细琢磨笔画结构，走路都用手指在手掌上比比画画，后来写字果然有所进步。

发现我稍有长进，黄老师当然高兴，周日专门家访，对我母亲说："伯母，你的孩子学习用功，进步很大，要多多鼓励他。"母亲生活在社会最底层，劳累穷困，常被人另眼相看。第一次听见有人尊称她"伯母"，她人格受到未曾有过的敬重，十分欣慰，一再告诫我应多听黄老师的话，继续努力，报答老师培育之恩。

一年级的班级，时有"欺生""欺穷"的恶习滋生。我初来乍到，对校内情况完全陌生。雨天没有胶鞋，穿一双"爪鞋"，走路"叮叮"作响，惹得一群小调皮嘲笑。他们自恃家境殷实，穿戴漂亮，聪明过人，懂得仰俯有道，专门欺侮我这个挎破书包，穿补丁衣服的转学生，天天拿我瘦弱矮小的身材"开涮"，起一堆难听的外号，甚至惹是生非，以搞恶作剧为乐。一次下课后，几个同学趁"挤油渣"之机，故意推推搡搡，将两条蚯蚓放进我的脖子里。他们为自己精心策划和巧妙配合，拊掌大笑，自鸣得意，高呼"成功了，成功了"，我却吓得号啕大哭。

黄老师正巧路过，瞥见闹剧上演，狠狠批评那帮招惹是非的同学。她把我带到办公室，掏出手绢，给我擦拭眼泪。黄老师这个超级亲昵的举动，化解了我号啕大哭的悲鸣。她伸出胳膊，从我左肩绕过脖颈，搂住我的右肩头，轻轻叮咛："千万别把这种无聊的小事放在心上。从小专心读书，争取进步，将来长大为国家建设出力，那才算真正能干。"我频频点头，哭泣渐渐停息下来。抹去眼泪，仿佛闻到，黄老师手绢有淡淡幽香留在脸上，再用手指轻轻摸了脸庞，凑在鼻子前嗅嗅，果真一丝香气飘浮。心灵美丽的黄老师连手绢都散发着诱人的馨香，当时我未用过手绢，倍觉新奇。黄老师深沉的爱，如春风化雨，无声地飘洒在我的心田。

从此，我便向母亲提出早起上学的请求，得到允诺。每天7点过，斜挎书包，心无旁骛，行疾如风。街上那几家泡粑店升腾的香甜气味，也无法阻止我放慢脚步。穿城门口，过大石桥，一鼓作气爬上真武阁长坡，几次深呼吸，才缓过气来。我记住黄老师在办公室的叮嘱，虽不是清洁值日，照样匆匆赶到教室，放下书包，拾起扫帚就清扫教室外面空地，一直坚持很久。黄老师见我勤快主动，读书写字毫不马虎，在班上当众夸奖我。听到黄老师的表扬，我的内心有股力量像泉水一样不断喷涌。

5月，芳草遍地，凤仙花娇艳绽放，小燕雀飞来飞去，校园依然荡漾着春天的气息。一个下午，真没想到，教语文的黄老师带我们到音乐室，弹起风琴，教大家唱《中国少年先锋队队歌》：

> 我们新中国的少年，
> 我们新少年的先锋，
> 团结起来继承着我们的父兄，
> 不怕艰难，不怕担子重，
> 为了新中国的建设而奋斗，
> 学习伟大的领袖毛泽东……

自然，多才多艺的黄老师在我们心目中更加崇高。

六一儿童节那天，全校学生集中在大操场，举行隆重的入队宣誓典礼。队旗迎风飘扬，鼓乐齐鸣震天，全校学生高唱少年先锋队队歌。歌声虽不整齐，大家却唱得非常卖力，如海涛声响彻在操场上空。我光荣地加入了少先队，是黄老师给我系上鲜艳的红领巾，格外兴奋，感激的话卡住喉头，怎么也吐不出来。我第一次高举右手，向黄老师恭恭敬敬地行了队礼。黄老师亲昵地看着我，点点头，欣然地笑了。

读完四年级，黄老师突然调走了，调到很远很远长江边上的长寿县去了，据说是因为出身不好。我年幼无知，不懂这出身不好的老师为啥教我们也这样好，还要调走，百思不得其解。第一直觉是从此以后，再不能在黄老师身边求学了，永远失去一位像妈妈一样心地善良，疼爱自己的启蒙老师。

　　后来，我也当上了老师。黄老师教育中的点点滴滴，像种子在我心中渐渐萌发，生长起来。

　　我们几个当年的小学生，一提起她的名字，感到启蒙时期十分幸运，也哀叹人生幸福残缺不全，她为啥不把我们送至毕业呢？

　　几十年岁月随风飘散，不知黄老师还在人世间不？我们再也无法与她见面了。一位同学得知我们深切念想情结，不知从哪里弄到一张翻拍的照片，专门邮寄给我。轻轻地摩挲照片上黄老师的甜美笑容，我的眼眶湿润起来……

　　真善美凝成的不朽师魂，必定散发出无穷魅力，丰盈学子心智，激励后辈砥砺前行。

也像过节

拙文《初识林非》是我在 2013 年初写就的，一直存放于电脑硬盘内，锁在春闺人未识。很多年来，我业已养成习惯，低调生活，如要笔耕，总要反复阅读修改才会寄出，如同给人制作一份小吃必须美味可口。字句不细细斟酌，那是绝不让人阅读的，因为害怕耽误别人宝贵的时间。这样，尘封于陋室，时时在键盘上敲敲打打，反复推敲，直到自我满意才保存下来。

"孤芳自赏雕虫老，兴尽尘封故纸楼。"朋友得知我有"尘封"这个习惯，多次嬉笑我不必这样"冷落"文字，早该把文章放在网上，晒晒太阳。我最怕被香风迷雾熏得头昏脑涨，辨不清方向。许多好友坦言，如不对文章指指点点，讲一些真心话，单是抛洒廉价动听的夸耀，如与"表扬与自我表扬相结合"的世风同出一辙，等于"捧杀"。这对于一个需要学习需要汲取营养的人来说，是没有多少好处的。

我终于把《初识林非》放到了网上，引来诸多网友议论，其中一则建议，引起我的注意：此文呈送给林非先生没有？听听林非先生的高见，如何？这倒是一个很贴切的建议。

我认识林非先生很晚，他在中国文坛上是极有分量的大师级人物，他很忙，且年事已高，会来得及过问我这个无名之辈吗？我辗转多处，找来先生的通信地址（听说先生不熟悉电脑，只好将文章打印成纸质文本），把拙文寄出去。担心唐突的举动会引发先生不安，我附上 2012 年 11 月在京城银都宾馆与先生的合影，以表明"学生"身份的真实性。2014 年 10 月中旬，冒昧寄往先生住处。竟没想到，27 日便收到林非先生回信。回信不长，兹全文抄录如下。

　　显银先生：

　　　　拜读华翰，欣喜不止，犹如度过一个欢快的节日。

　　　　您的文字很美，含诗意，含哲理，这是自己气质，加上几十载刻苦锤炼，让人读后受到很大的感染与启发。

　　　　盼您多写些散文，于各种渠道发表出来，当可于提高自己的境界中，提高人们的水准。

　　　　我因精力下降，近来写得很少，却依旧读各种美好的文字。

　　　　肖凤比我努力，撰写和发表了不少新作，她嘱我向您问好。

　　　　匆此顺颂

　　　　阖府安康并创作丰收

　　　　　　　　　　　　　　　　　林非　10 月 25 日

　　信中，先生还附来一张照片，估计是用早先的"傻瓜"相机所拍，上面注明拍摄的时日，照片上先生精神饱满，慈祥可亲。我想，先生回赠自己的照片，可理解为对我的信任吧。

　　一个早已超龄的陌生学生（仅当面聆听先生讲课一次，"学生"的身份未必够格，只能说十分勉强），单凭一纸信函，先生便很快作答，信中言辞之恳切，感受之真挚，指点之精准，是我万万没料到的！

　　读了我的文章，先生感到十分兴奋，"犹如度过一个欢快的节日"，能给这位智慧老人的平静生活送去一点欢愉，那更是我万万没有想到的。陡然间，先生在北京银都宾馆给我们讲学时那和蔼可亲的笑容，浮现于眼前；那流水淙淙般演讲的声音，回响在耳畔。

　　先生说我文章中"文字很美，含诗意，含哲理"，实则是抬爱，是鼓励，是指出的前行方向，先生的评价，令我汗颜。我明白，自己真正接触散文的时间不长，也仅仅是兴趣使然，热爱文学，学习写作散文仅仅是开始而已。斟酌文字的本事，不单是一个词，而是词与词，句与句，甚至段与段之间的关联，形成相互照应，顾盼有情，并非易事。先生留下的墨宝，或曰大师的嘱托，是一种特别的关爱。这样的嘱托，不只是对个体，也是对一代追求文学理想的青年人、中年人甚至像我这样的老学生的期盼。散文易学而难工，门槛很低，但要写好，并非朝夕所致。这倒是一条千真万确的规律。

在北京听林非先生讲散文写作，时间不长，仅两个多小时，印象却极深。我很赞成先生提出的散文要有真情。没有真情实感的文章，无论文字多么华丽，使用多少修辞手法，犹如一块没有生命的石头，无论怎样敲打，也开不出一朵花来。回忆前些年我比较满意的作品，如《醉人的醪糟》《镌刻在心中的书》《冷二两》《西门三绝》和《初识林非》等，既有扎实生活的体验，又融入个人独特思考，读后让人有身临其境之感，得到潜移默化感受（不敢说"教育"二字）。散文最大的敌人是虚伪和作态。卖弄文字就是亵渎读者的情感，糟蹋读者的灵魂。所以，牢记先生的金玉良言，努力写真情，说真话，在我的习作中常常奉为圭臬，那些无病呻吟招蜂引蝶的文字，打死我都不肯写出来。

在铺陈文字时，我比较注意行文的干净含蓄，尽力写得优美一些，情感浓烈一些，有时，还用一些诗化的语言，以唤醒读者心中的共鸣。文中一点小小的尝试，先生都充分肯定，细微之处窥见先生育人之热诚和精细。散文和诗歌，仿佛就是一对孪生的姐妹，从其中一种文体中，往往会捕捉到另一种文体的影子。在我的散文中，多少都显示出青年时代追求诗歌韵味和情愫的痕迹，这也许印证我早年爱好文学就是从吟唱诗歌起步的缘由吧！

发给林非先生的短文，严格说来，还只是一段感悟，有些地方没有拓展开来。一件事物，一个人物，在行文中写出自己的感受，自然会赢得读者认可。如能从哲学的高度去开掘，拓展思维的空间，更会产生不同凡响的效果，打开科学认知世界的门扉，给人以行动的启迪，"当可于提高自己的境界中，提高人们的水准。"先生寄希望于我，努力提高文章的美学价值和教育作用，我想，这应是文学作品给读者以正能量的社会价值所在。

先生还以自己多年写作经验告诫我，"多写些散文，于各种渠道发表出来"，我以为，正切中我的弊端。文章要多写，把文学大师的写作技巧学到手，唯一的途径就是丰富写作实践锻炼。写好的文章，束之高阁，尘封于历史仓库，等于废纸一叠。先生还代其夫人肖凤教授向一个陌生的学生问好，缩短了我和先生的心理距离，备感亲切。

后来，我又寄去几篇文稿，请先生指点迷津，先生细细阅读，多有鼓励，也指出其中缺点。我注意到，每次回信中，一个长者对一个学生称谓，使用的全是"您"，而不是"你"，一个小小的发现，让我窥视到一位散文大师虚怀若谷的胸襟和谦逊平和的美德。桃李不言，下自成蹊，先生的行为已经给我做出了榜样。高山仰止，景行行止。这是当今许多年轻人需要认真补习的重要一课。什么叫文明的传承，什么叫人格的魅力，什么叫社会良知，一纸普通素笺，其美好心灵足以毕现纤毫啊。后来，本打算向先生请教，一想到我的孟浪行动可能会打破一个耄耋老人晚年的平静生活，影响先生的健康，这个奢望就不敢付诸实践了，不过，先生这些写作箴言，像路标一样牢牢矗立在文学的道路上，永远指引我前行。

秋日阳光颇有甜蜜味道。窗外一排银杏满身金黄，不与葱翠而争荣，不因落叶而伤悲，在阵阵秋风中，轻轻唱着心中的歌，孕育着来年新的希冀。

再度端详先生慈祥的面容，品味先生的教诲，抚摸平和温润的文字款款的脉动，我望见天边的红云，充满了生命的活力。同先生一样，完全被幸福愉悦的情感簇拥着，在平常的生活中，度过了又一个格外的欢快的节日。

生命激情如花绽放

> 我们的激情是真正的凤凰。老凤凰一旦焚化，新的凤凰立即又从灰烬里现身出来。
>
> ——歌德

丁酉初春，惊蛰刚过，海棠吐艳，樱桃花开，四川大学望江校区内，春风中绿树掀动层层浪卷，送来浓浓的春意。轻轻叩响门扉，走出来的正是他，一位在省内外颇负盛名的翻译家、四川大学德语教授罗悌伦先生。喜出望外的相见，我们分外亲热。我说明来意，罗先生立即放下手中的"活计"——《莫扎特》译稿，沏上香浓的花茶，与我攀谈起来。

自从静静跨入德语译界50年以来，这看似平凡的人生，在罗悌伦的银色指挥小棒下，跌宕起伏，弦歌不断，演绎出精彩而动人的华章。

缙云谛听，悄悄小试快乐的小步舞曲

罗悌伦在温江中学读书时喜欢外语，挚爱数学天文，1962年，阴差阳错考入四川外语学院俄语系。他学习基础扎实，颇具天赋，每次考试，成绩都在班上名列前茅，这与他学习委员的头衔非常吻合。

罗悌伦有个好习惯，几乎每天要用俄语记笔记，这是同班同学难以效仿的学法。长期的俄语训练，也让他逐渐养成用外语思维的学习方式。一次上语言学引论课时，他用俄语记笔记的异样动作，偶然被时任教务主任的群懿教授逮住了，罗悌伦心里七上八下，担心必挨一顿批评。此时，懂得多门外语的群懿教授没有吱声，只是颔首微笑。第二次上课，群懿主任把抄了整整两页俄语版语言学引论的名词术语，送给罗悌伦。那是群懿教授的特殊首肯和支持，罗悌伦没有料到，一个劲地说，谢谢群主任。临近考试，群懿主任上课宣布，语言学引论可笔试，也可口试，不少学生对口试十分茫然，全年级报名口试的2人，罗悌伦就在其中，且成绩是"优"。喜出望外的成功给罗悌伦学习外语增添了更大的勇气。

罗悌伦不满足于每次俄语实践课考试得5分的成绩，他有"吃不饱"的感觉，开始自学高等数学，期望在俄语和高等数学结合点上有一点突破。年级主任发现罗悌伦的怪异行为，狠狠"修理"一通，收走了数学教材。罗悌伦深信培根那句名言，知识就是力量，短暂彷徨后，眼光又盯住另一个新的目标。

学法语，始发颤音，无论怎么摆布，小舌都按兵不动，只好放弃。

在图书馆里看书，仰望马克思和列宁的画像，他突发奇想：我学了列宁使用的俄语，再学马克思使用的德语，那不就能更好地学习马列主义了吗？近乎天方夜谭的幻想居然成就了罗悌伦后来多彩的人生。

1963年初，罗悌伦好不容易买到俄文版的德语教材，那是苏联大学生学习德语的入门级读物，如获至宝，正适合他的需要。在学俄语基础上自学德语，用两种外语交叉思维，既弄懂了俄语，又学习了德语，何乐而不为？后又买来工具书《德汉大辞典》，有默默无言的老师在手，罗悌伦踌躇满志，以一个苏联大学生的角色，开始啃德语教材了。

前车之鉴阴影萦绕心头，开初，他在户外空旷的操场偷偷看书，还得左顾右盼。一段时间后，发现安然无恙，便把学习地点迁至寝室。好心人规劝他，别耽误了俄语专业，罗悌伦没过多解释，用微笑回答了同学的关切。周围没有人"告密"，罗悌伦胆子越来越大，干脆把学习地点转移到教室，从秘密走向公开。下午课后，松林坡下，三花石旁，常常留下他自学的身影。他学习既自由，又认真。每学完一个单元，罗悌伦会自我检查，写生词，做练习，背课文，对照答案打分。他非常想去德语专业的教室，旁听老师"高地德语"的标准语音，终究不敢迈出双脚。因为，没有经老师和领导特许，那间教室不属于他。

到了二年级，一次全院学生大会上，他自学德语的"逾矩"行为遭到领导不点名批评。罗悌伦横竖一想，俄语课成绩没有落下，有理由拒绝接受"不安心专业学习"的批评，依然暗度陈仓，在学习俄语和德语的急流中划水前行，像他——川外游泳队队长，每天带游泳队队员，去北温泉泳池游泳一样，沿着既定的方向，风雨无阻。

罗悌伦学习德语，没采用通常的翻译法，而采用外语思维方式，丢掉了汉语这根"拐棍"，减少了母语对外语的干扰。俄语实践课的老师看见罗悌伦成绩一直非常优秀，对这个怪异学生没有过多干预，也就"睁一只眼，闭一只眼"了。

尽管如此，他自学德语，还是十分低调，担心招惹是非。但一翻开德语教材，心里顿时充满了愉悦和激动。两种外语的和谐交融，在脑海里不断轻轻碰撞，发出动听乐音，如同弹奏欢快的小步舞曲。1965年下学期，即将获得俄语专业毕业文凭的罗悌伦，已经自学完4本教材。3年多辛勤耕耘，终于赢来并蒂花开。

横跨欧亚，尽情演绎喜悦与欢乐的瑰丽乐章

1968年，他毕业后分配到灌县（都江堰市前称），当过县委书记的秘书，也做过公社初中的教师，教过与专业毫无相关的英语、数学、体育。不过，无论做什么工作，他都惦记着心中的"情人"，夜深人静，总要与德语教材耳鬓厮磨一番，才会安心入睡。

命运总是特别眷顾有准备的人。1978年恢复高考，中国几千万青年期盼求学报国的时候到了。爱好体育锻炼的罗悌伦，想到乒乓名将容国团那句警言，"此时不搏，更待何时"，果断报

考了北京大学西语系德语语言文学研究生班。笔试在灌县，顺利过关。面试，在北京大学。引人注目的是，主考官华籍德人赵林克悌教授与罗悌伦有一段简短的对话：

"你为啥要选德语？"

"我是中国人，原先学俄语，后来自学德语。毛主席讲的语言，我会；列宁讲的语言，我会；马克思讲的语言，我基本会，只想争取德语学习有较大的提升。"

听到这段内心坦诚的回答，赵林克悌教授深深为之感动。

赵老师对这个自学成才的研究生特别青睐，周末把他请到自己家里，单独辅导，悉心调教，罗悌伦模仿标准"高地德语"语音的凤愿实现了，这激起他胸中浪花翻卷。

经过两年半研究生学习，1980 年 12 月顺利毕业，罗悌伦分配到成都科技大学（后与四川大学合并），担任本科生和研究生公共德语教学。良禽择木而栖。罗悌伦有更多机会接触大量外文资料，在书海中随意巡游，眼界迅速大开，教学之余开始涉猎译界。

一次偶然机会，罗悌伦看到法国著名作家罗热·勒·沙日的中篇小说《万影皆因月》，其人性描写十分感人。小说讲述美国空军上校海蒙斯为了不使战争灾难重演，坚定地把那架运载核裂变物质的珍妮号飞机故意坠毁在大西洋，他自己也葬身大海。罗悌伦在教学中挤出点滴时间，花了整整两个月，终于拿下这个 4 万字从法文转译成俄文的中篇小说，并在 1988 年 2 月《名作欣赏》精彩亮相。

一炮走红，罗悌伦信心大增，依稀看到远方的亮光，对未来翻译充满了信心。

北京的三联书店打算出版《接受美学译文集》，这是现代西方学术文库中一本"硬骨头"，其中有不少冷僻的拉丁文，让不少译者望而却步，不敢接招。出版社向罗悌伦挥动橄榄枝，他没有犹豫，欣然接受新的挑战。其实，罗悌伦也没学过拉丁文，翻译中，完全靠顽强毅力自学拉丁文，制服了"拦路虎"，他以极其严肃认真的科学态度翻译某些词语时，要查阅多种字典进行比较，尽量揭示作者真实写作意图，三易其稿，终于得以于1989年出版。

布莱希特是德国著名的戏剧理论家，他创立的戏剧表演体系与斯坦尼斯拉夫斯基体系、梅兰芳体系构成为世界戏剧三大表演体系。罗悌伦知道布氏理论体系的分量，怀着对享有世界声誉戏剧大师布莱希特崇敬之情，翻译了《布莱希特》这部传记文学，向中国读者系统介绍这位伟大戏剧理论家光辉的一生，1992年由中国社会科学出版社隆重推出。尤为精彩的是，对其中形式多样的诗歌，罗悌伦根据作者所处的环境和心态，考虑到中国读者的欣赏习惯，恰当选用七言古诗和现代诗的不同风格的译法，如同古人吟安一个字，捻断数茎须，大胆而认真的举措获得了出版社的称赞。

罗悌伦翻译的触角越伸越广。在学校图书馆淘金时，罗悌伦发现一本《审美感知心理学》，怦然心动，认为这是一本非常适合中国国情的优秀读物。他贸然向该书的德意志出版社发去一封信，请其转交作者本人。出版社把信函及时转给了作者瓦尔特·舒里安，这位热心的德国明斯特大学教授没让罗悌伦失望，立刻把书寄出。罗悌伦很快译完，1992年在广西桂林漓江出版社顺利出版。该书在四川心理学会引起一片轰动。心理学界的朋友们盛赞读后视野大开，委托罗悌伦邀请作者舒里安教授来川访问时，与四川心理学同行进行广泛学术交流。

一本好书，搭建起两国学者交往的桥梁；一段真情，伴随挚友幸福终生。罗悌伦怎么也没想到，舒里安教授竟成为他翻译生涯中的引路人。舒里安应邀先后到四川大学和广西桂林访问，罗悌伦担任翻译，全程陪同。两个异国朋友都有相见恨晚的感觉，在宾馆常常交谈至深夜才肯休息。舒里安在成都遇上知音，心潮滚滚难平，答应把自己优秀著作送给这位中国翻译家。罗悌伦也把承诺变成了现实，陆续翻译出版了舒里安的多部著述。

　　1997 年，罗悌伦应邀第三次访问德国，舒里安向他介绍了另一位奥地利艺术大师尔德里克，这位雕塑大家反战题材的巨型雕塑作品耸立于维也纳广场，成为各国游客瞻仰的对象。他的《人世漫画》也被罗悌伦介绍到中国，专门介绍尔德里克创作风格的画册《A·尔德里克·创作展·1998·中国》也很快在成都面世。奥地利的《中国报导》1996 年第 125—126 期专门刊载了罗悌伦用德文写就的文章《A·尔德里克及其艺术》。在距奥地利千山万水之外的四川，罗悌伦给中国读者开启了一扇西方艺术之门。

　　围棋，是中国的国粹，1200 多年前传入日本，后又转至欧洲。欧洲人按日文译音，把围棋称为"果"，并在对弈中植入日本术语，这让很多拥有爱国情怀的中国人深感纠结。

　　罗悌伦爱好围棋，他早就萌发一种意识，要把被日本人搅浑了的围棋来一番正名，把中国围棋文化推广到欧洲更加广阔的天地。1990 年，奥地利林茨市围棋俱乐部主任斯泰宁格先生来成都访问，恰逢罗悌伦当翻译，话题聊到围棋，相谈甚欢。二人达成共识：罗悌伦负责《围棋》一书的撰写，斯泰宁格先生负责在德国联系筹资、出版社事宜，并邀请罗悌伦访问奥地利和德国，顺道访问苏联。罗悌伦仅是一位业余棋手，无显赫的段位，也无任何影响力，只好向中国围棋协会求助。没料到陈祖德主席对这个无名小卒格外支持，很快寄来自己签署的业余五段段位证书，并题赠墨宝："四海传友谊，手谈论人生"，勉励罗悌伦为传播围棋文化而努力。1991 年 8 月，罗悌伦出访苏联、奥地利和德国，在苏联访问了喀山和圣彼得堡，以"围棋"为题作俄语报告 2 次，苏方嘱托罗悌伦把报告文稿留下，待机刊出。不幸数月后苏联解体，罗悌伦与苏方的联系被迫中断。

　　罗悌伦到达奥地利，在维也纳与斯泰宁格先生相会，参观访问奥地利和德国的围棋协会，每到一处，总是不厌其烦地介绍中国围棋文化。

　　显然，一个月的短暂宣传不能消除日本人制造的某种假象和偏见，罗悌伦决心用铁的事实回击那些颠倒黑白的人。回国后花去整整三个春秋，用德文写成的《围棋》一书，后经醉心于中奥文化交流的奥地利维也纳市学术委员会主任埃哈尔特教授的多方努力，2002 年终于在维也纳彼得·朗出版社出版。出版社破例邀请罗悌伦参加首发式，并安排在奥地利作数场学术报告。这是奥地利朋友对外国人在奥出书的首次特殊礼遇，也是对中国传统文化出自内心的"热捧"和宣传。

得知罗悌伦要到德国进修，舒里安建议罗悌伦选择德国的康斯坦茨大学，那里设备一流，教师优秀，环境舒适，最适合进修。1997 年，罗悌伦作为高级访问学者来到这里进修。康斯坦茨是德国南部一个小城，毗邻瑞士和奥地利，该城一分为二，一半在德国，一半在瑞士，边境线就在市中心大街上。进修期间，罗悌伦接到德国、奥地利各相关组织的邀请，作学术报告多次，均受到热烈欢迎。报告间隔期，接待方邀约罗悌伦游览了不少名胜美景。他来到莱茵河上游时，满眼青山绿草，碧波荡漾，蓝天白云，到处弥漫着清新空气。随行朋友告诉他，政府向市民公开承诺，河水是可以直接饮用的。罗悌伦对这里的环保感到十分惊讶，心想，如果我们祖国大江大河里的水能有这样洁净，那是多么惬意和幸福啊！

鉴于罗悌伦是康斯坦茨大学学会会员，他每年要花钱选购一些国内优秀的经典图书送给该大学，诸如《东周列国志》《先秦诸子与中国文学》《本草纲目》《聊斋志异》《中国姓氏》《唐诗鉴赏辞典》《国学经典诗词曲赋》《古文观止》等，而且每次都细心地把书名译成德文，希望有朝一日能在那里开设中文专业，传播中国文化。他用这种特殊方式缴纳了 10 多年的"会费"。2015 年，四川人民出版社委托罗悌伦从该社出版的优秀图书中精选出 17 本，作为文化交流，馈赠康斯坦茨大学。遗憾的是，康斯坦茨大学图书馆负责人 P·瓦格纳博士退休，继承者未能妥善料理这桩好事，图书两次邮去，都被海关退回，康斯坦茨大学至今都没有得到这批中国传统文化的精品，令人十分遗憾。这说明，中国文化要走向全世界，需要我们一代又一代的文化人付出极大的努力啊！

德国文学的鼻祖歌德的作品单行本在国内出版了许多，但系统介绍这位世界文学大师的全集，还是空白。同在四川大学工作的著名德语翻译家、德国国家功勋奖章和歌德金质奖章获得者杨武能教授，很久以来想出版 14 集的大全套《歌德文集》，填补中国文学界的空白。他很清楚，中国译界长期处于分散化、个体化和单打独斗的现状，极不利于翻译出版大型图书。为此，他遴选了国内一批德语译界精英来完成这项重任，其中就有罗悌伦。因在同一高校工作，他太熟悉罗悌伦对德语的精准理解和扎实的文学素养了。罗悌伦对一代宗师严复提出的"信达雅"翻译观，很早就有自己独特阐释：信，神态；达，形态；雅，饰态。在罗悌伦众多出版的译文中，杨武能看到了他"三态"的艺术展现，而且做得非常得体。因此，1994 年 11 月，杨武能三次登门商量，最后把体现歌德文艺思想的扛鼎之作——《歌德文集》第 12 卷的翻译重任交给罗悌伦。他不负老师期望，怀着对这位世界大师的一片虔诚，对文论字句斟酌，细琢精雕，直至满意时才交稿。《歌德文集》获得许多作家和出版人梦寐以求的最高荣誉——中国国家图书奖，自然当之无愧。

还没有细细品味成功的喜悦，罗悌伦又开始瞄准新的目标，这是他业已形成的工作习惯。《爱因斯坦全集》第 8 卷（下）是湖南科技出版社主动邀请罗悌伦翻译的。这是又一本重要著作，罗悌伦花了很大精力查找不同版本的专业词典，也希望出版社聘请物理学专家校对书稿中专业术语，力求科学准确，在摆脱许多意想不到的麻烦后，该书终于在 2009 年 5 月付梓。

罗悌伦在从事德语翻译的同时，也没有忘却俄罗斯文化，2014 年上海译林出版社出版的《肖洛霍夫学术史研究》一书中《肖洛霍夫在德国的接受和研究》长篇论文，以及《论〈静静的顿河〉》

《论〈被开垦的处女地〉》和《论〈静静顿河中的辩证矛盾〉》作为国家出版基金项目《肖洛霍夫研究文集》中的重要译文。这都是他左右开弓，用德俄两种外语翻译著述的真实见证。

2011年底，四川人民出版社接受上级部门一项重大任务：将"大中华文库"（中国古代经典著作）丛书之一的《荀子》译为德文出版。文库用多种外文出版，承担着沟通传统与现代、连接中国和世界的历史使命，是我们奉献给世界各国经典的精神盛宴，体现了当今文化自信、创新自信的大国风范。很明显，这是贯彻落实"一带一路"战略决策的重大举措，其特殊意义不言而喻。出版社向罗悌伦发出邀请，他没有片刻犹豫，欣然接受。为保证译文的质量，出版社建议他邀请德、奥多名顶级专家认真校对，严格把关。整整3年的辛劳，凝聚中、德、奥三国学者心血的中德对照书稿，如期交付。2015年，长达1000多页的《荀子》正式出版。看到这出蜚声中外的重头戏完美谢幕，出版社的朋友抑制不住内心激动，明确承诺，俟下一批指标确定，仍恳请罗悌伦再度出山。

罗悌伦是我国为数不多的优秀德语翻译家。30多年来，他发挥熟悉驾驭德语、俄语的双重语言优势，从德语文字承载的经典文学河流划桨过来，成功穿越时空隧道，翻译了40多本图书，涉及文学、哲学、心理学、美学、物理学等多个学术领域，知识面之广，翻译难度之大，最考译者功力，一般翻译家难以望其项背。德译汉和汉译德的出版作品有500万字之巨，说其著作等身，毫不夸张。更为可贵的是，其翻译的不少作品，系前沿的学术著作，受众面十分有限。在市场经济年代，这些挣不了多少钱的费力活计，他乐意一直做下去。透过数百万字的呕心力作，我们看到中国当代一位优秀知识分子孜孜不倦地探索和始终如一的良心。

罗悌伦应邀出国6次，在国外各大学和研究机构作学术报告，传播中国文化40余次，如同一位交响乐的指挥家，沿途演奏了一曲曲震撼心灵的华美乐章。在奥地利讲学，他看到阿尔卑斯山透逶延绵的雪峰，冰清玉洁，无限感慨，对同行的奥地利朋友说，中国和奥地利的文化交流，像延绵不断的雪山，世世代代传下去，是一件多么美好的事情啊！

锦江唱晚，敞开胸襟愿风儿轻轻吹

麻将，在成都的普及率恐怕系全国之最。聪明的成都人最会休闲，将144张骨牌玩到了极致。手挥五弦，目送飞鸿，静心堆码长城，是许多老人休闲的主要内容，不玩麻将的老人被笑为"另类"。

罗悌伦就属这样的另类，退休10多年了，依然与麻将无缘。他不再走进教室上课，和同学们闲聊日耳曼民族的教育和生活的趣闻。他每天上午，一如既往地坐在那间4平方米阳台改作的斗室，思维如风，驰骋在德语和汉语的广阔天地。看书困了，在那张摇椅上打个盹，一会儿又精神饱满。我真羡慕罗悌伦有如此充沛的精力，请他透露一点保持健康的秘密。

日本九段棋手赵治勋说过，他之所以能打败对手，并非棋艺如何之高超，倒是身体素质超人。罗悌伦记住了这段话的价值，把锻炼当作终生的任务。他说，锻炼得从自身实际出发。年轻时，以力量锻炼为主；中年时，宜练"道家功夫"，注意养生；老年时，肌体的零部件出现退化，唯一能减缓退化的速度的办法，是适度锻炼。罗悌伦为自己编排了一套养生操，30来分钟就搞定，很管用。每到傍晚，完成当天既定的任务，沿锦江河畔散步，遥望天边如血的晚霞，敞开胸襟，让晚风徐徐吹拂，那是一天中最为愉悦的时光。

退休前夕，罗悌伦参加了成都市委宣传部等部门举办的"蓉城十大健康标准人"评选活动。经科学测定，他以优异成绩获得"蓉城十大健康标准人"光荣称号。他把这块小小的奖牌放在客厅显著的位置，随时提醒自己不能让懒惰惯坏了身体。难怪罗悌伦能在30多年的朝朝暮暮中，把教学、科研和翻译工作做得如此精彩纷呈。

一个年逾古稀的大学教授，本可颐养天年，但他却设计了另一种生活方式。我问他，不累吗？罗悌伦笑了笑，国家把我培养出来，趁身体还行，继续做点小事，留给社会，不是很好吗？他这样的话，有人曾笑话迂腐愚蠢，也有人觉得感人肺腑。值得庆幸的是，许多出版社需要他，翻译界圈子的人称赞他，更离不开他。

"天行健，君子以自强不息；地势坤，君子以厚德载物。"罗悌伦就是这样的人。

翻译德国作家菲利克斯·胡赫的《莫扎特》接近尾声。他告诉我，这本36万字的传记文学即将舒心地交付出版社，可以稍微松一口气。在还没与四川人民出版社签约第三批"大中华文库"翻译之前，工作日程中剩下一个不宽裕的空当。他要充分利用这个空当，嵌入一枚"楔子"——着手翻译《法国大革命和中欧》，才算"时尽其用"。

四川大学望江校园里，这位精神矍铄的老人，一本接一本地翻译下去，无休止地传播中国文化，努力促进中德、中奥文化交流，默默无闻地奉献自己智慧和才华，不愿平庸虚度一生。当今难能可贵的四川好人！

告别罗悌伦，窗外绿树吐芽，海棠依旧，樱桃花瓣纷纷扬扬落下，恍如满地雪花，花蕊处绿豆大小的樱桃已惊艳冒头。罗悌伦生命的激情正在强力绽放，吐露一朵又一朵绚丽之花。我们仿佛看到罗悌伦，这个"70后"的拼命三郎，描绘的许多文字，渐渐衍变，融入"一带一路"壮丽史册中，哪怕是一个符号，一个标点……

后记：揉情为魂堪丰盈

2012 年，拙著《留水借山情愫浓》面世，朋友读后称愉悦读者，颇有激励后辈小生作用，我终于有几分欣慰。在常人看来，我到了这把年纪，完全可以全方位舒心休闲，享受晚年的幸福，不再为生活中诸多琐碎操心。逆境爬坡过坎也好，顺风顺水行舟也好，不经意就度过了大半生，人生苦短啊！荷尽已无擎雨盖，残菊犹有傲霜枝。本想静下心来，仔仔细细读一些书籍，争取有所收获，弥补早年的遗憾，但又经不住朋友三番五次劝说，几次被请去学校发挥余热，为青年老师"输氧"，作嫁衣裳。文学和教育的思维方式不断转换，虽同属塑造人类灵魂之伟业，内涵和行为却迥然不同，其受众面也有很大的差异。折腾来，折腾去，常常因杂事纷扰而中断计划，静心堆码文字的预设目标也未能如期实现。

回首过往时光，沉淀于心底的陈年旧事，经过历史浪涛冲刷，依然那么鲜活，清晰，有不少值得慢慢回味。业已养成的职业意识催生我横下心来，在工作中，无论多忙多累，也要嵌入一枚写作楔子，于是，在零碎闲散的时日里，陆续打捞诸多旧事，终成《沉淀的时光》。

2012 年 11 月，我有幸聆听了散文大家林非先生的讲座，后来又与先生有过一段时间的通信，得到教诲不少。之后，阅读了一些散文写作的书籍，在断断续续的创作中，逐渐捕捉到写作的真谛，至今才有了一点醒悟。

散文介于小说和诗歌之间，是纪实性很强的文体，可以入题的素材极为宽泛，具有广阔的创作空间，没有写作的边界约束。散文总是从社会的真实出发，描写各种现实：平常的、稀少的、恶臭的、狂喜的。散文写作要展现作者的道德和良心，不说假话，要讲真话；要描写事件的真相，不制造假象；要倾泻真挚的感情，不矫揉造作，无病呻吟。散文最贴近生活，展示作者独特的个性。阅读许多散文大家的作品，我们会发现其中生动的细节、贴心的话语，看到生机勃勃的小天地，洞悉鲜活纷繁的现实社会，同时还能进入个人丰富的精神世界。

精彩的文字总会流淌出青春、智慧、人的价值和浪漫情怀。这里，散文往往描写了社会的真实，也虚构了某些精神冲突事件。在生活中，虚构就是说谎，那是必然招致诟病和痛斥的；在散文中是可以说谎的，享有道德的豁免权，是真善美的艺术表达方式，必须展开辽远和深刻的想象。可以说，没有虚构，散文就衍化成报刊的新闻报道。但虚构必须处理好与真实的关系，以服从真实，不破坏真相，不糟蹋主题为前提。正因为如此，散文写作被誉为难度极高的文学创作，难怪王国维说"易学难工"，是非常精到的。

散文无论选择什么题材，都要有思想的内涵，折射出智慧的光辉，启迪人，鼓舞人，才能产生感化人鼓舞人的正能量。为此，散文要洋溢真情，以情动人。虽然只是作者个人情感的表达，表露作者真实的生活和自我，但要尽可能拉近和读者之间的心理距离，把一股股暖流引入读者心窝。经过岁月和情感历练后沉淀的文字，才能饱含生命的能量，结实而丰盈，富有穿透力，让人读后难以忘怀。没有情感的文字是苍白无力的，如同一块冰冷的石头，一具徒有人像的木乃伊。注重文字的优美，讲究文采和韵味，是散文不同于其他文体的特质所在，不能小觑。文采来自思想的精锐和文字巧妙的铺陈，而不是一味堆砌辞藻。厚重的脂粉会凸显作品的浮华和空虚。韵味讲究语句的节奏、含蓄的意味和情趣，彰显独特的美学风貌。

我在写作实践中，正努力实践这些前人总结的圭臬，把散文写得有味一些，耐看一些，思想开掘得更深邃一些。

我早年在家乡西门一间破旧的小屋栖身，与母亲异常艰难地生活了 17 年。母爱是文学永恒的主题。书中有我对平凡而伟大的母亲的追忆，那些蘸着泪水写成的文字，是对一个劳累终生，没过上一天舒心日子的平凡老人永远的祭奠。

儿时读书的日子，接触的几乎全是市井庶民，与四周乡邻乡亲、熟人和朋友交往频繁（现在我都还能唤得出他们的姓名），好人居多。他们心地善良，拙朴里展示出真诚，平凡中蕴含着高尚，我一直对他们怀有崇敬和眷恋之情。几十年后，其音容笑貌，在眼前依旧明晰鲜活。低吟浅唱的乡愁，是感情谱系中最高尚最持久的痛苦。那些痴守的真情，心灵思念的皈依，全都浓缩成香醇的酒，储藏在心间，缅怀乡情的许多文字纳入了绵长的"梓里流韵"。细心的读者会发现，"西门"那条小街上，演绎了那么多有趣故事，《冷二两》《西门三绝》《苟十味》，描述的对象不同，却呈现出微型的"西门小吃谱"，都蕴含着"诚信"这个严肃的主题，这个主题依然是我们现在追求的目标。我并非旅游达人，祖国的壮丽山河，风光无限，很多地方都没有福分涉足。除一篇记叙在俄罗斯工作时的旧事外，在"随行有思"一辑中，我跟一群志同道合的摄影发烧友造访山山水水，用镜头拍摄眼前的高山和田畴，不满足于混个摄影菜鸟，更愿做思想的行者，用笔记录下心灵的跳跃，以及在风土人情和风花雨雪的眷顾中悟出潜在的某种哲理和关注。"幸福密码"展示的人世间友情、爱情、亲情和社会风情，所叙皆为凡人小事，一枝一叶，一颦一笑，一饮一啜，皆能窥见普通百姓对美好生活的憧憬。年轻人初涉爱恋的往事，其情感真挚、淳朴、隽永，与当今物质至上，精神下滑，普遍希望捞到大把大把金钱的"普希金"年代，男女青年谈情说爱，动辄就是要房、要车、要现金的超现实主义的爱情"标配"相比，言其天壤之别，也毫不夸张。面对"先锋派"的现实，我们只能理解为存在决定意识，真金白银的力量实在强悍，传统的爱情观不堪一击。那个年代的年轻人如在今世生活，恐怕一辈子都会孑然一身。社会呼唤纯真的爱情。"生命如花"从某个侧面写人，无论普通百姓还是社会知名人士，我以为，只要站在道德和情操的制高点，把对社会的付出当作目标去追求，都能在工作和生活中展示出自身的价值，绽放出一朵朵馨香四溢的幸福之花。文集中许多文章已在刊物上发表，或获得奖项。如没有林非先生的亲切指点，这些文章恐怕依然养在深闺人未识，只能缄默一生。

无论低吟浅唱，还是弦歌高亢，都力求文字干净质朴，以情动人，这是我动笔的初衷。因此，每篇散文从构思到完成，可谓苦其心志，劳其筋骨，费工而辛苦，搁笔后反复阅读好几遍，仔细琢磨，直至自己满意为止。于我而言，这种精心堆码文字的过程就是一种快乐的煎熬和幸福的磨砺。行文时，我想把自己的阅历和感悟，融入絮絮叨叨的字里行间，倾注在抑扬升沉，情愫流泻的浪花中，除了自觉成文之外，总想给人一些思考和启迪，才对得起读者。

几十年里，沉淀的时光有风雨洗礼，有霜雪鞭笞，也有鲜花点染，柳浪闻莺，多年深藏于心，如今终于和盘托出。回顾近两三年的写作，说长途跋涉全身心付出也好，说感情跌宕灵魂安身也好，即使浮云遮眼，步履蹒跚，我也坦然面对。在纯文学被边缘化的今天，搞散文创作，比起其他的文学形式而言，需要足够的内力和勇气，需要开阔的视野和相当的知识储备，需要一点理想的浪漫情怀，更需要耐得住寂寞和孤独，甘愿接受清贫的现实，因为它不同于轰轰烈烈的影视狂欢，功名利禄常触手可及。只有让自己进入闭关的状态，拒绝一切尘俗的沾染，才能开掘潜存的智慧，写出读者欢迎的好作品来。

凭栏远眺，曾经沧海，除却巫山，千帆已过，天光如此绚丽辉煌。无须感叹人生苦短，也无须固定文学必在某个阶段起步。只要珍惜当今，锲而不舍地做下去，总会有所收获。

我因散文而习惯于生活，也因生活而需要散文滋养和润泽，阅读和写作散文已成为自己生活的组成部分。最为感动的是在读大学的小孙子也知道这番心思，在我生日那天发来微信鼓励，愿爷爷在工作和写作中找到更加快乐的自己。

　　在人心浮躁的社会里，世俗是难免的，荣誉也是暂时的，唯有优秀作品才真实而永存。

　　谁也不能决定生老病死的命运，但可以主宰自己的心态、观念和行为。把快乐融入生活的每一天，我们倘从现在开始，也还来得及。

　　雪莱说过，"希望会使你年轻，因为希望和青春是同胞兄弟。"拥有希望，就拥有人生渴望的第二个春天。

　　故土小城，是诗意和情怀的渊薮，是感情流泻的高地，实在眷恋难舍。总想在故乡的土地上游走，寻觅天籁之音，人文之趣，实现娱悦读者、充盈自己的初心。

　　希望在未来的日子里，努力深入生活，再静下心来，选择恰当的表现形式，沙里淘金，揉情为魂，凸显故土的历史、现实和理想，创作出具有浓郁故土韵味的作品——我时时这样提醒自己。

　　感谢达州市政府为激励和促进文艺创作、繁荣文化事业推出的重要举措。我在2016年申报文艺精品创作扶持项目，有幸获得批准和资金支持。

　　感谢文学巨擘林非老人给我的鼓励和帮助。

　　感谢著名作家丁一先生拨冗挑灯，伏案倾心，为拙著作序，指点迷津。

　　感谢青年画家晏军怀着强烈创作冲动，为本书插图，留下思索的心迹。

　　感谢为本书编辑出版付出心血和智慧的责任编辑邓友女女士。

　　感谢家人和挚友对我的深爱、理解和支持。

　　众人的关爱浓缩于一书。在《沉淀的时光》即将付梓之际，录下上述文字，权作后记留存。

郑显银

2018 年 12 月 30 日